소설 US오픈

소설 US오픈

초판 1쇄 인쇄 | 2004년 10월 30일
초판 1쇄 발행 | 2004년 11월 5일

지은이 | 송근명
펴낸이 | 임종대
펴낸곳 | 미래문화사
출판등록 | 1976년 10월 19일   제3-44호
전자우편 | miraebooks@korea.com
          mirae715@hanmail.net
전화번호 | 02-715-4507, 02-713-6647
팩스 | 02-713-4805,

ⓒ2004, 미래문화사
ISBN 89-7299-288-7   03810

소설 US오픈

송규명 지음

미래문화사

작자의 말

끊임없이 밀려오는 무언가를 나는 막지 못하였다.

자꾸 쌓이다 보니 아픔이 되었다.

그 아픔을 견디려다 보니 실없는 소릴 지껄이게 되었다.

몇 번 지껄이다 보니 아예 실없는 놈으로 낙인烙印찍혀 버렸다.

실없는 소릴 혼자만 떠들어 대자니 그것도 못할 짓이었다.

온갖 공상空想, 궁상은 혼자 다 떨었다.

그 궁상을 실없음을 이해하는 자들과 함께 하고 싶었다.

처음 가는 길에 망설임이 없을 리 없었다.

편지나 일기를 쓰듯하면 되지 않겠느냐는 위로도 그 망설임을 조각阻却해 주지는 못하였다.

먼저 이 길을 간 자들의 시선이 따갑게 느껴지기도 하였다.

그러나 실없이 살고자 하는 사람들이 의외로 많음이 용기가 되었다.

그래서 이리저리 이야기를 꾸며보았다. 예의銳意 실없이.

지고至高한 논리의 전개와 심오한 인생의 훈시訓示는 애당초 실없는 자들에게는 해당이 없다.

매양 써대는 건조하고 무미無味한 법문法文의 한계를 넘어섰는지도 자괴自愧스러운 점이다.

수십만 평 산야山野에 대한 벌초(?)를 소재로 한 이야기가 자칫 호사豪奢스럽지 않느냐는 호사가好事家들의 입방아가 저으기 염려 되는 바 없지도 않다.

그러나 어떻든 누군가는 건드려야 할 소재이고 어차피 실없는
자들을 위한 스토리이므로 해량海量하기를 기대해 본다.

실없는 소릴 자꾸 하면 남들이 진짜 그런 줄 안다고 걱정해
온 아내와 인영, 민경에게 그 실없는 이야기를 아예 책으로 꾸
몄음을 무엇으로 변명하랴.
실없음과는 전혀 무관한 임종대 사장님과 김한성 편집주간님
이 여기저기에 산재한 실없는 낱말들을 꺼내어 일일이 다듬어
주셨으니 그 고통이야 오죽하였으랴.
동문회 유주형 회장님과 고대명 선배님, 이범호, 박강, 이동
주, 박헌성 학형의 지극정성이 없었더라면 이 실없는 이야기는
여느 때처럼 혼자만의 넋두리가 될 뻔하였다.

그간 실없는 소릴 묵묵히 감내甘耐해 준 장석庄祏 형을 비롯한
스킨스 조원組員들의 반응이 궁금하다.
그럴 줄 알았어. 맨날 실없이 중얼대더니 드디어 일냈군.
여느 때처럼 그렇게 인고忍苦해 주면 고마우련만.

2004년 깊은 가을에
송 근 명

3년만의 해후邂逅

　강태식은 지하철 3호선, 종로 3가역에서 전동차를 내려 1호선 역으로 가는 환승로換乘路를 걸으면서 계속 투덜거렸다.

　"이렇게 멀게 설계할 게 뭐야! 아예 밖으로 나가 걸어가는 게 낫겠군."

　태식은 이곳에 올 때마다 종로 3가역에서 종로 5가역까지 기껏 한 정거장을 가기 위하여 이렇게 먼 길을 걸어야 하는 것에 대해 짜증이 났다. 그러나 파업하기에도 바쁜 지하철공사 사람들이 환승로를 줄여 놓을 리 없었다.

　진짜 길이 길긴 길었다.

　태식은 1호선 승강장까지 오는 동안 여러 사람과 몸이 부딪침을 감수해야 했다. 그때마다 50대에 접어든 마른 체격이 기우뚱하며 쓰러질 뻔하였고, 기어코 한번은 옆구리에 꿰찬 서류 봉투를 바닥에 떨어뜨리고야 말았다. 허겁지겁 봉투를 주워든 태식은 자신이 무척 서두르고 있음을 느꼈다. 그는 사무실에서 부리나케 나오느라 봉투를 넣을 가방을 깜빡했다. 그 가방이 자신의 사무실 책상 안쪽 좌측에 놓여 있음을 기억해 냈을 때, 그는 이미 지하철 을지로 3가역에 도착해 있었다.

태식은 자신이 서두르고 있음에 대해 그럴 만한 이유가 있다고 애써 자위했다. 실로 얼마만의 해후인가? 2년 만인가? 3년 만인가?

헤어진 옛 애인을 만나러 간대도 이 정도로 허둥대지는 않을 성싶었다.

서희준은 지난 3년 정도 태식을 찾으러 다녔을 것이다. 연락을 두절하고 있던 쪽은 태식이었다. 희준도 이제는 포기하고 그로부터 연락이 올 때만을 기다리고 있었을 것이다. 그것은 방금 전 그와 나눈 전화 통화에서도 감지되었다. 희준의 목소리에는 반가움과 야속함이 배어 있었다. 비율로 따지자면 야속함 쪽이 더 많았다.

3년 만에 태식의 전화를 받은 희준은 즉시 자신의 사무실 근처 카페에서 만나자고 하였다.

이제 3년 전과 똑같은 일이 재연再演되고 있었다. 잠시 후면 태식은 3년 전 그때처럼 희준 앞에 앉아 그의 훈계를 들어야 할지도 모른다. 태식은 그전처럼 희준에게 애걸해야 할 처지가 될 것이고, 희준은 그 고집대로 태식의 애걸을 일언지하에 박대薄待해 버릴지도 모른다. 태식은 그것이 두려웠다. 그러나 더 이상 기회는 없을 성싶었다. 지치기도 하였다.

시간이 오후인지라 지하철 전동차 안은 빈 자리가 많았다. 비록 한 정거장만 가면 되지만 태식은 자리에 앉아 서류 봉투를 가슴으로 끌어안았다.

태식과 희준은 고교 동창 사이로 재학시에 문예반에서 함께 활동하였다.

태식의 문학적 감성은 이미 고교시절부터 빛을 발하였다. 그가 발표하는 십수 편의 시, 에세이, 단편소설은 반기별로 발간되는 교내 문예지《백조》에 실려 많은 팬들을 매료시켰다.

문예반이 가을마다 주최하는 문학 발표 행사인 〈가을 백조의 밤〉에는 태식의 시낭송을 들으러 인근 여학교에서 몰려든 많은 오빠 부대 때문에 정작 본교 학생들은 강당에 입장하지 못하는 사태가 벌어지기도 하였다.

태식은 자기 뜻대로 대학도 국문과로 진학하여 문학에 더욱 천착穿鑿하였다.

그는 대학 재학 중 쓴《삐에로의 꿈》이라는 감성 어린 중편 연애소설이 명망 있는 일간지 신춘문예에 최우수작으로 당선됨으로써 문단에 데뷔하는 영예를 안기도 하였다.

그러나 그것으로 끝이었다. 그 이후 어찌된 일인지 그가 발표하는 작품마다 작품성과 상업성, 그 어느 것도 인정받지 못하였다.

그는 점점 실의失意에 빠져 갔다. 대학 졸업 후, 호기롭게 입사한 신문사에서 딱 1년 근무하더니, 기자 노릇은 자신의 문학

적 감성과 맞지 않는다고 퇴사해 버렸다. 그것이 그의 방황의
시작이었다.

그 후 그는 여러 중소 월간, 주간 잡지사를 2~3년 주기로 옮
겨 다녔다. 어떨 때는 기자, 어떨 때는 편집, 또 마케팅 등, 맡
은 보직도 다양하였다.

30대 중반에 들어서서는 프리랜서로 활동한다면서 직장 없이
수년간 떠돌아다니기도 하였다. 이 시기가 태식에게는 가장 어
려울 때였다.

태식의 상념은 다음 역이 종로 5가라는 안내 방송이 흘러 나
왔을 때 깨졌다. 태식은 지하철역을 나와 대학로 쪽을 향해 걸
음을 옮겼다.

그의 상념은 걷는 중에도 간간히 이어졌다.

태식이 어려울 때 희준은 음양으로 많은 도움을 주었다. 깐깐
한 희준의 성품에서 우러나는 조언助言이 어떨 때는 잔소리 같기
도 하였지만 진정한 우정에서 우러난 것임을 알기에 태식은 별
다른 반발을 하지 않았다.

어쨌든 이제 희준으로부터 마지막 도움을 받아야 할 순간이
다가오고 있었다.

희준은 태식이 3년간 연락을 끊은 것부터 트집을 잡으려 들
것이다. 이는 적당히 얼버무리며 넘어가면 그만이다. 그는 태식
의 지난 인생살이까지 들먹일 것임이 뻔하다. 왜 그 때 자신의
충고를 듣지 않았느냐고 닦달도 할 것이다. 여기까지는 대충 넘

어갈 자신이 있다. 그러나 문제는 본론에 들어가서다. 희준은 본론에 들어가서는 결코 만만히 넘어가지 않을 것이다.

그는 황경수 변호사를 방콕에 보낸 것부터 트집을 잡을지 모른다. 그러나 황 변호사의 방콕행은 태식의 의사와는 무관한 일이다. 더구나 황 변호사와 김민철이 만나게 된 구체적인 경위에 대하여도 태식으로서는 별로 아는 바가 없었다. 희준이 자꾸만 따지고 들면 태식으로서는 더욱 할 말이 없어질 것이다. 몇 가지 대답할 거리를 준비한다고 하였으나 불안하기는 매한가지였다. 태식은 희준이 대충 넘어가 주기만을 기대할 뿐이었다.

희준과 만나기로 한 카페의 간판이 지적으로 다가 오고 있었다. 태식은 그렇다고 이제와서 사실대로 말할 수는 없지 않은가 생각하며 땀이 밴 손으로 서류 봉투를 힘껏 쥐었다.

팟퐁가街의 열대야熱帶夜

　돈무앙 공항 청사를 빠져 나온 황경수는 순간 숨이 턱턱 막힘을 느꼈다. 열대지방이라 기온이 높을 것이라는 예상은 하였으나 설마 이 정도일 줄은 몰랐다. 불과 다섯 시간 전 서울의 기온은 이제 겨우 꽃샘추위를 지나 봄의 전형적 날씨에 걸맞는 기온이었는데 이 곳은 그야말로 살인적인 더위였다.

　공항 대합실에는 마중 나온 사람이 없었다. 날씨는 찌는데 안내해주는 사람조차 안 보이자 경수는 서운함과 더위가 버무려져 은근히 짜증이 났다. 경수가 그런 마음을 추스르고 출구를 향해 발걸음을 옮기려는 순간 한 사나이가 만면에 웃음을 띠며 다가왔다. 짙은 갈색의 선글라스를 낀 그는 입 근처 근육이 유난히 씰룩거려 마치 얼굴 전체가 웃고 있는 것처럼 보였다. 경수는 그 웃음이 작위적作爲的으로 느껴져 그가 어쩌면 비굴한 성격의 소유자일지 모른다는 생각이 들었다.

"안녕하세요? 황경수 변호사님이시죠? 늦어서 죄송합니다. 아, 글쎄 방콕의 트래픽이 얼마나 심한지, 게다가 치앙마이로 가는 손님을 안내해 드리느라고…… 예, 세성=토테크 방콕지사의 고남걸 과장입니다."

경수는 단박에 고 과장이 손님 접대에 이골이 난 사람이라는 걸 알아차렸다. 먼저 변명부터 자연스럽게 늘어놓은 뒤에 자기 소개를 하는 폼이 그렇게 설명해주었다.

고 과장의 손에는 '세성그룹 황경수 변호사님'이라고 쓰인 팻말이 들려 있었다. 경수는 고 과장이 늦게 마중 나온 것이 다행이라 생각했다. 비록 방콕이라고는 하지만 수많은 한국 관광객들이 오고가는 공항 대합실에 자신의 직업과 그 뒤에 '님'자까지 씌어진 팻말이 노출되는 것이 그리 달가운 일은 아니기 때문이었다. 경수의 성격은 그랬다. 그 팻말에 압정으로 붙여진 마분지 자국이 여러개인 것으로 보아 고 과장은 수시로 손님 마중을 나오는 것이 틀림없었다.

경수는 고 과장이 한 손으로는 연신 흐르는 땀을 손수건으로 닦고 다른 손에는 팻말을 들고 있었으므로, 악수를 하려고 내민 손을 거두어 들여야 했다.

돈무앙 공항의 주차장을 빠져 나가는 벤츠 S500L의 실내는 적당히 냉방이 되어 있어서 쾌적했다. 고 과장은 경수가 운전석 기기판과 내부를 둘러보는 것을 보고 묻지도 않은 말을 눈치껏 주절거렸다.

"방콕에는 우리 국산차도 많이 굴러다닙니다. 저희도 그동안 국산차를 사용해 왔는데 작년에 모두 벤츠로 교체하였지요. 손님들이 워낙 성화라서요."

경수는 어떤 손님들이 어떻게 성화를 부렸기에 교체하였느냐고 물으려다가 그만두었다. 왜냐하면 고 과장이 알아서 대답할 것 같은 예감 때문이었다. 아니나 다를까 그는 계속 주절거렸다.

"대부분 회장님 손님들이지요. 정부 관리들과 연구소 연구원들, 가끔 의사분들도 오시지요. 오시는 분마다 그러세요. 방콕에는 외제차도 많이 굴러다니는데, 여기까지 와서 국산차를 타기가 그러니 세성그룹 정도면 벤츠나 BMW 정도는 굴려야 되지 않느냐고요."

세성그룹의 총수 황영달 회장은 정부 부처와 대전에 있는 대덕연구단지 연구소 연구원들을 관리해 오고 있었다. 물론 자신의 고교 또는 대학 동문들이었다. 그 동문들이 오늘날 세성그룹이 융성함에 일정 부분 기여해 왔음을 누구보다도 황 회장 자신이 잘 알고 있었다.

황 회장은 대학 재학 중 도미渡美하여 미국 동부의 명문 코넬 대학 전자공학과를 졸업하고 벨 연구소에 잠시 근무하다가 귀국한 뒤 오늘 날 세성그룹의 모태母胎인 세성테크를 창업하였다. 그리고 세성테크를 중심으로 10여개 벤처기업을 창업 또는 인수함으로써 벤처 재벌이라고 불릴 정도로 성장했다. 물론 당시 정부의 벤처 지원정책에 힘입은 바 컸고, 그 이면에는 관련 부처

곳곳에 박혀 있는 동문들의 크고 작은 도움이 있었다.

황 회장은 또한 대덕연구단지의 여러 연구소로부터 인적 자원을 제공받고 있었다. 또 신기술과 정보를 입수하여 사업에 활용해 오고 있었으므로 연구소 연구원들을 무시할 수 없었다. 또 그룹 산하 세성바이오시스에서 개발한 신약을 의료계에 납품하기 때문에 종합병원 원장 등 의료계 인사들도 특별히 관리하여야 할 필요가 있었다. 그러므로 태국 골프 접대는 그들의 도움에 대한 최소한의 보답이었다.

고 과장은 대화의 단절을 참지 못하고 이번에는 여행사 가이드 노릇을 작심한 듯 또다시 늘어놓기 시작했다.

"태국은 흐르는 강물의 느긋함이 배어 있는 나라지요. 3면이 주변국들로 둘러싸여 있는데도 지금까지 한 번도 외세의 침략을 받아 본 일이 없다고 합니다. 그래서 태국인들은 열대 특유의 낙천성과 삶의 여유를 간직해 오고 있는 지도 모르지요. 물론 국민 대다수가 불교 신자이므로 깊은 신앙심이 밑바탕에 배어 있기도 하고요. 그야말로 자유의 나라입니다."

태국인 운전기사는 고 과장의 한국말을 알아듣는지 못알아 듣는지 그저 사람좋은 웃음만 짓고 있었다. 그러나 고 과장이 예의 같은 이야기를 지껄인다는 표정인 것만은 분명하였다. 고 과장은 계속 가이드 역할을 충실히 수행하려는 듯이 말을 이어갔다.

"이곳 수도 방콕은 태국어로 크룽텝이라고 하는데 '천사의 도시'라는 뜻이지요. 예전에는 동양의 베니스로 격찬되었던 물의 도시기도 하고요. 그런데 지금은 심하게 오염되어서……."

고 과장은 별로 듣고 싶지 않은 설명을 으레적으로 늘어놓고 있었다. 경수는 그런 그가 딱하기도 하고 지루하기도 하여 그의 말을 끊기로 하였다. 그것이 그를 본업도 아닌 가이드의 고역에서 해방시켜 주는 것이라는 확신하에. 말씀드릴게요.

"고 과장님, 본사 지시에 대하여 알아 본 것이 있나요?"

"예? 아, 예. 그럼요. 알아보다마다요. 그런데 변호사님! 호텔에 들러 샤워라도 하시고……."

"아닙니다. 호텔은 나중에 갑시다."

고 과장은 경수의 말이 떨어지자마자 핸드폰을 열어 태국어로 어디론가 통화하더니 경수 쪽으로 뒤돌아보며 말하였다.

"예. 알아냈습니다. 방금 프레지던트 골프 클럽으로 갔다는군요. 골프 관광객 세 팀과 함께요. 그곳으로 모시겠습니다. 한 40분 정도 걸릴 겁니다."

경수는 뒷좌석 시트에 몸을 완전히 누이고 눈을 감았다.

이제 잠시 후면 김민철을 조우遭遇하게 된다. 실로 5년 만이다. 김민철과의 지난 세월이 파노라마 되어 눈앞을 스친다.

경수는 사법시험에 합격하자 청춘의 모든 고뇌는 그것으로 종결되는가 싶었다. 그러나 사법연수원에서의 연수는 또 다른 고뇌의 시작이었다. 연수생들은 판, 검사로 임관되기 위하여 치열한 경쟁에 함입하여야 했고, 적당히 따라가다가는 졸업마저 보장받을 수 없었다.

경수는 아무리 그렇다 하더라도 도식적圖式的이고 기계적인 법률전문가가 되기는 싫었다. 무언가 의식의 변개變改를 꾀하고 싶었다.

경수는 사법연수생 자치 서클 서너 개에 가입하였다. 연수생 자치 신문사, 테니스 클럽, 국제거래법학회 등이 그것인데, 민철은 국제거래법학회에서 만났다. 경수와 민철은 대외통상의 중요성과 이를 법률적으로 뒷받침해 주는 법률 서비스의 확대라는 거창한 이유가 아닌, 무언가 국제화에 한 걸음 다가설 것 같고, 통이 커지는 것 같은 막연한 기대감에 학회에 가입하였다. 학회 활동을 하면서 두 사람은 한 조가 되어 국제거래 전문 로펌 변호사들을 만나 세미나 자료를 수집하기도 하고, 상사중재원에서 실무를 수습하기도 하였다. 그러면서 두 사람은 친해져 갔다. 나이가 동갑이라는 것도 큰 작용을 하였다.

민철은 일상의 도식적 사고와는 전혀 다른 사고방식을 가지고 있었다. 자신이 하기 싫어하는 일을 남의 눈치나 체면 때문에 억지로 하는 일은 결코 없었다. 그 때문에 간혹 오해를 사기도 하였으나 천성이 유柔하므로 그런 일에는 신경을 쓰지 않았다.

그는 유머 감각도 특출하였다. 처음 듣는 사람은 쉽게 알아듣지 못하다가 곰곰이 생각하고서야 그것이 유머였다는 것을 알아차리게 되는 고단수 화술을 즐겨 구사하였다. 또 그의 유머에는 무언가 시니컬한 분위기가 배어 있었으나 그것이 그의 유머의 감칠맛이기도 하였다.

경수는 처음에는 빽빽한 법률서적처럼 무미건조한 자신의 성품과는 전혀 이질적인 민철의 품성이 생경하기도 하였으나 나중에는 그러한 품성을 오히려 부러워하게 되면서 민철을 좋아하게 되었다.

민철도 마찬가지였다. 그는 가끔 자신은 법률가가 되기엔 지나치게 분방奔放하다며 경수의 정치精緻한 법률적 감각을 칭송했다. 결국 그들은 서로 자신이 갖지 못한 것을 상대방이 가지고 있음을 위안慰安하며 어울렸던 것이다.

민철은 훌륭한 법조인이 되려면 사회의 현장 체험이 중요하다며 일과 후 이것저것 아르바이트 생활을 하였다. 슈퍼마켓의 캐시어 일을 잠시 보더니 강남역 부근 스탠드바의 종업원을 거쳐 골프 연습장의 볼 보이 일까지 하였다.

골프 연습장에서 자질이 발견되었는지 민철이 골프 레슨프로 자격증을 획득하고, 곧이어 정규 골프 투어에 참가할 수 있는 프로 자격까지 획득하였다는 것을 경수가 들은 것은 사법연수원을 졸업하고 나서였다.

"변호사님, 다 왔습니다."
고 과장의 허스키한 목소리가 경수의 회상을 깼다.
벤츠 S500L이 부드럽게 턴을 하는 좌측으로 '프레지던트 골프 클럽'이라 새겨진 표지標識가 보였다.
정문 수위의 거수경례를 받으며 코스 안으로 들어서자 좌우에 그림처럼 펼쳐진 골프코스가 눈에 들어오는데 경수에게는 그야말로 장관이었다.

굽이굽이 펼쳐진 초록색 페어웨이[1], 군데군데 놓여진 호수와 거기서 뿜어 올려지는 분수의 화려함, 코스 양쪽에 도열하여 바람에 가볍게 하늘거리는 야자수 등 열대식물의 우아함, 형형색색 양산을 받쳐 쓰고 경기에 열중하는 골퍼들의 한가로움, 작열하는 열대의 태양, 그 열을 식히려는 듯 뭉클뭉클 피어오르는 구름…….

경수는 간혹 TV를 통해서만 보던 골프코스를 처음으로 보고 그 이국적 정취에 빠져들었다.

그는 사법연수원을 수료 하고 판사로 임용된 뒤, 주위의 권유로 골프연습장을 몇 개월 다녔다. 그러나 골프라는 운동이 도저히 체질에 맞지 않는데다가 판결 업무도 과중하여 중단했는데 지금 이곳에서 이국적인 골프장을 보니 그때 제대로 배우지 못한 것이 은근히 후회되었다.

벤츠 S500L이 클럽하우스 현관에 닿자마자 고 과장은 차에서 내려 총알같이 프런트 데스크로 달려갔다.

경수도 천천히 차에서 내려 고 과장의 뒤를 따라 갔다.

잠시 후면 민철을 만나게 된다. 무슨 인사말을 해야 하나? 그는 어떠한 재치 있는 인사로 나를 즐겁게 해 줄까?

이 때 프런트 데스크 직원과 말을 나누고 경수 쪽으로 다가오는 고 과장의 안색이 떨떠름해 보였다.

"변호사님, 어떻게 하지요? 티오프[2] 시간이 당겨져서 일찍 라

---

1) 페어웨이(fair way) : 티그라운드에서 그린에 이르는 사이의 잔디 지역.

운딩을 마치고 한 시간 전에 떠나셨다는데요. 이럴 줄 알았으면 골프장에 미리 확인을 해 보고 오는 건데…….”

고 과장의 잘못이 아니다. 또 그의 잘못이라 하더라도 자신의 과실을 자백해 버리는데 그를 탓할 수도 없었다.

방콕으로 돌아가는 도중, 고 과장의 핸드폰은 불이 날 지경이었다.

대부분 태국어이므로 경수는 상황을 알 수도 없었으나 고 과장의 말투에 가끔 짜증이 섞이는 것으로 보아 민철의 수소문이 여의치 않은 것 같았다.

경수도 다소 초조했다. 그는 이미 내일 인천행 비행기편을 예약해 놓은 상태였다. 이틀 뒤에는 서울중앙지법에 중요한 재판이 예정되어 있었다.

세성테크의 소액주주들이 세성테크의 이사, 감사들과 대표이사로 되어 있는 황영달 회장을 상대로 손해배상청구 소송을 제기하였는데 세성테크가 부실기업을 인수함으로써 회사에 손해를 끼쳤다는 것이 그 이유였다. 그 배상액수가 무려 85억 원이고, 상대방 소송대리인은 이 분야의 전문가인 법무법인이었다. 그리고 그 법인 소속 변호사 중 5명의 변호사가 이 사건에만 전념해 오고 있었다.

경수는 혈혈단신孑孑單身, 단기필마單騎匹馬로 거대한 법무법인에 대항해야 했다.

소송은 1년여를 끌었다. 재판부는 판결 선고 전 최종적으로

---

2) 티오프(tee off) : 경기 개시.

조정調停에 회부하였다. 쌍방 양보 하에 적절한 합의점을 도출해 보자는 것이다. 그 조정기일이 바로 이틀 뒤였다.

경수는 조정기일에 대비해 다른 사건은 미룬 채 1주일간 기록을 검토해 오다가 급삭스런 황 회장의 시시로 방콕 출장길에 올랐던 것이다.

조정기일에 출석해 재판부를 설득하고 상대방의 논리를 공박할 사람은 경수 밖에 없었다. 황 회장이 직접 출석하여 법적으로 불리한 진술을 했다가는 당장 상대방 변호사들의 마수魔手에 걸리고 말 것이다. 그러면 끝장이다.

경수는 어떻게 해서든지 이틀 뒤 서울중앙지법 811호 조정실에 나타나야 한다. 그러려면 오늘 저녁, 늦어도 내일 오전 중에는 민철을 만나야 한다. 그런데 날이 저물도록 민철의 행방은 오리무중五里霧中이다.

경수는 문득 3년 전에 끊었던 담배 생각이 간절하였다.

그 때 고 과장이 뒤를 돌아보며 반가운 말을 전하였다.

"변호사님, 겨우 알아냈습니다. 김민철 씨가 소속된 이곳 현지 여행사에 의하면 그분은 저녁 무렵 팟퐁 거리에 자주 나타난답니다."

경수는 차오프라야 강江이 멀리 건너다 보이는 로얄오키드 호텔에 여장을 푼 뒤 간단히 샤워부터 하였다. 그런 뒤 호텔 레스토랑에서 저녁 식사를 하고 고 과장의 안내로 팟퐁 거리로 나섰다. 그곳은 외국 여행객뿐 아니라 태국인들에게도 밤의 번화가로 유명한 곳이었다.

경수는 팟퐁 거리 입구에서부터 수많은 인파에 질리고 말았다.

백색, 황색 피부의 관광객들, 손님을 유인하는 호객꾼들, 초저녁부터 술에 취에 흐물대는 야바위꾼들, 가끔 스치는 디스코텍 안에서 펼쳐지는 거의 전라全裸의 무희들의 도발적인 춤, 치안 유지를 위해 눈을 부릅뜨고 순찰하는 정복 차림의 경찰관들, 현란한 네온사인……. 그 번잡스러움은 이루 말할 수 없었다. 팟퐁 거리는 흡사 서울의 강남 유흥가와 남대문시장을 합쳐 놓은 분위기와 같았다.

이 번잡스런 곳에서 어떻게 민철을 찾는단 말인가.

그는 이곳에서 무엇을 하고 있는 것일까? 과연 있기나 한 것인가?

경수는 고 과장과 십수군데 술집과 디스코텍을 들러 민철을 수소문하였으나 도대체가 오리무중이었다. 그를 찾느라고 헤매던 도중 어느 디스코텍에서는 취객과 어깨를 부딪쳐 시비가 붙을 뻔하기도 하였다.

경수는 후덥지근한 열대야熱帶夜에 지쳐 고 과장에게 맥주나 한 잔 하며 쉬자고 하였다.

마침 한 호객꾼이 경수의 팔을 끌었다. 얼른 보기에 나이도 어려 보이는 놈이 콧수염을 길러서 기분이 언짢았으나 다행히 눈망울이 선해 보여서 못이기는 척하고 따라 들어갔다.

고 과장은 광고판을 이리저리 살펴보더니 게이쇼하는 곳이라 한다.

경수는 하도 지쳐서 게이쇼면 어떠냐, 맥주 한 잔 하는데 하며 걸음을 옮겼다.

입구에서 홀로 연결되는 통로는 어두컴컴했다. 게다가 매캐한 담배 냄새에 열대 특유의 끈적한 냄새, 거기에 마리화나 냄새까지 섞여 머리가 저려왔다.

경수는 통로 중간 부분까지 들어가다가 홀 쪽에서 들리는 음악 소리에 잠시 걸음을 멈칫거렸다.

'푸른 밤이 내 얼굴을 덮을 때……'

감미로운 발라드의 선율……. 덴마크 출신 록 그룹 〈마이클 런스 투 록〉의 히트 곡 〈블루 나이트Blue Night〉가 아닌가.

가벼운 리듬 터치의 드럼에 이어지는 어쿠스틱 기타의 화답, 곧이어 감미로운 키보드의 푸근함……. 팟퐁 거리의 난잡한 디스코텍에 웬 발라드인가.

경수는 정신을 추슬러 통로를 걸어가며 그 짧은 순간에도 버릇처럼 과거를 회상하였다.

경수는 민철이 아르바이트를 하던 강남역 부근 스탠드바로 동료들과 함께 가끔 놀러갔다. 민철은 그동안 밴드 멤버들과 친해졌는지 손님이 별로 없는 날이면 밴드 반주에 맞춰 노래를 부르곤 하였다.

밴드 멤버들도 민철의 노래가 수준급이라고 인정하였다. 나중에는 아예 손님이 많은 시간에도 부르게 하였다. 손님들은 업소 주인이 무명 가수를 초빙한 것으로 알고 많은 박수를 보내 주었다.

경수는 당시 민철이 재주가 많은 사람이라고 느꼈다.

그 풍부한 감성으로 어찌 고시 공부를 감내해 왔는지 의문스
러울 지경이었다. 그 때 민철이 부르던 18번 곡이 바로 〈블루
나이트〉였다.

김민철은 〈마이클 런스 투 록〉의 노래를 좋아하였고 그 중 특
히 이 〈블루 나이트〉를 제일 좋아하였다. 그는 이 곡을 부를 때
면 눈을 지그시 감고 오른발을 들썩거리며 리듬을 맞추곤 하였
다.

"푸른 밤, 맞아! 밤의 진정한 색깔은 푸른색이야. 검은색이 아
니지. 푸른 밤이 내 얼굴을 덮을 때, 내가 하늘의 별들과 함께
홀로 외로울 때, 당신은 내가 사랑한 유일한 사람이었소. 어때?
가사 내용이……."

민철은 노래에 빠질 때면 경수에게 가사 내용까지 알려 주었
다.

경수의 뇌리에는 팟퐁가街의 게이바에 강남의 스탠드바가 그대
로 오버랩 되었다.

경수와 고 과장은 웨이터의 안내로 홀 구석 테이블에 자리를
잡은 뒤 맥주를 주문하였다. 홀 안은 대부분 백인 관광객들로
채워져 있었고, 무대는 테이블 앞 기둥에 가려 보이지 않았다.

〈블루 나이트〉를 마친 무대 위의 가수는 우레와 같은 박수를
받더니 태국어로 몇 마디 인사한 뒤 다시 영어로 뭐라고 말하였

다.

영어 인사말을 듣고 난 경수는 소스라치게 놀라서 목에 걸린 맥주 모금을 '헉!'하며 뱉어 내고 말았다.

"여러분, 감사합니다. 동양에는 예전부터 먼 곳에서 친구가 찾아와 주니 그 어찌 반갑지 아니한가라는 말이 있습니다. 지금 코리아의 서울에서 친구가 저를 찾아 왔습니다. 반가운 마음으로 그와 함께 부르곤 했던 곡을 하나 더 선사하겠습니다."

'민철이다. 그가 먼저 나를 알아보고 환영의 메시지를 보내고 있는 것이다. 역시 김민철답다.'

경수의 입가에는 미소가 번졌다.

"변호사님, 저 사람 한국 가수인 것 같은데요. 서울에서 친구가 왔다고 하는 것을 보니…… 팟퐁에서 한국 가수가 노래한다는 말은 못 들었는데……."

영문 모르는 고 과장도 이젠 고생 끝이다.

"고 과장님, 수고했어요. 이제 찾았습니다. 저 사람이 김민철입니다."

"예?"

고 과장은 놀라 입을 다물지 못하였다. 그도 그럴 것이 김민철 수배를 지시한 한국 본사에서도 김민철을 프로 골퍼라고만 했지, 가수라고는 하지 않았기 때문에 그로서는 전혀 예상 밖일 수밖에 없었다.

민철이 환영곡으로 부른 곡 역시 〈마이클 런스 투 록〉의 〈25 미니츠 25 minutes〉였다.

오랜 여행에서 돌아 온 남자는 사랑하는 여인이 다른 남자와 교회에서 결혼식을 올리는 것을 목격하게 되고, 여인은 늦게 나타난 남자에게 25분分 늦었다고 울부짖는 애절한 사연이었다. 곡조가 부드럽고 따라 부르기가 수월해 경수도 함께 부르곤 했었다.

노래를 마친 민철은 홀을 가로질러 달려 왔다. 얼굴에는 진정 반가운 미소가 함껏 담겨 있었다.

경수도 일어나 민철을 힘껏 포옹하였다.

"한국 PGA[3] 챔피언이 팟퐁의 밤무대 가수라? 대단한 인생역전人生逆轉이로군."

경수는 자신도 모르게 자연스럽게 민철의 말투를 흉내내고 있음을 발견하고 스스로 놀랬다.

"하하. 누가 변호사 아니랄까 봐 많이 늘었군. 방콕 법원 사건까지 싹쓸이 하러 오셨나? 국제거래법학회 출신답게 국제적으로 노시는군, 그래!"

민철도 오리지널 유머로 맞받아 쳤다.

경수는 민철에게 고 과장을 소개한 뒤, 고 과장은 곧바로 귀가시켰다. 하루 종일 고생도 하였거니와 오랜만에 민철과의 오붓한 시간을 가지고 싶었기 때문이었다.

"먼 열대 지방까지 왔으니 이곳 특산주를 마셔야 되지 않겠나."

민철은 사탕야자 열매의 꽃자루를 상처 내어 그 수액을 받아

---

3) PGA(Professional Golf Association) : 프로골프협회.

발효시켰다는 '룩타안'이라는 야자주椰子酒를 주문하였다.

야자주 몇 잔으로 얼큰해지자 경수는 피로가 풀리며 오랜만에 해후한 민철과 대화를 이어갔다.

민철이 담배에 불을 붙이며 물었다.

"그래, 인터넷 신문을 통해 자네 소식은 가끔 듣고 있었네. 자네가 법복을 벗었다는 소식을 듣고 법원이 유능한 인재를 놓쳤구나라고 생각했네. 왜 그리 빨리 결정하였지?"

"세성그룹의 황영달 회장이 내 숙부시네. 회사가 커질수록 복잡한 법률문제가 자꾸 생기는데 아무래도 나밖에 믿을 놈이 없다고 하시며 수차 권유하셔서……. 세성그룹의 고문변호사로 들어 앉아 버렸지."

"음, 그랬었군. 세성그룹 황영달 회장하면 벤처의 신화적 존재 아니신가. 요즘 한국의 벤처도 어렵다고들 하던데 세성은 꿋꿋이 성장을 이어가고 있다고 들었네."

"그런 편이지. 그래, 자네는 어떻게 지내고 있는가? 내가 초임 판사 시절 자네의 활약상을 익히 들어 왔는데 나도 바쁜 핑계로 연락 한번 못하고, 미안하네. 그런데 어쩌자고 이곳까지 왔지? 한국 PGA 2승에 빛나는 자네가 태국 골프관광객을 상대로 레슨을 하고 있다니 너무나 놀라운 변신이네. 게다가 게이바의 가수 겸업이라니."

경수는 '룩타안' 야자주 한 잔을 쭈욱 들이킨 뒤 민철에게 잔을 건네었다.

"음, 그 지랄같은 성질이 문제지. 내가 매양 읊조리던 말 생각

나나? '나는 내가 하고 싶지 않은 일을 하지 않을 자유가 있다…….' 그 자유를 찾아 이곳까지 온 거네. 이곳을 자유의 나라, 천사의 도시라고 하니 제대로 오긴 온 거지. 한국 골프 관광객들도 이젠 나를 못 알아보네. 그게 그렇게 편할 수가 없어. 그들을 따라 다니며 적당히 라운딩해 주고, 원포인트 레슨도 해 주고. 밤에는 팟퐁에 와서 열대주 마시고……. 이게 자유 아닌가? 난 지금 마음껏 자유를 향유하고 있네. 참, 이곳 업소 사장과 몇 번 라운딩하며 친해졌는데, 내 노래를 들어 보더니 바로 무대에 서게 해 주더군. 덕분에 술은 공짜로 먹을 수 있지. 이제 내 팬도 수십 명 될 정도니까 나도 어지간히 성공한 밤무대 가수지. 하하하!"

"그렇다고 무작정 은둔 생활만 할 것인가?"

"은둔? 그래 은둔이라면 은둔이지. 그러나 한 때 나도 광장廣場에 서본 적이 있었지. 그런데 항상 광장에만 있을 수는 없지 않은가. 때로는 자신만의 밀실密室에서 광장 시절을 반추해 보는 것도 또 다른 삶이 아니겠는가?"

민철은 연수원 시절 술자리에서 자신이 감명 깊게 읽었다는 소설 《광장》의 서문序文을 동료들에게 읊어주곤 하였다.

당시 경수는 민철이 말하는 광장과 밀실의 의미를 정확히 이해할 수 없었으나 민철 특유의 유창한 말솜씨와 분위기에 매료되었던 기억이 났다.

민철은 술기운이 도는데다 오랜만에 만난 친구가 반가운지 말을 계속 이어갔다.

“난 이곳이 마음에 드네. 사람들은 우리처럼 악착같지 않고 대부분 순박하지. 무엇보다도 밤의 색이 푸른색이라 좋아. 〈마이클 런스 투 록〉의 〈블루 나이트〉의 CD 재킷 배경도 푸른 밤이고……. 고흐의 그림 〈밤의 카페 테라스〉도 푸른 밤 아닌가?”

경수는 민철의 여전한 감성에 점점 빠져들어 가는 자신을 발견하면서 이제 용건을 말할 때가 되었다고 느꼈으나 도저히 그 기회를 잡을 수 없었다. 점점 취기도 느껴졌다. 이때 고맙게도 민철이 먼저 불씨를 지펴 주었다.

“그나저나 자네 방콕행의 이유가 궁금하네. 비즈니스인가? 관광인가? 아니면 나를 만나러 온 것은 아닐 테고…….”

“자넬 만나러 왔네.”

“오, 그래? 이유도 있을 법하군?”

“자넬 은둔생활에서 해방시키기 위해서지.”

민철은 경수의 이 말을 어디선가 들어 본 듯하였다.

“무슨 말인가?”

“…… US오픈4)에 출전하지 않겠나?”

황경수는 기어코 황 회장의 지시를 거역하고 말았다.

---

4) US오픈(US Open Golf Championship): 국적, 프로, 아마추어를 막론하고 누구나 참가할 수 있는 전미 골프 대회. 미국의 마스터즈, British Open, PGA 챔피언십과 더불어 4대 메이저 골프 대회 중 하나.

야망

경수는 역삼동 세성그룹의 본사 건물 현관 앞 주차장에 차를 주차시켰다. 그리고 차에서 내려 급하게 엘리베이터 쪽으로 가느라 안내 데스크에서 일어나 정중히 거수경례를 하는 경비원에게 답례도 하지 못하였다.

20층짜리 세성그룹 본사 건물은 어찌보면 한국 벤처의 상징과도 같았다.

세성그룹의 모태母胎인 세성테크를 비롯하여 세성바이오시스, 세성미디어, 세성엔터테인먼트, 세성애드 등 8개 회사가 입주해 있고, 다른 벤처 기업도 십수 개 입주해 있는 그야말로 벤처 타운이었다.

한 때 벤처의 요람이라고 불리웠던 역삼동 테헤란 밸리도 서서히 몰락의 길을 가고 있는지, 이곳을 떠나는 벤처기업이 하나 둘 늘어났다. 그래서 이제 이 세성그룹 본사 사옥을 포함한 몇 개 건물만이 과거의 영화榮華를 보여주듯 쓸쓸히 자리하고 있을 뿐이었다.

경수는 엘리베이터에 올라 15층 자신의 방으로 가면서 방금 전 끝난 재판을 떠올렸다.

재판을 마치고 법정을 나와 사무실로 올 때마다 뇌리에서 사건 내용을 지우려 해도 잘 되지 않았다. 방금 전 재판 건도 계속 뇌리에 남아 그를 괴롭혔다.

소액 주주들이 제기한 손해배상 소송 건은 오늘 조정이 결렬되었다. 이제 판결로 간다. 누가 이기던 지던 대법원까지 갈 것이다. 원래 황 회장이 지시한 대로 황 회장 측은 한 푼도 내놓을 수 없다는 입장을 피력하였으니 조정이 될 리가 없었다. 다만, 경수는 재판장이 쌍방을 중재하면서 풍기는 뉘앙스 속에서 사안이 황 회장에게 다소 불리하게 돌아감을 직감했다. 그러나 그것까지 황 회장에게 보고하여야 하는지 혼란스러웠다. 게다가 김민철 건까지 보고해야 하지 않는가.

이틀 전, 황 회장의 급한 지시로 인천공항으로 가면서 차안에서 들었던 황 회장의 말은 경수에게는 충격이었다.

황 회장의 목소리는 다소 흥분되고 다급했다. 이틀 뒤인 오늘의 재판 건보다 방콕 건을 더 중시하는 듯 하였다. 황 회장은 조정이 결렬되고 재판부의 의중이 자신에게 불리한 쪽인 것 같다는 보고보다는 김민철 건에 더욱 관심을 보일 것이 분명하였다.

황 회장은 금년도 US오픈 골프 대회는 한국에서 개최될 것이
고, 그 유치와 스폰서는 바로 세성그룹이라고 하였다.

세성은 수개월 전부터 미국 골프협회인 USGA[5]와 은밀히 협
의해 왔고 바로 3일 전에 전격적인 합의가 이루어졌다고 했다.

US오픈……. 미국 프로 골프 4대 메이저 대회 중 하나이고,
그야말로 메이저 중의 메이저인 최고의 대회다. US오픈 100년
역사상 단 한번도 미국 밖에서 열린 적이 없는 미국인의 자존심
이었다.

그런데 그 US오픈이 한국에서 열리고 그 유치를 세성그룹이
해냈다는 것이다. 그야말로 쇼킹한 뉴스였다. 발표는 수 일 뒤
한국과 미국에서 동시에 하기로 합의하였다고 했다.

황 회장은 USGA에 한국 선수 7명이 출전할 수 있도록 시드
배정을 요구하였으나 이 요구안이 일부 수정되어 받아 들여졌
다.

미국 PGA에서 활약 중인 임창민, 박주영 프로는 시드배정을
받지 못하였으므로 예선을 통해 출전 여부가 결정될 것이고, 그
들과는 별도로 2명의 한국 선수가 시드배정을 받았다. 그 중 1
명은 세성그룹이, 나머지 1명은 USGA가 지명하기로 하였으며
미국 측으로부터 지명된 자가 출전을 거부할 경우에는 나머지 1
명까지 세성그룹이 지명권을 갖기로 하였다.

미국 측으로부터 지명된 선수가 바로 김민철이었다.

---

5) USGA(US Golf Association) : 미국골프협회. 프로시합만을 주관하는 프로골프협회
   (PGA)와는 다르다.

황 회장은 세성그룹 지명 케이스로 세성그룹 산하 프로 골프 구단인 SGA(Star Golf Agency) 소속인 허준만 프로를 선택하였으나 기왕이면 나머지 한 명까지 SGA 소속 선수를 지명하기를 바랬다.

황 회장은 화급히 김민철 프로의 프로필과 행방을 수소문한 뒤 경수에게 급히 방콕 출장을 지시하였던 것이다.

민철과 경수가 사법연수원 동기임을 알아 낸 황 회장이 경수에게 민철을 만나 US오픈에 출전하지 말도록 설득하라는 것이었다. 물론 그 대가로 상당한 금전의 보상을 제시했다.

경수가 고문변호사실 문을 열고 들어서자마자 여비서가 용수철같이 일어나 인사를 하였다.

"변호사님, 잘 다녀오셨어요? 회장님이 여러 번 인터폰을 주셨습니다. 오시는 대로 회장실로 오시랍니다."

경수는 비서실에서 변호사실로 들어서서 소파에 가방을 던지며 물었다.

"전화 온 데는?"

"네. 세성바이오시스 행정소송 건 상대방 변호사님이 다른 사건 현장검증 기일과 겹친다며 연기신청에 동의를 구해 왔습니다."

"동의해 주세요. 또 다른 전화는?"

"고등학교 동창 모임에 참석 여부를 묻는 전화와……."

"국제전화는 없었나요?"

"없었습니다."

"알았어요. 그만 나가보세요."

경수는 혼자가 되자 회전의자에 깊숙이 몸을 파묻고 눈을 감았다. 평소 준비서면 작성에 눈이 피곤할 때면 늘 이렇게 쉬곤 하였다.

방콕 출장의 여독이 풀리지 않는 상태에서 한 시간의 조정 재판에 신경쓰느라 몸은 지칠대로 지쳤다.

민철은 아직 대답이 없었다. 그는 무얼 그리 장고長考하는지.

수년간의 밀실 생활이 그를 타성惰性에 젖게 하였나? 아니면 광장에서 마주치게 될 휘황찬란한 태양 광선이 너무 눈에 부셔서일까? 다시 한번 광장에 서게 되는 것이 그에게 어떠한 두려움이 되는 것일까.

민철에게는 그의 출전을 저지하라는 황 회장의 지시에 대하여 말하지 않았다. 그는 다만 그 기회를 잡기만 하면 되었다.

그런데 아직 그는 말이 없었다.

황 회장은 이미 허준만 프로 외 다른 한 명의 선수에게 출전 준비를 명령해 놓았는지도 모른다. 매우 급하고 직선적인 황 회장 성격에 충분히 그러고도 남을 것이었다. 경수에 대한 믿음과 출전 포기 대가의 만만치 않음도 황 회장이 믿는 구석일 것이다.

경수가 19층 회장실로 들어섰을 때, 세성그룹의 총수 황영달 회장은 뒷짐을 진 채 창가를 서성이고 있었다.

전면이 모두 유리로 장식된 창 밖으로 멀리 잠실 종합운동장과 올림픽 대로를 기어가는 차량 행렬이 보였다. 흡사 개미들이 꼬리를 물고 행진하는 것과 같은 광경이었다.

회장실 전면 벽에는 거대한 사진들이 걸려 있었다. 한 눈에 백두산 천지天池를 찍은 사진임을 알 수 있었다. 천지의 사방 봉우리에 눈이 쌓여 있음에 비추어 한 겨울의 사진인데 사진 전면에 황 회장이 웃통을 벗어젖힌 채 환하게 웃고 있었다.

황 회장은 평소 한반도 세계중심론을 주창하는 철저한 민족주의자임을 표방해 왔고, 주위 사람 누구도 이를 부인하지 않았다.

황 회장은 한반도가 세계의 중심이 되는 시기가 곧 도래到來할 것으로 굳게 믿고 있었고, 기회가 있을 때마다 한민족이 세계의 갈등을 치유할 유일 민족임을 설파해 왔다.

지난겨울에는 민족통일협의회 소속 젊은 스쿠버 다이버들을 후원하여 천지 답사 여행을 다녀왔는데 당시 다이버들은 민족분단의 고통을 이해하고 통일을 기원한다는 뜻에서 겨울 천지 물에 알몸으로 잠수하는 행사를 기획하였다. 그러나 행사 당일에 워낙 눈보라가 거세게 몰아쳐서 젊은 스쿠버 다이버들은 모두 포기하고 하산을 서둘렀다. 그런데 56세의 황 회장이 갑자기 옷을 벗고 천지 물에 뛰어 들어 3분간을 견디어 냈다. 이는 당시 국내 언론에 특종으로 보도되기도 하였다.

한 손에 태극기를 들고 서 있는 사진 속의 황 회장은 당당한 민족주의자의 모습 바로 그것이었다.

기척을 듣고 경수 쪽으로 뒤돌아 선 황 회장의 표정 속에 다소 초조한 기색이 묻어 있었다. 원래 양쪽 입꼬리가 길게 밑으로 쳐져 있어서 권위주의적인 인상을 풍기는 그였는데 그 입마저 꽉 다물고 있어서 무언가 불만이 팽배해 있음을 알 수 있었다. 경수는 TV에서 많은 정치인들의 입이 황 회장처럼 양쪽 입꼬리가 밑으로 쳐져 있는 것을 보고 성공하려면 저러한 인상을 가져야 하는가보다라고 생각하였었다.

아버지를 일찍 여읜 경수에게 작은 아버지인 황 회장은 언제나 든든한 재정적, 정신적 후원자였다.

황 회장 또한 장손인 경수가 가문을 이을 대들보라며 그에 대한 기대감을 숨기지 않았다.

황 회장이 경수의 고사固辭에도 불구하고 집요하게 법복을 벗게 한 것은 당면한 세성그룹의 법률문제 해결이라는 목적도 있었으나 장기적으로는 그룹 경영의 중책도 맡기려고 했기 때문이었다. 그런 의도를 드러내어 말하지는 않았으나 언뜻언뜻 내비치는 그의 말에서 감지할 수 있었다.

그러나 아직도 조직 문화에 익숙지 않은 경수에게는 그룹 회장으로서의 황 회장이나 작은 아버지로서의 황 회장 모두 부담스러운 존재였다.

"왜 핸드폰을 꺼 놓았나?"

소파에 앉는 경수를 향한 황 회장의 말투는 그룹 회장의 권위로 부하 직원을 힐난하는 말투 그것이었다.

"배터리가 다 되었습니다. 귀국 후 즉시 법정으로 간다고 비서실에 연락해 두었습니다."

"여분의 배터리를 준비해 두어야 하지 않나?"

어차피 황 회장의 심기가 불편한 것이 틀림없으므로 이 말에는 대꾸를 하지 않았다.

"그래, 어찌 되었나?"

"네. 조정은 결렬되었습니다. 어차피 판결로 가야 할 사안이었습니다."

경수는 황 회장 질문의 요지를 알면서도 결국 보고해야 할 재판 건을 먼저 거론하면서 힐난당하는 자신의 불편한 심기도 간접적으로 전달하였다.

"내가 지금 방콕 일을 묻고 있다는 것을 모르나?"

황 회장도 녹녹치 않았다. 경수는 이번에는 잠시 뜸을 들이는 방법으로 은근히 항거하였다.

"기대하지 않는 것이 좋겠습니다. 김민철은 출전할 겁니다."

다시 한번 짧은 침묵의 순간이 흘렀다.

경수는 황 회장의 처진 입꼬리가 씰룩거리는 것을 보았다. 기분이 매우 나쁘다는 증거다.

"건방진 놈. 관광객이 던져주는 어쭙잖은 팁이나 받아먹는 주제에, 일억 원이 어디 애들 장난인 줄 아나?"

경수는 황 회장의 민철에 대한 모욕적 언사가 흡사 자신에 대한 것으로 느껴졌다.

경수는 민철을 위해 몇 마디 변호하려다가 그만 두었다.

민철에게 출전 포기를 권유한 바도, 포기 대가를 제시한 바도 없어 황 회장에게 미안한 감이 있었기 때문이었다.

"그 놈이 끝까지 나하고 악연惡緣을 이어가자는 심산이로구만."

황 회장은 공연히 과거 일을 들먹거렸다.

김민철은 사법연수원 수료 후, 법조인의 꿈을 접고 한국 PGA 투어에 출전하여 데뷔 첫 해에 2승을 올리고 상금 랭킹 3위에 오르는 발군의 성적을 올려 천재 골퍼로 세인의 각광을 받았다.

그런 그가 데뷔 2년째 한국오픈에 출전하여 당시 창단된 세성그룹 산하 프로 골프구단인 SGA 소속 프로선수들 및 한국 PGA소속 경기위원들과 마찰을 빚었다.

당시 경기 도중 경기위원들은 SGA 소속 선수들의 룰 위반을 적당히 눈감아 주었음은 물론, 특히 부동의 상금 랭킹 1위를 수 년째 고수해 오고 있는 허준만 프로의 우승을 돕기 위하여 모든 홀의 경기 상황을 무전으로 받아 허준만에게 은밀히 알려 주기도 하였다. 다른 홀 경기 상황을 알면 작전이 달라질 수 있으므로 훨씬 유리하였다. SGA의 아니 세성그룹의 로비가 깊숙이 먹혀 들어갔다는 증거였다. 김민철은 경기 중 이를 알고 경기위원들과 한국 PGA측에 강력히 항의하였다. 그러나 뚜렷한 증거가 없어 사건 처리는 유야무야되었다. 오히려 김민철에게 프로 신분을 망각하고 동료들과 한국 PGA를 무고하였다는 이유로 6 개월간 출장 정지의 중징계를 내렸다. 그 이후 민철은 다른 선수들과 한국 PGA의 심한 견제와 왕따를 당해 왔다.

고도의 정신 집중을 요하는 골프 경기 도중 동반 선수들의 교

묘한 반칙 행위는 당연히 경기의 리듬을 끊게 마련이고 민철의
성적은 점점 가라앉았다.

고참 선수들은 경기 도중 노골적으로 반말을 하였고, 경우에
따라서는 모욕적 언사까지 서슴지 않았다.

그린 위에서 정교한 퍼팅6)을 위한 어드레스7) 자세시 바로 옆
에서 가벼운 헛기침을 하거나 장갑 접착물을 소리내어 뜯기도
하고, 들고 있던 퍼터8)를 실수를 가장하여 그린9)에 떨어뜨려 소
리를 냄으로써 민철의 리듬을 깼다.

코스 밖에서도 왕따 행위는 계속되었다. 경기 후, 욕탕에서 만
나도 누구도 말을 걸지 않고 무시하기 일쑤였다. 이 모든 방해
공작은 SGA와 그 소속 선수들의 주도로 이루어 졌다.

민철은 이런 한국 골프계의 현실에 회의를 느끼고 투어 출전
을 중단하고 잠적해 버렸다.

황 회장의 흥분된 말 속에는 모든 것은 민철의 잘못이고,
SGA는 억울한 피해자라는 뜻이 담겨 있었다.

경수는 황 회장의 민철에 대한 공세의 방향을 바꾸고자 평소
궁금하던 것을 물었다.

“그런데 미국 측이 왜 김민철을 지명하였지요?”

“아, 그놈들 뻔하지. 돈 때문에 할 수 없이 결정했지만 한국
선수가 우승하는 꼴까지는 못보겠다는 거지. 한국 선수가 아직

---

6) 퍼팅(putting) : 그린에서 홀컵(구멍)안으로 넣기.
7) 어드레스(address) : 공을 치기 전 공을 겨냥하는 등 준비동작.
8) 퍼터(putter) : 그린 위에서 치는 골프 채.
9) 그린(green) : 공이 들어가는 구멍이 있는 지역.

세계무대에서는 통하기 어렵지만 홈그라운드의 이점 때문에 이변이 일어날까봐 두려운 거야. 허준만으로도 찜찜한데 또 하나의 허준만이 출전하게 하느니, 아예 무명 선수를 지명하기로 한 거지. 그래도 완전히 무명인을 지명하면 속이 보이니까 한국 투어에서 2승을 한 사람 정도를 골라 명분을 쌓은 거야. 거기다 최근 투어 실적이 없으니 당연히 경기 감각이 없을 테고…….겉으로는 두 명을 시드 배정한다고 해놓고 결국 한 명을 배정한 셈이지, 그 놈이 바로 김민철이야. 김민철 그 놈도 착각하고 있어. 자기가 무슨 영웅이나 된 듯이 돌연 나타나겠다는 심산인 모양인데, 그렇게는 안되지. 그리고 컷오프10)되고 나면 일억 원이 얼마나 큰 돈인지 새삼 후회막급일 거다. 내 참…….”

“그런데 US오픈을 유치하는 것이 세성그룹에 무슨 득이 됩니까?”

경수는 짐짓 US오픈을 유치한 이유를 모르겠다는 듯이 물었다.

“황 변, 나 이번에 돈 많이 썼다. 평소 돈 벌어 국가와 사회에 환원하겠다고 말해 온 것을 너도 알잖아! 이제 실행에 옮길 때가 되었다고 느꼈다. 한민족이 웅비하는 시대는 반드시 온다. 우수한 한민족에 의해 세계는 통합될 것이다. 그러나 지금은 때가 아님을 나도 알고 있다. 미국이 세계의 중심인 것도 안다. 그러나 세계의 중심이 한반도로 이동하고 있다는 것을 세계에

---

10) 컷오프(cut off) : 전체 라운드 중 일정한 라운드만의 성적으로 중도 탈락시키는 것. 예컨대 4라운드 중 2라운드 합산 성적만으로 탈락시킴.

예고하여 줄 필요는 있는 거야. 아무도 우리를 얕잡아 보지 못하도록 말이다. 너도 알다시피 US오픈은 미국민의 자존심 아니냐? 단 한 번도 미국 밖에서 열린 적이 없었다. 그것을 한국에서 연다. 그 자체로 중심 이동의 서곡이 울리는 거지. 그리고 반드시 한국 선수가 우승할 거다. 아니 우승해야 한다. 한국인의 US오픈 우승으로 한민족의 우수성이 세계에 과시되는 거지. 그렇게만 된다면 내가 번 돈 모두를 쏟아 부어도 좋아. 세성의 성장과 US오픈은 아무 관계가 없다. 모르지. 다소 도움이 될지도. 그러나 이제 세성은 누구의 힘을 빌리지 않고도 자동으로 굴러가고 있지 않니? 무언가 보람있는 일을 할 때가 되었다. US오픈 유치는 국민들에게 크나큰 자부심을 안겨 줄 거다.”

황 회장의 의지는 굳건해 보였다. 경수는 순간 US오픈이 성공리에 끝나면 황 회장이 정계 진출 선언을 할 것이라는 생각이 들었다.

그렇지 않아도 언론도 그러한 추측 기사를 실은 적이 있었다. 기업가가 정계에 진출하지 말라는 법은 없으나 실패한 사례도 적지 않기에 경수는 황 회장의 저돌성을 다소 불안스러워해 왔다.

그러나 황 회장은 이미 일을 저질렀다. US오픈 유치를 성사시킨 황 회장의 의중을 경수는 알 듯 모를 듯하였다.

경수가 무거운 마음으로 다시 자신의 사무실로 돌아 왔을 때 여비서가 한 장의 팩스 문건을 보여 주었다.

경수의 입가에는 비로소 미소가 감돌았다. 거기에는 김민철의 친필로 이렇게 적혀 있었다.

'황 변, 고맙네. 출전하겠네. 그간 광장이 얼마나 변했는지 확인해 보고 싶군.'

벤처 신화와 메이저 대회

박연주는 이제 막 고속도로 서울 요금소를 벗어나자 힘껏 액셀을 밟았다. 경부선 상행선은 평일인데도 정체가 심하여 답답했는데 톨게이트를 나오자 다소 숨통이 트여 가속을 주었다.

연주는 경기도 용인에 있는 양지 컨트리클럽에서 벌어진 아마추어 스킬스skills 대회 취재를 마치고 회사로 가는 중이었다.

스킬스 대회는 정규 스트로크[11] 플레이가 아닌 이벤트성 대회다. 장타, 니어핀[12], 벙커[13]샷, 트러블 샷, 퍼팅 등으로 나뉘어 열리는데 미국 PGA 프로선수들의 이벤트 대회를 흉내 낸 것이다.

연주는 오후 내내 억지웃음을 지으며 아마추어 골프동호회 선

---

11) 스트로크(stroke) : 공을 한 번 치는데 한 점을 주는 경기방식. 최소 타수가 승자가 된다.
12) 니어핀(near pin) : 그린에 올린 공 중 핀에 가장 가까이 붙은 것.
13) 벙커(bunker) : 움푹 패인 모래 웅덩이로 장애물의 일종.

수들을 인터뷰하느라 파김치가 되었다.

핸디캡14) 4의 싱글 골퍼15)인 연주에게 아마추어 골퍼들의 어눌한 폼은 짜증을 자아내기에 충분하였다.

연주가 분당. 구리 분기점을 막 지나갈 때쯤, 핸드폰에서 모차르트의 미뉴에트가 흘러 나왔다. 회사 전화였다. 이어폰을 꽂자 다급한 편집부장의 목소리가 들렸다.

"박 기자. 어디야?"

"이제 막 분당 지났어요. 왜 그러시죠?"

"잘됐어. 지금 당장 역삼동으로 가봐."

"안 돼요. 부장님. 오늘 경기한 것 편집해야 돼요."

"뭐, 스킬스 대회? 어차피 녹화방송 아니야. 그건 나중에 하고 빨리 역삼동으로 가. 시간 없어."

"역삼동 어디로요?"

"응, 세성그룹 본사 사옥. 세성그룹에서 전 언론사에게 기자회견을 한다고 팩스를 보냈어."

"아니 경제부 기자나 가면 되지, 거기에 우리 같은 골프 TV가 뭐하러 가요?"

"이봐, 박 기자. 모든 스포츠 신문사에 연락했어. 우리도 물론이고, 무언가 중대 발표가 있나 봐. 서둘러."

---

14) 핸디캡(handicap) : 골프 플레이어의 기량에 상응하여 정해진 표준타수(파 : par)와의 차이. 즉, 핸디캡 4면 표준타수인 72타를 기준으로 평균 76타의 기량을 갖춘 플레이어임.
15) 싱글 골퍼(single golfer) : 1단위(싱글)의 핸디캡을 가진 플레이어. 즉, 핸디캡 1부터 9까지의 플레이어.

연주는 서초 인터체인지에서 고속도로를 벗어나 강남대로 쪽으로 핸들을 돌리며 생각했다.

'세성그룹이 또 어느 벤처를 인수하였나? 욕심도 많아. 〈TV골프〉는 왜 부르는 거야. 아 참, 잘 됐군. 간 김에 경수 오빠나 만나볼까? 마지막으로 만난 게 한 달 정도 됐지 아마?'

일주일 전 경수가 핸드폰에 메시지를 남겼는데 깜빡 잊고 연락을 못하다가 이틀 전에 전화하였더니 도무지 연락이 되지 않았다.

연주가 근무하는 〈TV골프〉는 골프전문 케이블 TV방송이다. 연주는 〈TV골프〉에 3년 전에 입사하여 기자 겸 뉴스 앵커로 활동 중이었다. 〈TV골프〉는 그녀가 입사 후 1년쯤 지나서 도산 위기에 처했을 때 세성테크가 주식 대부분을 인수해 대주주가 되면서 회생하였다.

당시 회사 인수를 위한 실무 작업차 세성그룹 실무진이 〈TV골프〉에 자주 오곤 하였는데 경수도 계약서 작성 등을 자문하느라 가끔 왔고, 연주는 그 와중에 경수를 만나 알게 되었다. 그 이후 뉴스보도와 관련하여 가끔 정정보도 청구가 들어 왔는데 두 사람은 이를 상의하러 자주 만나게 되면서 자연스레 가깝게 되었다.

경수는 나무랄 데 없는 사람이었다. 항상 맡은 일에 성실하고 허튼 소리를 하는 적도 없었다. 법률가로서의 경직성을 염려할 만하면 문득 유머러스한 재치도 발휘함으로써 그 우려를 씻어

주었다.

연주에 대한 사랑의 감정도 간접적으로나마 수차 전달해 왔
다. 언젠가는 직접 화법으로 프러포즈할 날이 올 것이다. 연주
도 내심 경수의 감정이 자신에게 이입移入됨을 알면서도 선뜻 그
를 받아들이지 못함을 자신도 이해할 수 없었다. 아마 자신도
적극적인 사회생활을 해 오다 보니 누군가에게 속박됨이 두려워
서 그럴 거라고 자위할 뿐이었다.

경수 나이 이미 32세, 연주도 27세, 어느 한 사람이라도 사랑
을 고백하면 그것은 곧 프러포즈를 의미한다.

그것이 두 사람에게는 두려운 것이리라. 적어도 연주에게는.

세성그룹 본사 사옥 12층 대회의실은 이미 기자들로 붐비고
있었다. 〈TV골프〉의 카메라맨도 이미 먼저 도착해 있었다.

잠시 후 정각 오후 5시. 세성테크의 부회장 서태완이 입장하
였다. 나이는 50대 초반에 도수 높은 안경 너머로 총명함이 넘
치는 그야말로 수재형이었다.

서태완 부회장은 세성그룹의 사실상 2인자이다. 그는 황영달
회장의 고등학교 3년 후배로서 영국 런던의 공과대학 명문인 임
페리얼 칼리지 공학부를 졸업한 생물학 박사였다. 그는 귀국하
여 대덕연구단지 생명공학연구소 선임 연구원으로 근무하다가
황 회장이 귀국하자 그의 권유로 세성테크 창업에 참여했다. 그
이후 세성바이오시스 사장을 거쳐 세성테크 부회장직에 있으면
서 기업가적 자질을 발휘하며 수많은 M&A를 성사시켜 오늘날

세성그룹 탄생의 일등 공신이 된다.

연주는 경수로부터 서태완의 프로필을 들어 이미 그에 대하여 대강은 알고 있었으나 멀리서나마 보기는 이번이 처음이었다.

서태완의 발표 내용은 참석한 모든 신문, 방송사 기자들에게 충격적이었다.

연주도 놀랐다. 수개월 전부터 진행되어 온 협상 전략이 얼마나 은밀하였던지 전혀 감지되지 않아 더욱 그러하였다.

서태완 부회장의 발표 요지는 이러하였다.

- 미국 메이저 골프 대회 중 하나인 US오픈 챔피언십은 금년에는 한국에서 개최된다.

- 그 대회를 세성그룹이 유치하였다.

- 총 상금은 전년보다 5배로 늘리고, 우승상금도 300만 달러로 3배 늘어난다.

- 모든 상금과 대회 비용은 세성그룹이 부담한다.

- 출전 자격은 미국 USGA로부터 시드 배정을 받은 자와 예선 통과자로 한다.

- 예외적으로 한국 선수 2명이 시드 배정을 받았는데, 그 중 1명은 세성그룹이, 나머지 1명은 USGA가 한국 프로 골프협회 소속 프로선수 중에서 지명한다.

- USGA가 지명한 선수가 출전하지 않을 경우에는 세성그룹이 지명한다.

- 미국 PGA에서 활동 중인 임창민, 박주영 프로는 예선을 통과하여야만 출전이 가능하다.

서태완의 간단한 발표가 끝나자 기자들의 질문이 쏟아졌고, 서태완은 담담히 답변해 나갔다.

"세성그룹이 US오픈을 유치한 이유가 무엇입니까?"

"세성그룹은 사회의 도움으로 이룬 부富는 사회에 환원되어야 한다고 기회 있을 때마다 주장해 왔고 또 그렇게 실천해 왔습니다. 이번 일도 그 일환으로 이해해 주시면 되겠습니다."

"US오픈 유치가 부의 사회 환원이라는 말씀인가요? 잘 납득이 가지 않는데요?"

"사회 구성원 모두에게 골고루 부가 나뉘어 스며들게 하는 것도 환원이겠습니다만, 사회 구성원 모두의 정신적 만족감을 충족시켜 주는 것도 훌륭한 사회 환원이라 생각합니다."

서태완의 묘한 논리에 수긍이 가지 않는다는 듯 여기저기서 질문이 빗발쳤다.

"그것이 어떻게 국민들에게 정신적 만족감을 주게 된다는 것인가요? 좀 구체적으로 설명해 주시죠."

"아시다시피 US오픈은 100년의 역사를 가진 메이저 중의 메이저 대회이고, 그동안 단 한번도 미국 밖에서 개최된 적이 없는 미국민의 자존심이기도 합니다. 그러한 대회가 한국에서 개최되면 세계의 이목은 한반도에 집중하게 될 것이고, 우리는 커다란 자긍심을 갖게 될 것입니다. 나아가 한미韓美간 우호증진에도 큰 몫을 하게 될 것이고, 거기다 한국 선수가 우승하면 한민족의 우수성을 세계에 드높이는 계기가 될 것입니다."

"한국 선수로는 누가 지명되었습니까?"

"세성그룹은 세성그룹 산하 프로 골프구단 SGA 소속으로 한 국 PGA 3년 연속 상금왕인 허준만 프로를 지명하였습니다."

"나머지 한 명은요? USGA는 누구를 지명하였습니까?"

이 질문을 예상하였을 텐데도 서태완의 얼굴이 약간 일그러지 는 것을 연주는 순간적으로 보았다.

"김민철 프로입니다."

서태완의 입에서 김민철이라는 이름이 떨어지자 회견장은 술 렁거렸다. 마치 처음 들어 본 의외의 인물이라는 듯이.

"김민철 프로의 프로필을 말씀해 주실 수 있나요?"

연주는 서태완이 당연히 김민철의 프로필을 설명해 줄 줄 알 았는데 그가 머뭇거리며 뜸을 들이자 참지 못해 물었다. 당연히 목소리는 날카로웠다.

"죄송합니다만, 저희도 그에 대하여 아는 게 없습니다."

서태완은 손수건을 꺼내 공연히 땀도 나지 않는 애꿎은 이마 만 닦아냈다.

하긴 황영달 회장의 김민철에 대한 분노를 알고 있기에 회견 장에서 김민철에 대하여 아는 체하느니 아예 입을 다무는 것이 나을 듯싶어 거짓말은 하였으나 일말의 양심의 가책呵責은 있었 기에 땀이 날만도 하였다.

"미국 측이 왜 김민철 프로를 지명하였는지는 알고 계신가요?"

기자들의 집요한 질문 공세는 계속 이어졌다.

"그것은 그 쪽에 물어 보시지요. 그들도 한국 선수 우승이 달 갑지 않은 모양이지요."

서태완은 묘한 화법으로 미국 측에 대한 불만의 일단을 내비
쳤다.

연주는 세성그룹이 미국 측의 선수 시드 배정에 대하여 내심
불만을 가지고 있고, 미국 측이 지명하였다는 김민철이라는 선
수는 우승권과는 거리가 먼 시원찮은 선수임이 틀림없다고 느꼈
다.

김민철이 한국 투어에서 어떠한 성적을 올렸는가는 회사로 돌
아가 조사해 보면 금방 알 수 있을 것이고 세성그룹과 USGA와
의 보이지 않는 갈등은 조금만 살을 붙이면 좋은 기사거리가 될
수 있을 것 같았다.

"상금액을 대폭 올려 대회 유치 비용이 만만치 않을 텐데 세성
은 그 비용을 감당해 낼 수 있습니까?"

어느 기자가 세성의 아픈 곳을 찌르고 나왔다.

요즘 대부분 벤처들의 거품이 빠져 호시절 지났다고 아우성들
인데 아직 버티고 있다고는 하지만 그래도 알 수 없는 세성의
자금 사정에 대하여 비아냥거리는 투가 분명하였다.

"그 점은 전혀 염려하시지 않아도 좋습니다. 세성은 현금의 사
내 유보율도 높고 그룹 내 모든 기업이 흑자를 내고 있습니다."

서태완은 이 질문에 대하여는 간단히 대답하고 넘어갔다.

서태완은 몇 시간 뒤면 USGA도 똑같은 발표를 할 것이라는
말로 회견을 마쳤다.

연주는 회사로 돌아가는 차안에서 기사 초고를 손질하느라 머

리 속이 복잡하였다. 아마추어 스킬스 대회 편집 건은 이미 뒷전이었다. 무엇보다도 김민철의 프로필을 구하는 것이 급선무였다.

'경수 오빠도 오늘 발표 내용을 알고 있었을까?'

고문 변호사라 회사 경영, 아니 회사 기밀에 속하는 일은 모를 수도 있다. 그러나 오빠는 황 회장의 측근이 아닌가. 그렇다면 이미 알고 있을 수도 있다. 한번 더 그렇다면 골프 TV 기자인 자신에게는 대박감인데 미리 언질을 줄 수도 있지 않은가?

연주는 생각이 여기까지 미치자 은근히 경수에 대하여 부아가 치밀었다. 고지식한 사람 같으니.

연주는 급히 경수의 핸드폰 단축 번호를 눌렀으나 꺼져있었다. 무슨 재판을 이리 늦게까지 한담.

연주가 낮은 목소리로 투정거리며 백미러를 보자 씰룩거리는 입술이 보였고, 그 사이로 살짝 삐져나온 덧니는 자신이 보아도 매력적이었다. 그녀는 흠칫하며 입술에서 힘을 빼고 살포시 미소를 지어 보았다.

"오빠. 그럴 수가 있어요?"

연주는 경수의 맞은편에 털썩 앉으며 대뜸 투정부터 부렸다. 아직 점심하기에는 이른 시각이라 레스토랑 안이 한적하기에 망정이지 잘못하면 오해받기 십상일 정도로 그녀의 목소리 톤은 높았다.

연주의 투정은 늘상 있는 일이고, 곧바로 풀어지며 화사하게 웃는 게 다반사라 경수는 짐짓 내버려 두고 약간의 변명만 늘어

놓았다.

"아, 재판 중이라 핸드폰을 꺼놓았었어."

"아니, 뭐 핸드폰 꺼놓은 것 가지고 그래요?"

"그럼……?"

"시치미 떼긴. 이 것 보세요."

연주는 가방에서 일간 신문과 스포츠 신문 서너 뭉치를 꺼내어 탁자 위에 늘어놓았다.

신문마다 1면 톱뉴스로 〈세성그룹 금년도 US오픈 유치〉라는 기사가 대문짝만하게 실려 있었다.

경수는 신문에서 슬그머니 눈길을 피하며 말했다.

"식사부터 주문하지. 나 아침도 못 먹고 재판에 나갔었어. 배고파."

경수는 서울고등법원 재판을 마치고 서초동 법원 앞에서 점심 식사를 한 뒤 오후 재판까지 끝내고 사무실로 갈 작정이었다. 그런데 연주에게 연락을 못 한 것이 찜찜하여 전화하였더니 그녀는 기다렸다는 듯이 총알같이 튀어 나와 투정을 부리는 것이었다.

"식사는 천천히 해도 돼요. 설명부터 해 주세요. 저에게 조금만 언질을 주었더라도 특종인데……. 또, 〈TV골프〉는 세성 산하 아니에요?"

"나도 별로 아는 게 없었어. 그리고 연주도 알잖아, 회장님 성질. 정식 발표까지 함구령이 내렸어. 미국 측 입장도 고려해야 되니까."

“그래도 그렇지요.”

“아. 그래 알았어. 내가 오늘 맛있는 점심 사드릴 게. 화 푸세요. 대단한 골프 기자님?”

연주는 여느 때처럼 이내 얼굴 표정을 풀었다.

“그럼 나 오늘 비싼 것 먹어도 돼요?”

“그럼.”

연주는 웨이터를 불러 돈가스 정식을 주문하였다.

“아니, 그게 비싼 거야? 기분이 영 찜찜한데? 샐러리 변호사라고 무시하는 것 같기도 하고.”

“그래요. 무시하는 거예요. 나중에 세성테크 대표이사가 되거든 그때 아주 비싼 걸루 사주세요.”

“대표이사는 무슨⋯⋯”

경수는 연주가 쓸데없는 소리를 한다는 듯 정색을 하였다.

“회장님이 오빠의 꿈을 접게 하였으면 그만한 복안이 없으시겠어요? 아무렴 평생 법률 자문역만 맡기실라고요? 오빠도 대기업가로서 더 큰 꿈을 이루어야 하지 않아요?”

“누가 듣겠어. 그런 소리 함부로 하지 마. 나는 현재로 만족해.”

경수는 그때까지 서 있던 웨이터에게 같은 것으로 달라고 주문하였다.

“그런데 오빠. 이번에 세성이 돈 많이 썼겠어요. 총 상금도 대폭 늘리고⋯⋯. 방송국에선 그래요. 톱 랭킹 선수들에겐 따로 초청비를 줄 거라고요. 지금 벤처들이 어렵다고들 하는데 정말 대단해요, 세성은.”

“글쎄. 나는 평소 그룹 경영에 대하여 아는 게 없었고……. 이번 일도 그래. 다만, 회장님이 평소 하시고 싶어 하던 일을 원 없이 해내시는 걸 보니 그저 그 결단력이 부러울 뿐이야.”

“세간에는 회장님이 이번 US오픈만 성공리에 끝내면 곧 다음 총선總選에 출마할 것이라는 설이 파다해요.”

“글쎄. 그것도 모르겠어. 그저 순수한 민족 자긍심을 고취시켰다는 선에서 만족하실지, 아니면 그것을 발판으로 다른 계획을 실행하실지…….”

“어제 회견장에서 서태완 부회장이 미국 측과 언짢은 관계가 있는 듯이 답변하던데, 혹시 미국 측과 무슨 문제가 있나요?”

“문제는 무슨 문제. 우리 요구대로 시드 배정이 안 되니까 다소 불만이었겠지. 미국 측 입장도 이해해야 해. 대회야 한국에서 열리지만 출전선수 결정은 룰에 의할 수밖에 없다는 거지. 임창민 프로나 박주영 프로는 자기 실력대로 예선을 통과하면 될 것이고, 나머지 시드 배정된 2명은 미국 PGA소속이 아니니까 그만큼 혜택을 준 것으로 볼 수 있지. 7명 배정 요구는 너무 많았어.”

“김민철 프로 얘기 좀 해 주세요.”

경수는 연주가 갑자기 김민철을 거론하자 흠칫 놀랐으나 내색을 하지는 않았다.

“내가 아는 게 있어야지.”

“오빠, 지금까지 US오픈 유치에 대하여 상세히 알고 있는 듯이 얘기하셨잖아요."

경수는 오늘따라 연주가 더 영리하다는 생각이 들었다.

"몰라. 나도 신문에 난 것 외에는."

"오늘 조간신문 내용은 어제 〈TV골프〉 서녁 뉴스 내용과 다를 게 없어요 한국 PGA 자료집에 나와 있는 그대로예요. 데뷔 첫해 2승에 상금 랭킹 3위. 천재 골퍼 소리를 듣던 그가 2년 뒤 돌연 잠적. 현재 행방은 오리무중."

"그 정도면 충분하지 않나?"

"기자 입장은 그게 아니에요. 인터뷰 기사까지 내 보내야 하잖아요. 더구나 김민철 프로가 출전을 포기하면 세성이 다시 지명권을 갖는다면서요. 그의 출전 여부도 모르잖아요. 기자로서는 제일 답답한 경우예요."

"때가 되면 나타나겠지."

경수는 고기가 뻑뻑하다며 물을 한 모금 마셨다. 연주의 집요한 신문訊問을 피하기 위한 의도도 있었음은 물론이었다.

"오빠하고 사법연수원 동기 아니에요?"

경수는 이번에는 정말 놀랐다. 그 반작용이 표정에 나타났는지 연주는 이를 놓치지 않고 결정타까지 한꺼번에 날려 버렸다.

"오빠하고 연배年輩가 비슷한 것 같아 법조인대관을 찾아보았조. 연수원 동기시더군요. 혹시나 해서 졸업 앨범까지 구해 보았어요. 오늘 아침에. 학회 활동도 같이 하셨던데요? 나란히 사진도 같이 찍으시고요."

연주는 수백 명이나 되는 연수원 동기생을 어떻게 다 아느냐는 변명조차 할 수 없게 경수를 막다른 골목으로 몰아 세웠다.

세성그룹의 US오픈 유치 발표는 어제 오후 5시이고, 끝난 시간은 대강 여섯시쯤이었다.

그녀가 회사로 돌아가 기사를 정리하고 밤 10시 뉴스까지 방송하였으면 법조인대관은 어떻게 구해 볼 수 있었다고 치더라도 연수원 졸업 앨범을 구하기는 거의 불가능하였다.

경수는 연주의 투철한 직업의식에 새삼 놀라며 앨범 입수 경위를 알고 싶었다.

"간단해요. 시간만 잠시 할애하면요."

그녀는 경수의 얼굴에서 그의 궁금증을 읽어 냈는지 득의만만하게 설명해나갔다.

"법조인대관은 방송국 구내 도서관에서 금방 구할 수 있었어요. 오빠와 김민철 프로가 사법연수원 동기라는 것도 금방 확인되었어요. 저는 두 분이 동기일 확률을 10% 정도로 보았는데 어려운 관문을 하나 통과한 셈이었지요. 동기라 해도 수백 명 연수생을 모두 알거나 친한 것은 아니겠지요. 저는 앨범을 생각해 냈어요. 앨범은 2년간의 연수생활 기록이므로 무언가 단서를 찾을 수 있을 것 같았어요."

"단서?"

경수는 자신이 연주의 수사 대상에 올랐었다고 생각하니 속으로 쓴 웃음이 났다.

"죄송해요. 단서라고 표현해서, 다른 말로 하자면……."

"아니, 괜찮아. 계속해. 연주."

"앨범을 구하는 게 급선무였어요. 저는 법조인대관을 뒤져 오빠 동기 중 변호사를 개업하고 있는 동기생 30명을 뽑아냈지요. 그 작업이 힘들고 시간이 걸렸어요. 아시다시피 법조인대관은 연수원 동기별이 아닌 가나다순으로 편집돼 있었기 때문이죠. 그 일이 끝난 게 밤 9시 40분경이었어요. 10시 뉴스를 끝내고 30명의 변호사 자택에 전화한다는 것은 무리여서 오늘 아침에 출근하여 9시 30분부터 전화하였지요. 대부분 변호사들이 10시에 맞추어 법정으로 가는 것을 알기에 그 전에 전화한 것이지요. 사무실에 연수원 졸업 앨범을 보관하고 계신 분은 정확히 25번째 변호사셨어요. 그분께 양해를 구하고 그분 사무실에 가서 오빠가 김민철 프로와 함께 찍은 학회 활동 사진을 확인한 것이 음, 그러니까, 정확히 30분 전이에요."

시계를 보며 말을 마친 연주는 포크로 고기 한 덩이를 찍어 입에 넣고 맛있게 오물거렸다.

"왜 나한테 전화 안하고 힘들게 확인하였지?"

"재미있잖아요."

"재미? 나를 꼼짝 못하게 하는?"

"아니에요. 그건. 물론 오빠에게 확인하면 쉽긴 하겠지만. 기자는 언제든지 현장에 있어야 하잖아요. 확인에 확인을 거치는 그 과정이 재미있다는 거예요. 그런데 오빠. 더 이상은 안 되겠어요. 시간도 없고요. 그래서 오빠의 도움을 청하는 거예요."

경수는 더 이상 피할 수 없었다. 그녀가 김민철을 취재하고 보도하는 과정에서 그가 피해를 입지 않기를 바랄 뿐이었다.

연주가 특종을 노리고 김민철을 해치는 보도를 할 정도로 균형감이 없는 사람은 아니라는 믿음도 있었다.

두 사람이 식사를 마칠 무렵 레스토랑 안은 유키 구라모토의 피아노 곡이 흘러나오고 있었고, 경수는 일주일 전 김민철과의 해후를 다시 한번 반추하고 있었다.

남지나 해변海邊의 밀실

방콕행 KAL 707기가 인천공항을 이륙한 뒤 5분 정도 지나 고도를 잡자 연주는 안전벨트를 푼 뒤 신문을 펼쳤다.

스포츠난에는 온통 US오픈 소식뿐이었다. 세계 톱 랭커들이 US오픈 한국 대회를 대비하여 다른 대회의 출전을 포기하고 있다는 기사, 세성그룹 황영달 회장이 사운을 걸고 대회를 유치하였는데 과연 수지타산이 맞는 장사일 것인지 의문이 간다는 기사, 대회 장소는 경기도 용인에 있는 월드코리아 컨트리클럽으로 결정되었는데 그린 상태를 미국 PGA 수준으로 세팅할 것인지, 국내 대회 상태로 놔둘 것인지 추측하는 기사 등, US오픈 소식으로 도배를 해 놓고 있었다.

그 중 눈에 띄는 기사는 김민철 프로가 미국 USGA에 출전 승낙을 통보하였다는 기사였다.

김민철의 출전으로 세성그룹은 시드 배정이 한 명 줄게 되어

침통한 분위기라는 내용에 SGA 소속 허준만 프로의 인터뷰 기사까지 곁들여 있었다. 허준만은 한국을 대표하여 반드시 우승함으로써 한민족의 우수함을 세계에 과시하겠다는 자신만만함을 내비쳤고, 월드코리아 컨트리클럽 인근 모텔에 캠프를 차리고 벌써부터 현지 적응과 연습 라운딩에 돌입하였다는 것이었다.

그런데 김민철에 대한 기사는 출전을 승낙하였다는 기사 외에는 별 내용이 없었다. 인터뷰 내용이 없었음은 물론, 그가 지금 어디에서 어떻게 어떠한 훈련을 하고 있는지 등에 대하여 전혀 언급이 없었다.

연주는 김민철의 행방은 세성 내에서도 황 회장, 황경수 변호사, 김민철을 수소문한 직원 등 극소수만이 알고 있을 것이고, 황 회장의 함구령으로 더욱 노출이 되지 않는 것으로 추측하였다.

스포츠 기사들에서는 김민철을 다소 폄하시키고, 허준만을 부각시키려는 냄새가 풍겼다. 세성 측의 모종의 로비가 기자들에게 먹혀 들어갔다는 증거였다.

편집부장으로부터 방콕 출장 승낙을 받아내는 것도 수월치 않았다. 김민철이 태국에 체류 중이라는 정보를 들었다는 것뿐, 태국 어디에 있는지, 또 그 정보 제공자가 누군지조차 말할 수 없어 편집부장에게 신뢰를 줄 수 없었기 때문이었다.

그렇다고 황경수의 이름을 댈 수도 없었다. 잘못 소문이 나면 황경수와 황 회장과의 관계가 문제될 것이고, 자신을 믿고 김민철의 행방을 가르쳐 준 경수를 곤경에 빠뜨릴 수도 있기 때문이었다.

연수는 반신반의하는 편집부장에게 특종을 놓치면 책임지겠냐고 반협박하여 겨우 승낙을 얻어 냈다.

그런데 정보의 신뢰성도 떨어지고 예산 문제도 있다며 카메라맨의 동행 출장은 받아들여지지 않았다. 〈TV골프〉는 그야말로 TV방송국이다. 동영상 없는 보도는 아예 보도하지 않느니만 못하다. 김민철의 인터뷰 모습이나 훈련 모습이 화면에 비치지 않는다면 그만큼 사실성과 신뢰성이 떨어진다. 항상 현장에 있고자 하는 연주의 기자 정신에도 맞지 않는다.

연주는 할 수 없이 자신의 캠코더와 디지털 카메라를 싸들고 방콕 출장길에 오를 수밖에 없었다.

경수는 친절을 베푸는 김에 연주에게 세성테크 방콕지사의 고남걸 과장까지 소개해 주었다. 연주는 방콕에 도착한 후 고 과장을 따라 방콕 팟퐁 거리의 게이바까지 가보았으나 김민철은 수일 전부터 이 곳에 나오지 않는다는 말만을 들었다.

난감한 연주에게 그나마 위안이 된 것은 게이바의 콧수염을 기른 웨이터에게서 들은 한 마디였다. 그의 말에 의하면 김민철은 무슨 골프 대회에 나가야 된다면서 연습이 필요하다고 말하였다는 것이었다. 그래서 그가 어느 골프장에서 연습하느냐고 묻자 웨이터는 잘은 모르지만 김민철은 기분이 울적할 때면 파타야에 있는 로얄팜 골프 클럽에 가서 수일씩 묵고 오는 경우가 있었는데 거기에 갔을지도 모른다는 것이었다. 얼마나 중요한 정보인가. 연주가 웨이터에게 팁을 두둑히 건네주자 웨이터는 허리를 굽히며 고마워하였다.

연주는 고 과장의 안내로 현지 여행사 한국인 가이드를 소개받아 그가 인솔하는 파타야행 관광버스에 동승했다.

관광객 중 일부는 로얄팜 골프 클럽에서 라운딩이 예정되어 있어서 골프장까지 따라 갈 수 있었으므로 연주에게는 행운이었다.

방콕에서 남부 해변가의 관광지인 파타야까지 이어지는 고속도로는 한국의 고속도로에 비하면 시골길 정도의 수준이었다. 거기에다 군데군데 한국 관광객들을 위한 휴게소가 설치되어 있고, 한국말 간판까지 붙어 있어서 흡사 한국의 어느 한적한 시골 도로변인 듯싶었다.

연주는 지갑을 열어 사진 한 장을 꺼내 들여다보았다. 김민철의 얼굴이 거기에 있었다. 정확히는 사진이 아닌 신문 스크랩이었다. 김민철이 데뷔 첫해 한국오픈에서 첫 승을 거두고 우승 트로피를 번쩍 들어 올리는 사진이었다. 머나먼 태국 땅에서 생면부지의 사람을 만나게 해 줄 유일한 단서였다.

짙은 눈썹, 초롱한 눈망울, 굳게 다문 입술, 운동 선수답지 않게 흰 피부색……. 미남이라고는 할 수 없어도 귀티가 나는 면모였다. 연주는 그의 눈망울이 어딘가 우수憂愁에 젖어 있다고 느꼈다. 그 우수의 이유가 무얼까 하며 김민철의 눈망울을 들여다보던 연주는 사진을 손에 든 채 잠이 들어 버렸다.

경수가 바람처럼 다녀간 뒤, 경수와 미국 USGA에 출전을 승낙하는 팩스를 보낼 때까지만 해도 민철은 기실 별다른 고민을 하지 않았다.

경수의 메시지는 다시 오지 않을 천재일우千載一遇의 기회였고, 그는 의당 그것을 잡을 권리가 있다고 생각했다. 밀실에 오래 웅크리고 있었던 만큼 광장으로의 초대장을 받을 자격이 있다고 느꼈다. 그는 광장에서 잠시 물러나 있었을 뿐, 영원히 떠났던 것은 아니었다고 자문자답하였다. 그래서 별 고민없이 그 기회를 잡았던 것이었다.

그러나 이는 미구未久에 그의 순전한 착각이었음이 드러났다.

민철은 출전 승낙을 통보한 다음 날, 호기롭게 골프백을 둘러메고 파타야 인근 로얄팜 골프 클럽 드라이빙 레인지[16]에 나타났다. 그런데 도무지 공이 맞질 않았다. 자신의 느낌으로도 온몸에 힘이 들어가 있음을 알 수 있었다. 공은 대부분 엄청난 슬라이스[17]를 그리며 오른쪽으로 휘어져 날아갔다. 잠시 심호흡으로 마음을 가다듬고 다시 드라이버[18]를 쳤다. 이번에는 악성 훅[19]을 그리며 왼쪽으로 휘어져 날아갔다.

도대체 이게 웬 일인가? 이것이 US오픈 출전자의 실력이란 말인가? 경수가 왔던 날만해도 프레지던트 클럽에서 2언더파[20]

---

16) 드라이빙 레인지(driving range) : 연습장.
17) 슬라이스(slice) : 우측으로 빗나가는 샷.
18) 드라이버(driver) : 우드 골프채의 1번.
19) 훅(hook) : 좌측으로 빗나가는 샷.
20) 언더파(under par) : 표준타수(par)보다 적게 치는 타수.

를 쳤었다. 14개 드라이버 샷 중 13개가 정확히 페어웨이에 안
착하지 않았던가!

이번에는 아이언[21]으로 바꾸어 쳐 보았다. 마찬가지였다. 실전
에서는 치명적일 토핑[22] 샷도 몇 개 나왔다. 민철은 들고 있던
5번 아이언을 연습장 매트에 던져 버렸다.

그리고 드라이빙 레인지가 끝나는 쪽의 밀림 숲을 망연자실
바라다보았다.

가슴이 뛰었다. 이마에서는 땀이 흘렀다. 머리 위에서 선풍기
가 돌아가고 있음에 비추어 그것은 더위로 인한 땀이 아닌 식은
땀이 분명하였다. US오픈……. 그것은 갑자기 거대한 산이 되
어 그 앞에 서 있었다. 민철은 갑자기 몸이 부르르 떨림을 느꼈
다. 그러면서 오한惡寒도 함께 왔다.

민철은 골프 클럽 리조트 내 숙소에 몸져 드러눕고 말았다.
사흘 밤낮을 고열에 시달리며 끙끙 앓았다. 평소 민철을 아들처
럼 대해주던 리조트 여종업원 치라가 걱정스런 표정으로 시중을
들었으나 차도가 없었다.

비몽사몽간에 민철은 남극의 거대한 빙산 앞에 엎드려 있었
다. 누군가 옆에서 속삭였다. 수억 년 역사의 빙산이 녹아내려
해수海水가 높아졌다는 것이다. 해수가 높아지면 기상이변이 발
생하고 지구촌 생물들에게 치명적인 영향을 끼친다는 것이다.

---

21) 아이언(iron) : 쇠로 만든 골프 채.
22) 토핑(topping) : 공의 머리를 때려서 땅에 박히거나 멀리 못가는 것.

민철은 그 거대한 얼음덩이를 막으려고 손을 번쩍 들며 일어섰
다. 빙산이 떠내려가지 않도록 막아야 한다는 일념 하에.

순간 민철의 발이 미끄러지며 얼음과 얼음 사이의 틈새를 통
해 바다 속으로 빠졌다. 냉기가 뼛속까지 스며들었다. 저 틈새
로 탈출해 나가야 한다고 허우적대는 민철의 눈에서 그가 빠져
들어온 틈새는 점점 멀어져만 갔다.

의식도 몽롱해져 갔다. 민철은 의식을 완전히 잃기 전에 누군
가에게 도움을 청해야 한다고 생각했다. 소리를 지르기 위해 침
을 꿀꺽 삼켰다. 침이 목젖을 통과하는 순간 민철은 목젖 부근
에서 심한 통증을 느꼈다.

'도와주세요. 저 얼음을 멈추어야 해. 얼음을 세워야 해. 누구
없어요? 도와주세……'

민철은 분명 소리를 지르고 있었으나 그 소리는 목젖을 통과
하지 못하고 목젖 밑 어딘가에서 꽉 막혀 맴돌고 있음이 느낌으
로 전해져 왔다. 그러면서 알 수 없는 공포감에 빠져들었다. 이
마에는 송골송골 땀이 배어났다.

이상하다. 얼음물 속에서도 땀이 나나? 민철은 마지막이라 생
각하고 최후의 힘을 다 쏟아냈다.

'안 돼! 해수가 넘치면 안돼!'

마지막 외침이 목젖을 통과함을 느끼는 순간, 민철의 몸은 그
대로 솟구쳐 틈새 사이로 튕겨 나왔다. 민철은 순간 눈을 번쩍
떴다. 태양 광선이 그 때보다 눈부신 적은 없었다.

민철의 몸은 땀으로 흥건하였다. 여종업원 치라가 물수건으로 이마의 땀을 닦아 주고 있었다. 민철이 이 곳 골프장을 찾을 때마다 정성스레 시중을 들어주던 치라의 얼굴은 걱정으로 가득 차 있었다. 이러한 민철의 유약한 모습을 보는 것은 처음이라는 듯 알 수 없는 말을 중얼거리며 연신 민철의 몸에서 땀을 닦아 내었다.

민철은 무엇보다도 목구멍이 따가워 견딜 수가 없었다. 목젖 부근에 기생하는 독감 바이러스는 민철의 전신을 강타하였다. 도무지 힘을 쓸 수 없었다.

그렇게 비몽사몽으로 며칠을 지내는 동안, 민철은 실제로 수 없는 꿈을 꾸었다. 주로 US오픈에서 컷오프되는 꿈이었다. 간혹 우승 트로피를 들고 서 있기도 하였으나, 누군가가 트로피를 낚아채 깜작놀라 꿈에서 깨어나기도 하였다.

다소 기력이 회복된 날, 민철은 숙소 침대에 걸터앉아 창 밖을 멍하니 바라다보았다. 멀리 드라이빙 레인지와 녹색의 페어웨이가 눈에 들어 왔다. 즉각 달려가 공을 후려치고 싶은 욕망과 그래도 공을 제대로 맞추지 못할 것이라는 의기소침함이 교차하였다.

'내가 진정 US오픈 출전자란 말인가?'

민철은 망연자실, 고개를 떨구었다.

몸져누운 지 정확히 일주일만에 민철은 드라이빙 레인지에 다시 섰다. 연습 중이던 클럽 회원들이 민철을 알아보고 반갑게 인사하였다. 목의 통증은 사라졌다. 팔뚝도 예전만은 못하나 그런대로 힘이 들어가 있는 듯하였다. 그러나 쉽게 클럽[23]을 손에 쥐지는 못하였다. 묘한 감상이 민철을 엄습하였다. 외로움이었다. 짙게 가슴을 드리운 외로움……. 거기에 두려움이 가미된.

3년 전, 낯선 태국 땅에 첫 발을 내딛는 순간 민철은 전혀 외로움을 감지하지 못하였다. 통속적인 의미의 외로움이 있다면 그것은 그와는 무관하다고 느꼈다. 인간은 원래 독자獨自이므로 외로움이 마음에 내재되어 있다 하더라도 이는 당연한 것이고 오히려 외로움을 즐겨야 한다고 생각했다.

3년간의 태국 생활은 통속적 의미로서는 외로운 생활일 수도 있었으나 그는 전혀 외로움을 느껴보지 못하였다. 낄낄거리며 내기 골프에 열중하는 관광객들 비위를 적당히 맞추어 주며 따라다니다 보면 외로움을 느낄 여유조차 없었고, 게이바에서 마이크를 잡는 순간에도 별로 느껴보지 못하였다. 다만, 일과를 마치고 숙소로 돌아와 거실 등을 켜는 순간, 알게 모르게 엄습하는 묘한 감정을 느껴보기는 하였으나 그는 그것이 외로움임을 전혀 인정하지 않았다. 그럴 때면 그는 룩타안주酒 한 잔을 들고 베란다에 서서 멀리 굽이굽이 흐르는 차오프라야 강江 인근 방콕의 야경을 바라보곤 하였다. 그것은 분명 즐거움이었지 외로움이 아니었다.

수년 전, 한국오픈에서 우승할 당시 수많은 갤러리[24]들의 환

---

23) 클럽(club) : 골프채.
24) 갤러리(gallery) : 골프시합의 관중.

호에 휩싸여 광분狂奔하였던 것도 한 판의 인생이라면, 차오프라 야 강변에서 야자주를 벗 삼아 고즈넉한 분위기를 연출함도 훌 륭한 한 판의 인생이라고 생각하였다. 그가 그렇게 외로움을 느 끼지 못하는 사이 수년이 흘러갔다.

그러나 지금의 심정은 어떠한가. 가슴 깊이 스며드는 기묘한 감상感傷이 분명 존재하고 있지 아니한가. 사람들은 이를 외로움 이라 표현함이 틀림없었다. 그러나 더욱 기괴한 것은 그 감상 밑 심연深淵 어딘가에 더욱 기묘한 감상이 자리하고 있었고, 민 철은 이를 두려움이라고 생각했다.

나는 무엇을 두려워하고 있는가? US오픈에서의 컷오프? 그 로 인한 망신? 황 변호사에 대한 미안함? 그것들이 두려움의 실체인가? 그러면 왜 호기롭게 승낙하였는가?

공이 제대로 맞을 리 없었다.

민철의 끊임없는 상념과 자문自問은 타격의 집중도를 흩뜨려 놓기에 충분하였다. 주변에서 연습에 열중하고 있는 아마추어들 이 형편없는 샷을 때리는 자신을 조소嘲笑하고 있을 것이라고 생 각하니 뒤통수가 따끔따끔하였다.

반 박스의 공을 대충대충 치고 난 민철은 골프백을 짊어지고 공 한 바구니를 든 채 드라이빙 레인지를 나서서 그만이 아는 비밀의 장소로 향하였다.

로얄팜 골프 클럽은 18개 홀 거의 전부가 해변을 끼고 라운딩 할 수 있도록 조성되어 있었다. 설계 당시부터 해변이 바다로 길게 튀어 나온 이른바 곶에 코스를 조성하였으므로 거의 전 홀이 바다를 조망할 수 있는 해변가 절벽 위에 위치하였다.

그 중 5번 홀 그린 옆으로 10여 미터만 가면 원시 상태의 밀림이 그대로 보존되어 있었다. 이 밀림은 5번 홀을 홀 아웃[25]한 후 6번 홀로 가는 반대편에 위치해 있었으므로 플레이어나 캐디[26]들이 갈 필요가 없는 곳이었다.

밀림 속으로 3~4분 정도 거리의 오솔길이 있었는데, 그 길은 민철이 야자수를 베어내고 만들어 낸 길이었다. 그 오솔길이 끝나는 곳에 약 5평 정도의 빈터가 있었고, 그 끝은 그대로 절벽으로 이어져 있었다.

그 절벽 밑은 바로 남지나해海. 푸른 파도가 넘실대며 흰 포말이 끝없이 반복되고 있었고, 그 맞은편에도 절벽이 이 쪽과 마주보며 서 있었다. 그 절벽 위에도 원시림이 그림 같이 형성되어 있었는데 이는 7번 홀 페어웨이 옆이었다.

민철은 기분이 울적할 때면 가끔 이곳을 찾아왔다. 이곳은 지구상에서 유일하게 독자獨自일 수 있는 장소였다. 리조트 숙소의 종업원 몇 명을 이곳에 데리고 온 적이 있었으나 그들은 별 감흥을 못 느낀 듯 그 이후엔 따라 나서지 않았다.

민철은 이곳에서 룩타안주를 홀짝거리기도 하였고, 늘어지게 낮잠을 자기도 하였다. 물론 올 때마다 드라이버와 아이언 골프채 몇 개를 가지고 와 바다를 향해 샷을 날렸다. 목표물은 멀리

---

25) 홀아웃(hole out) : 퍼팅을 끝내고 그 홀을 마치고 나오는 것.
26) 캐디(caddie) : 플레이어의 경기도구 운반자, 경기보조원.

푸른 바다에 떠 있는 고기잡이 나룻배나 노을이나 바다 속으로 잠기는 붉은 해였다. 그럴 경우 바다 전체가 페어웨이였고, 물론 OB[27]는 없었다.

이 쪽 절벽에서 맞은 편 절벽까지의 거리는 290야드[28] 쯤 되었다. 민철은 최고의 컨디션으로 드라이버를 때리면 330야드 정도는 무난히 나가는 장타자였으므로 이 쪽에서 저 쪽 절벽으로 드라이버 샷을 날려 절벽에 안착시키면 그날은 컨디션이 좋은 날이었다. 맞은 편 절벽 위에 떨어지면 330야드, 절벽 끝에서 10야드 밑 절벽에 맞으면 300야드, 20야드 밑에 맞으면 280야드……. 이렇게 거리를 측정하며 연습을 하였다.

민철은 그만의 공간, 이곳 외진 곳의 평평한 돌의자에 앉아 망연히 바다를 응시하였다. 완쾌하였다고는 하나 아직도 헬쑥한 민철의 얼굴 위로 열대의 강렬한 햇살이 쏟아졌다. 민철은 억지로라도 무념無念의 상태를 유지하려 애썼다. 그러나 뜻대로 되지 않았다.

민철이 두 번째 우승한 매경오픈에서의 마지막 홀 갤러리들의 환호성이 귓가에 맴돌았다. 또, 세성그룹 산하 프로골프구단 SGA 소속 선수가 그린 위에서 고의로 퍼터를 떨어뜨리는 소리에 퍼팅이 빗나가자 곧바로 퍼터를 집어 던지는 자신의 모습이

---

27) OB(out of bounds) : 말뚝으로 표시된 페어웨이의 바깥 지역. 이 지역에 공이 떨어지면 1벌타를 먹고 종전 타구 지역에서 다시 치게 됨.
28) 야드(yard) : 골프에 사용되는 거리의 단위. 1야드는 0.9144미터.

보이고, 이어지는 갤러리들의 야유 소리가 다시 귓가를 스쳐 지나갔다.

룩타안주에 취해 흐느적거리며 〈블루 나이트〉를 부르던 팟퐁의 게이바가 눈앞을 어른거리기도 하였다. 급기아 US오픈에서 컷오프되어 고개를 숙이고 갤러리들의 야유 속을 빠져 나올 때 그 야유 속에서 세성그룹 황영달 회장의 비아냥거리는 소리가 섞여 나왔다. 민철은 돌의자에서 벌떡 일어섰다.

'아, 민철. 너는 진정 US오픈의 우승을 갈구하고 있는 것이냐? 투어29) 생활의 모토는 즐기는 골프를 하자는 것이었지 우승을 갈구한 적은 없지 않았더냐? 즐기다 보면 결과도 좋을 것이고. 그런데 이제와서 내심에 어떤 혼돈이 왔기에 이다지도 감정의 격랑이 가시지 않는 것이냐? 민철……'

민철은 상념을 쫓아내려고 고개를 흔들며 7번 아이언을 꺼내 쪽빛 남지나해를 향해 샷을 날렸다. 임팩트30) 감촉이 병석에 눕기 전보다 다소 나아진 감이 들었다. 그러나 다섯 개 샷 중 세 개가 오차 범위를 넘어섰다.

민철은 이번에는 드라이버를 꺼내 들고 맞은 편 절벽을 향해 샷을 날렸다.

시작은 좋았다. 반발력 좋은 티타늄 소재의 타구면을 접촉한 공은 저탄도 미사일처럼 낮게 날아가더니 잠시 멈칫한 뒤 다시

---

29) 투어(tour) : 여러 지역으로의 순회 시합.
30) 임팩트(impact) : 골프공이 골프채 헤드 부분에 맞는 것.

가속이 붙어 2단계 고공 행진을 하였다. 그러나 거기까지가 전부였다. 2단계에서 3단계로 이어지는 탄력을 받지 못하고 미사일은 우측으로 궤도를 수정하더니 맞은편 절벽 하단에서 약 20야드 위쪽 절벽을 맞히고 포말 속으로 사라졌다. 거리상으로는 260야드가 채 못 되었다. 조준점인 맞은 편 절벽 위의 가장 높은 야자수로부터 우측으로 30야드 지점에 낙하하였으므로 페어웨이였다면 거의 OB나 다름없었다. 엄청난 슬라이스성 타구였다. 그야말로 참담한 결과였다.

슬라이스 볼의 원인은 여러 가지가 있다. 그 하나는 백스윙시 스윙 궤도가 직선 방향에서 바깥쪽으로 나가는 경우이고, 둘째는 다운 스윙시 접혀 졌던 손목의 코킹[31]이 일찍 풀리는 경우이며, 셋째는 공이 골프채의 헤드 부분에 맞는 순간 왼쪽 다리가 버텨 주지 못하고 무너지는 이른바 스웨이[32]되는 경우이다. 그 밖에도 슬라이스 구질의 원인이 몇 가지 더 있지만 그 어느 것이나 민철 정도의 프로에게는 거의 해당이 없을 정도로 프로의 스윙 폼은 몸에 굳어 있게 마련이어서 지금과 같은 악성 슬라이스 구질은 거의 나타나지 않는다.

그런데 현실은 그렇지 못하였다. 민철은 몇 개의 볼을 더 쳐 보았으나 정도의 차이는 있을지언정 우측으로 휘는 구질에는 변함이 없었다.

민철은 최후의 수단으로 왼손으로 골프채를 안으로 감싸는 훅

---

31) 코킹(cocking) : 백스윙의 정점에서 양 손목이 꺾여 올라가는 것.
32) 스웨이(sway) : 스윙시 몸이 상하 좌우로 오르내리거나 흔들리는 것.

그립33)으로 공을 쳐 보았다. 이번에는 공이 왼쪽으로 휘며 날아가더니 절벽을 맞추지도 못하고 바다 속으로 떨어졌다. 몇 개의 공이 모두 그 방향이었다. 손의 그립을 조금만 바꾸면 이제는 또다시 슬라이스 방향이었다. 좌탄, 우탄이 번갈아 나타나면서 절벽 위의 야자수 잎이 바람에 하늘거리는 것조차 민철에게는 흡사 자신을 조롱하는 것처럼 보였다.

열병을 앓기 전과 무엇이 다르단 말인가. 민철은 망연히 두 손으로 얼굴을 감싼 채 털썩 돌의자에 주저앉고 말았다.

그리고 시간은 흘러갔다. 3분, 5분, 10분……. 작열하는 태양에 무방비 상태로 민철은 그렇게 앉아 있었다.

연주는 갑갑해 미칠 것 같았다.

본의 아니게 민철의 연습 장면을 엿보게 되었으나 노출 타임을 놓치고 말았다. 골프장에 도착하여 민철을 수소문하던 중 리조트 종업원의 귀띔으로 겨우 이곳을 찾아내어 민철을 발견하였으나 그의 연습을 방해할까 봐 야자나무 숲에 몸을 가리고 잠시 숨어 있었던 것이다. 그 사이 캠코더와 디지털 카메라로 민철이 샷하는 장면을 몇 커트 찍었다.

그러나 샷이 뜻대로 되지 않을 때마다 낙담하는 빛이 역력한 민철 앞에 선뜻 나설 수가 없었다. 그러다 보니 본의 아니게 숨어 있는 신세가 돼 버렸다. 돌의자에 꼼짝하지 않고 앉아 무언가 상념에 잠겨 있는 민철의 모습이 어딘가 모르게 외로워 보였

---

33) 그립(grip) : 골프채를 손으로 쥐는 것.

다.

　연주가 자리한 곳도 그리 편하지는 않았다. 민철이 앉아 있는 자리보다 햇볕만 덜 들 뿐, 야자나무 기둥에 겨우 몸을 가리고 쪼그리고 있는 것도 고역이었다. 날아드는 모기를 소리내지 않고 쫓는 것도 쉬운 일은 아니었다.

　"누구신지 모르나 이제 그만 나오시지요."

　갑작스런 민철의 말에 연주는 화들짝 놀랐다. 그리고 잠시 마음을 가다듬고 주위를 둘러보았다. 혹시 다른 사람이 있을 지도 모르므로. 그러나 아무도 있을 리 없었다.

　"그곳은 모기가 많아요. 이리로 나오세요."

　민철의 이어지는 말에 연주는 미적거리며 일어나 야자나무 잎을 들추며 오솔길 밖으로 나갔다.

　남의 행동을 몰래 엿본 것에 대한 미안함, 들킨 것에 대한 무안함, 어떻게 숨어 있는 것을 알았을까 하는 호기심이 복합된 어색한 표정을 지으며.

　연주는 민철의 등 뒤에 섰다.

　민철은 그 때까지 등을 돌리지 않은 채 멀리 맞은 편 절벽 우측으로 펼쳐진 망망대해를 바라다보고 있었다. 연주는 사진이 아닌 실제의 민철을 보면서 운동선수 치고는 얼굴이 꽤 흰 편이라고 다시 한 번 생각했다.

　민철의 흰 옆얼굴은 남지나해의 쪽빛과 잘 조화되어 그 바다 속에 잠겨 있었다.

　"앉으세요. 그것이 손님용 의자입니다."

　민철은 비로소 연주 쪽으로 몸을 돌리며 연주 우측에 놓인 평평한 돌을 가리켰다. 그곳은 커다란 야자 잎이 드리워져 그런대로 그늘이 형성되어 있었다.

　연수는 어깨에 걸친 가방을 내리며 잉거주춤 돌 위에 앉았다. 그러면서 무엇보다 자신에 대한 소개와 숨어 있던 결례에 대해 사과를 해야겠다고 생각했다.

　"저……"

　"저는 여자분인 줄 몰랐습니다."

　연주보다 민철이 먼저 말을 꺼냈다.

　민철의 입가에 엷으나마 웃음이 띄워진 것을 보고 연주는 내심 안심하였다.

　민철이 적어도 자신의 결례에 대한 사과는 받아 줄 것 같았다.

　"이곳을 아는 사람은 리조트 종업원 몇 명뿐이지요. 오솔길을 만들 때 그들이 도와주었죠. 그런데 그들은 그렇게 오래도록 숨어 있지 않아요. 어제 황 변호사가 안부 전화하였더군요. 무척 어렵게 전화 연결하였다고 하였지요. 제가 며칠 독감으로 고생하였다는 말을 듣고 무척 걱정하였어요. 황 변호사는 안부 말미에 미안하다며, 기자 한 명에게 부득이 내 행선지를 이야기해 주었다고 하더군요. 꽤 끈질긴 기자라며……. 그것이 못내 찜찜해 이리저리 내 행선지를 수소문하여 전화하였을 겁니다. 그런데 여자 분이라는 말은 안 했어요."

　민철은 이번에는 고개를 바다 쪽으로 돌리며 말을 이어 갔다.

연주가 사과의 말을 하려는 순간 민철에게 다시 선수를 뺏기고
말았다.

"제가 슬라이스 볼을 몇 개 때린 뒤 훅 그립으로 바꾸고 어드
레스를 할 때였지요. 아시다시피 어드레스 우측 시야 방향은 미
묘한 곳이지요. 조그마한 움직임도 골퍼에게는 치명적으로 영향
을 미칠 수 있지요. 그 어드레스 선상에서 저는 작은 움직임을
감지했어요. 햇빛에 반사되는 카메라 렌즈였지요. 순간 황 변호
사의 말이 떠올랐어요. 이렇게 빨리 기자 분이 올 줄은 몰랐어
요. 그러나 미안해하실 필요는 없어요. 절벽 밑으로 떨어진 악
성 훅 볼은 카메라 렌즈 때문이 아니었으니까요."

"죄송합니다. 일부러 엿보려고 한 것은 아니었어요. 김 프로님
연습을 방해할까 봐 잠시 숨어 있으려 하다가 저도 모르게 카메
라를……. 죄송해요."

"골프 전문기자라면 누구라도 카메라에 담고 싶었겠지요. 그것
은 투철한 직업의식의 발로이지 결코 흉이 아니지요. 연주 씨,
너무 미안해하지 말아요."

"지금 연주 씨라고 하셨나요? 그럼 저를 알고 계셨어요?"

"TV의 위력이지요. 〈TV골프〉 프로그램의 일부를 인터넷 동영
상으로 보아 왔어요. 제가 제일 재미있게 보았던 프로그램은 연
주 씨가 프로 선수 한 명과 아마추어 연예인들과 라운딩하며 진
행을 하는 프로그램이에요. 연주 씨의 우아한 스윙 폼에서 저는
유연함을 배우고 있지요. 그런데 저는 후려치는 버릇이 들어 잘
되지 않아요."

연주는 순간적으로 낯이 붉어졌다. 민철이 이곳 태국에서 자신을 TV를 통해 알고 있다는 것도 놀랍지만, 프로인 민철이 자신에게서 스윙 폼을 배우고 있다니, 민철의 겸양이 새삼 놀라웠다.

"그럼 우리는 이미 알고 있는 사이이니 새삼 소개할 일도 없겠네요."

"그런 셈이지요."

"제 무례도 이미 용서하셨으니 새삼 사과할 일도 없구요?"

"그것도 그런 셈이군요."

두 사람은 화두를 던지고 화답하며 같이 큰소리로 웃었다.

연주는 오래 전부터 민철을 알고 있었던 듯한 느낌이었다.

웃음 끝에 둘 사이에 흐르던 어색한 침묵을 깨려는 듯 민철이 먼저 말을 꺼냈다.

"취재하셔야죠."

"그렇군요. 저는 김 프로님을 취재하러 왔으니까요."

"US오픈 출전자의 샷이 좌탄, 우탄으로 엉망인 이유부터 물으시지요."

"본인이 알아서 다 문답하시니 저는 듣기만 하겠습니다."

연주는 민철의 얼굴에서 자조自嘲의 표정을 읽으면서 스스로는 연민의 표정을 짓지 않으려 하였다.

"슬럼프는 누구에게나 있는 것 아닌가요. 더구나 지금은 연습 중인데다가 독감을 앓고 이제 방금 일어나셨다면서요."

듣기만 하겠다던 연주가 입을 열었다.

"독감 전에도 그랬어요."

민철의 목소리엔 확실히 힘이 없었다.

"샷은 곧 정상으로 돌아올 거예요. 제가 보기엔 샷의 방향상 오차는 별 문제가 아닌 것 같은데요."

"그럼 무엇이 문제인가요?"

연주는 이 정도 대화는 취재가 아니라고 생각하면서도 하고 싶은 말은 해야겠다고 생각했다. 연주와의 대화를 수용하는 민철의 태도에서 더욱 자신감을 얻었다.

"외람되지만, 골프는 멘탈 스포츠라고 하잖아요. 기능, 기술과는 별개의 정신적 부분도 중요하다고 생각해요."

"저의 멘탈에 어떠한 문제가 있나요?"

민철은 연주를 응시하면서 호기심 있는 눈초리로 물었다.

연주는 어쩌면 민철의 자존심을 건드리는 부분이기도 할 텐데 민철이 전혀 내색을 하지 않고 들어주자 더욱 용기를 냈다.

"프로의 세계는 냉혹하잖아요. 성적이 곧 상금과 직결되고, 궁극의 목표는 우승이고……. 우승을 위해서 프로는 필드에서 냉혹해야 한다고 생각해요. 대부분의 프로들은 하루 4~5시간씩, 나흘간 냉철한 이성으로 경기에 임하는 것 같았어요. 그것이 프로의 본연의 자세인 것 같고요. 저는 몇 년간 프로 시합을 취재하러 따라 다니면서 프로와 아마추어의 확연한 차이가 거기에 있다는 걸 느꼈어요."

"냉혹하지 않다는 증거는요?"

민철은 연주에게 질문을 던져 놓고도 아차 싶었다.

증거라는 용어에 대해 연주가 거부감을 일으킬까 보아서였다.

사법연수원과 검찰청 시보를 거치면서 자연스레 입에 밴 형사소송법상의 '증거'라는 용어 사용을 연주가 오해할지도 모르기 때문이었다.

민철은 연주의 말을 매우 흥미있게 듣고 있는데, '증거'라는 용어 사용으로 흡사 자신이 연주의 말을 기분 나쁘게 듣고 있다고 해석될 여지가 있음을 우려하였다.

그러나 연주는 민철의 우려와는 정반대로 전혀 개의치 않았다. 평소 경수와의 대화 과정에서도 그러한 용어 사용은 다반사였으므로 아마 그 용어가 이미 귀에 숙달되어 있어 그런지도 몰랐다.

"김 프로님, 데뷔 첫 해 참가한 호남오픈을 기억하실지 모르겠네요? 마지막 날, 네 홀을 남기고 2위에 세타를 앞서 우승이 거의 확실하였고, 프로 데뷔 후 두 경기만의 첫 승이라는 국내 최초의 기록 달성을 눈앞에 두고 있었지요."

"기억납니다."

민철은 연주가 짧은 시간임에도 자신에 대해 많은 연구를 하였다고 생각했다.

"무안 컨트리클럽 남코스 6번 홀이었지요. 우로 굽은 도그레그[34] 홀에, 굴곡이 시작되는 지점에서부터 그린 바로 앞까지 워터해저드[35]가 조성되어 있어서 물을 넘길 수는 없었고, 좌측 페

---

34) 도그레그(dog leg) : 개의 뒷다리가 굽었듯이 제1타 지역의 페어웨이가 굽은 홀.
35) 워터해저드(water hazard) : 골프 코스 안에 개울, 연못, 늪, 고랑 등 의 장애물이

어웨이에 볼을 안전하게 가져다 놓고 140야드 지점에서 투온[36]을 시도하여야 했지요. 김 프로님의 티샷[37]이 약간 혹이 걸리며 왼쪽 러프[38] 쪽으로 빠졌지요. 그린까지의 거리는 170야드로 멀어졌고 그린 방향 정면에 워터해저드가 놓여 있었으며, 무엇보다도 볼이 놓인 위치의 스탠스[39]가 오른 발이 높은 위치여서 정확한 타격이 되지 않는 한 물을 넘겨 그린에 안착하기가 매우 어려운 상황이었지요."

민철은 담담한 어조로 연주의 말을 이었다.

"7번 아이언으로 시도하였지요. 그러나 러프가 의외로 깊었어요. 클럽이 제대로 빠져 나오지 못해 공은 힘없이 물에 빠지고 네 번째 만에 그린에 공을 올리고 투 퍼트[40]로 더블 보기[41]를 기록했었지요."

"더블 보기는 프로에게는 치명적이지요. 2위와의 격차가 순식간에 한 타차로 좁혀졌고 연장전까지 가서 우승을 놓친 결정적인 역할을 하였지요. 왜 안전하게 돌아가는 샷을 하지 않으셨어요?"

"그것은 생각도 하지 않았어요."

"생각도 하지 않았다니요? 물을 피해 왼쪽 넓은 페어웨이로

있는 수역水域.
36) 투온(two on) : 두 번째 샷으로 그린에 올리는 것.
37) 티샷(tee shot) : 제1타, 즉, 어느 홀에서 제일 먼저 치는 샷.
38) 러프(rough) : 의도적으로 방치해 둔 풀숲이나 잡초 지대.
39) 스탠스(stance) : 선 자세.
40) 퍼트(put) : 그린 위에서 홀 컵 안으로 넣으려고 치는 샷.
41) 더블 보기(double bogey) : 표준 타수인 파(par)보다 2점 많이 친 점수.

빼낸 뒤 스리 온하였으면 최소한 한 타는 아낄 수 있었어요. 그러면 연장전까지 갈 필요도 없었구요."

"연주 씨, 나는 생각을 좀 달리합니다. 물론 골프는 어느 스포츠보다 자신과의 싸움이고 스코어 관리나 우승을 위해 때로는 안전한 샷도 필요하다는 것을 이해는 합니다. 그러나 골프의 또 하나의 묘미는 코스 설계자의 의도에 정면으로 맞서는 도전 정신에 있다고 봐요. 설계자는 코스 곳곳에 장애를 만들어 놓고 골퍼들이 그 장애가 무서워 피해 가게끔 설계를 해 놓았고, 대부분의 골퍼들이 설계자의 의도에 충실하게 승복을 합니다만, 중요한 것은 도전이 완전히 불가능하게끔 설계해 놓는 것은 아니라는 거지요. 설계자는 일말의 희망을 심어놓고 골퍼들을 은근히 유혹하곤 합니다. 성공하였을 경우 그 과실은 달콤하지만 실패하였을 경우에는 혹독한 시련을 안겨주니 대부분의 골퍼들은 그 시련을 피해 확률대로 움직이는 것이지요."

민철은 잠시 바다 멀리 한가로이 떠 있는 고기잡이배를 응시하다 말을 이었다.

"아까 그 상황도 도전이 전혀 불가능한 상황은 아니었지요. 설계자가 그린 위에 서서 저를 유혹하였다고나 할까요? 저는 그 어려운 상황에서 20% 정도의 성공 확률을 느끼고 강공을 택하였던 것이지요. 결과야 여하튼 그것도 한 판의 골프라고 봅니다."

"아니에요. 아마추어에게는 한 판의 골프일지 몰라도 프로에게는 아니에요. 점수를 지켜야지요. 코스 설계자의 의도에 대한 도전, 그 결과로 인하여 얻어 지는 쾌감, 또는 좌절감은 아마추어에게나 해당될 뿐이에요."

연주는 기어코 민철을 건드리고야 말았다.

프로의 자존심을 자극하는 아마추어라는 용어를 사용하고 말았다. 그것도 두 번씩이나.

그러나 다행이도 민철의 표정은 무덤덤하였다.

"연주 씨. 연주 씨의 말도 이해가 갑니다. 대부분의 프로 선수들도 연주 씨 말처럼 그렇게 코스 매니지먼트를 하면서 경기를 하고 있어요. 더구나 앞서 가는 경기를 무리한 강공을 펼침으로써 경기를 그르치는 적도 없지요. 강공은 뒤쳐져 있을 때 전세 역전을 위하여 선택하는 것이고, 전세가 유리하면 부자 몸조심이라고 당연히 안전한 길로 돌아가게 되어 있지요. 그런데……."

민철은 옆에 놓여 있는 드라이버를 잡아 바닥에 툭툭 치며 말을 이어갔다.

"그런데 저는 체질상 그런 작전이 맞질 않아요. 티샷이 떨어지는 곳에 벙커를 파놓고 그 벙커를 넘기면 그린까지 지척을 남겨두게 하고 벙커를 피해 티샷을 하면 그린까지 거리가 훨씬 멀어지게 설계를 합니다. 그들은. 그렇다고 그 벙커를 넘기는 것이 아주 불가능하게 만들지는 않아요. 공이 정확히 드라이버 헤드에 맞으면 넘어가고, 조금이라도 빗맞으면 벙커에 떨어지게 설계를 해 놓지요. 워터해저드, OB 등, 장애물은 모두 그렇지요. 저는 항상 설계자의 의도를 파악하고 이를 극복하려고 하는 편입니다. 저는 코스에 들어서는 순간부터 라운딩을 마칠 때까지

알지 못하는 코스 설계자와 끊임없이 대화를 나누지요. 샷을 한
후 '당신이 이겼어, 내가 이겼어'하는 식으로요."

"김 프로님의 그러한 방식이 더 많은 우승 기회를 앗아갔다고
생각하시는 않으세요?"

연주는 말해 놓고도 너무 직설적이었나 하고 후회하였다. 그
러나 민철은 여전히 담담하게 대답하였다.

"음, 저는 그렇게 생각하지 않아요. 인생살이의 방식이 사람마
다 모두 다르듯이 코스에서의 전략도 사람마다 다를 수 있다고
봐요. 인생은 반드시 이렇게 살아야 한다는 도식이 없듯이 골프
도 반드시 이러한 작전으로 하여야 한다는 도식이 없다고 생각
합니다. 따라서 프로 시합에서 앞서가는 선수는 반드시 안전한
작전을 펼쳐야 한다는 도식도 성립될 수 없는 거죠. 뒤처져 있
는 선수도 경우에 따라 강공이 아닌 안전한 작전을 선택할 수도
있는 겁니다. 단, 동반자와 치열한 경쟁을 벌이고 있는 경우, 즉
상대방이 있을 경우겠지요."

"뒤처져 있는 선수도 안전한 작전으로 간다? 상대방이 있는
경우에?"

심리전이라는 말인가? 연주는 민철의 마지막 말뜻을 알 듯 말
듯 하였다.

"…… 연주 씨가 조금 전에 아마추어와 비교해 주셨는데 아마
추어라고 해서 언제든지 강공을 펼치는 것은 아니잖아요. 아마
추어들도 얼마든지 안전한 티샷을 치는 경우도 많으니까요. 결
국 골퍼의 체질, 코스를 대하는 태도에 따라 작전이 달라지는

것이므로 프로는 이러한 상황에서는 반드시 이렇게 해야 한다는 고정관념은 적어도 저에게는 해당되지 않는 셈이지요. 설령 우승을 몇차례 놓친다 하더라도……."

둘 사이에 잠시 침묵이 흘렀다. 그 침묵을 민철이 깼다.

"연주 씨, 바다 건너, 건너편 절벽을 보세요. 절벽 좌측이 앞으로 튀어 나와 있는 게 보이지요? 이곳에서 튀어 나온 부분까지는 약 240야드, 우측 절벽 쪽으로 갈수록 거리는 점점 멀어져 가장 먼 곳이 약 300야드 정도 됩니다. 제가 이곳을 티그라운드[42]로 하여 설계한다면 그린은 절벽 우측 끝에 마련할 겁니다. 안전하게 좌측 절벽으로 공을 올리면 그린까지는 180야드, 도전적으로 우측 절벽으로 공을 올리면 그린까지는 100야드 정도 남겨두게 되지요. 도전에 성공한 자에게는 훨씬 수월한 세컨드 샷이 기다리도록 설계를 할 겁니다. 저는 이곳에 오면 항상 우측 절벽 쪽으로 샷을 날리지요. 좌측 절벽으로 샷을 한 적은 없었어요. 비록 물에 빠뜨리는 한이 있더라도……."

연주는 민철이 가리키는 바다 건너 절벽을 바라보았다. 영화 〈빠삐용〉에서 주인공 스티브 맥퀸이 탈출을 시도하는 그 깎아지른 듯한 절벽의 모습 그대로였다.

벼랑 밑으로 남지나해가 포말을 형성하며 부서지고 있었다.

이곳이 민철의 밀실인 셈이었다. 광장으로 나서기 위하여 잠시 웅크리고 있는.

---

42) 티그라운드(teeing ground) : 각 홀에서 제1타를 치는 장소.

쓸쓸한 귀국

박연주는 귀국하여 인천공항에서 회사로 가는 공항버스 안에서 비행기에서 결정한 내용을 다시금 정리해 보았다.

'캠코더에 내장된 김민철의 동영상과 카메라 촬영분도 모두 공개하지 않는다. 또, 그와의 인터뷰, 인터뷰라기보다는 대화, 내용도 비밀에 부친다. 아예 김민철을 찾지 못한 것으로 한다.'

물론 갈등도 있었다. 좌우로 흩어져 나가는 드라이버 샷을 때리고 낙담하는 민철의 모습, 코스 설계자의 의도에 맞서 항상 강공을 펼친다는 그의 직선적인 코스 매니지먼트. 나름대로 편집하면 특종은 아니어도 커다란 반향은 있을 것이었다. 국내 팬들이 김민철에 대해 거의 정보가 없음에 비추어 더욱 그러할 것이었다.

투철한 직업의식으로 무장된 평소의 연주라면 의당 공개하여 방송함이 마땅하였다. 그러나 30여분에 걸친 민철과의 짧은 만

남은 결코 인터뷰가 아니었다.

그것은 대화였다.

그나마 연주 그녀가 요청한 것이 아닌, 민철이 요구한 대화였다.

그것은 민철의 눈을 보면 알 수 있었다. 그의 눈은 대화를 갈구하고 있었다. 그는 인터뷰 내용이 어떻게 각색되어 보도될 것인지에 대해서는 전혀 관심이 없는 듯 진심을 보여 주었다. 때로는 자신의 치부恥部까지도.

오히려 적극적인 대화자는 연주 자신이었는지도 몰랐다.

그녀는 이러한 감정의 경험은 처음이었다. 그동안 수많은 프로 골퍼, 프로 대회의 우승자, 사회의 저명인사들과의 라운딩과 인터뷰에서 그녀의 직업의식은 손상된 적이 없었다. 날카로운 질문, 비논리적인 상대방의 허점을 비집는 역설적인 반문反問, 그것도 상대의 심기를 건드리지 않는 절묘한 화술話術이 가미된, 그러한 인터뷰 내용은 여과 없이 그대로 방영되었다. 그것은 한때 프로골퍼를 꿈꾸었던 핸디캡 4의 골프 실력이 뒷받침되어 가능했다.

그러나 민철에게는 달랐다. 당연한 정식 인터뷰 화면 - 민철의 출전 각오, 현재의 심경을 담은 - 조차 캠코더에 담지 못하였다. 아니, 아예 요구를 못하였다. 그것은 인터뷰가 아닌 대화였기 때문이었다.

물론 민철의 코스 공략법, 다소 의기소침한 기류 등이 보도되면 라이벌들, 특히 허준만 프로에게 좋은 정보가 될 것이라는 우려도 물론 한 몫 하였다.

　연주는 '우려'라는 표현을 되뇌며 스스로 흠칫 놀랐다.

　'내가 김민철을 우려하고 있다니…….'

　그녀는 버스 등받이에 깊숙이 몸을 묻은 뒤 가만히 눈을 감았다.

　그녀는 자신의 감정적 변화가 결코 격랑은 아니라고 믿고 싶었다. 그러나 단 한 번 만난 남자, 단 30분간의 대화. 그 짧은 만남 끝에 오는 감정의 변화가 이렇듯 가슴 깊은 곳까지 자리하고 있을 줄은 몰랐다. 가슴 속에 자리한 그 무엇은 자꾸만 움직이며 출렁이고 있었다. 격랑은 아니라고, 파도는 곧 잠잠해질 거라고 애써 자위하면 할수록 파고波高는 점점 높아만 갔다.

　그 출렁이는 파도 위에서 한 남자가 넘어질 듯 말듯 아슬아슬한 곡예를 하고 있었다. 서핑을 하고 있다기엔 너무나 그 기술이 어설펐다. 김민철인가 싶어 부축하러 다가가니 그는 황경수가 되어 갑자기 다가왔다. 그는 무언가 알 수 없는 소리를 냈는데 그 소리는 들리지 않았으나 좌우 몸놀림과 일그러진 얼굴 모습으로 보아 비명이 틀림없었다. 그는 쓰러지지 않으려 애쓰며 그녀에게 손을 내밀고 있었다. 그녀는 순간 눈을 힘주어 감고 말았다.

　그녀가 눈에서 힘을 뺐을 즈음 황경수의 모습은 보이지 않고 파도 멀리 파타야 해변의 빠삐용 절벽이 선명하게 다가왔다. 거기에 망연히 남지나해를 바라보고 앉아 있는 김민철의 넓은 등과 흰 얼굴이 오버랩되었다.

아무리 사람 좋은 편집부장이라도 이번엔 그냥 넘어가지 않을 줄 알았다. 그가 만류하였는데도 연주의 고집으로 성사된 출장이 아니었던가.
"공치는 놈을 만나고 오랬더니, 자기가 공치고 왔어?"
민철을 만나지도 못했다는 연주의 보고에 예의 사람 좋은 편집부장은 의외로 대충 그냥 넘어가 주었다.
"박 기자, 염려마. 애초부터 하루 출장으로는 무리였어. 위에는 내가 적당히 얘기할게. 에이, 그놈의 예산 때문에. 적어도 3일은 필요한 데, 꽁꽁 숨어있는 놈을 무슨 재주로 하루 만에 찾아낸단 말이야. 뭐, 때가 되면 제 발로 나타나겠지."
속이 뜨끔한 연주는 속으로 대회가 끝나면 부장님께 소주라도 한 잔 대접해 드려야겠다고 생각했다.
"그나저나 박 기자, 이 것 좀 봐."
편집부장은 몇 장의 서류를 연주에게 내밀었다.
"이게 뭔데요?"
"출전 선수 명단이야. 그 옆에 입국 날자가 적혀 있지? 이제 바빠졌어. 인터뷰 계획을 짜 봐."
출전 선수 명단을 일별해 보아도 화려하기 그지없었다. 자타가 공인하는 부동의 세계 랭킹 1위인 타이거, 랭킹 2위인 피지의 흑진주라는 비제이, 전년도 미국 PGA 상금왕에 올라 타이거의 자존심을 건드렸던 왼손잡이 미켈슨, 요즘은 수년간 슬럼프에 빠져 있으나 메이저 3승에 빛나는 듀발, 유럽 투어 상금왕인 엘스 등 미국 PGA 랭킹 50위 내의 모든 선수가 망라되어 있었다.

다만 아쉬운 것은 미국 PGA에서 활약 중인 2명의 한국 선수들이 모두 예선 탈락하였다는 점이었다. 따라서 출전하는 한국 선수는 허준만과 김민철로 확정되었다.

특히 타이거는 이번 대회 우승으로 2연속 그랜드 슬램43)이라는 전인미답前人未踏의 금자탑을 쌓게 되므로 우승에 대한 열망이 남다를 것이었다. 더구나 들리는 소문에 의하면 상금 랭킹 30위 이내 선수에겐 파격적인 초청비가 지불되었다고 하니 비록 미국 밖에서 열리는 대회라 하더라도 출전을 마다할 리 없었다.

연주는 그 막대한 대회 유치비를 세성그룹이 어떻게 마련하였는지, 그 자금 동원 능력에 놀랐다.

타이거는 대회 한달 전부터 입국하여 월드코리아 컨트리클럽에 베이스캠프를 치고 출전의 날만 기다리고 있었다.

대부분의 선수들도 대회 3주 전, 늦어도 1주 전에 입국하여 현지 적응 훈련에 여념이 없었다. 대회가 열리는 경기도 용인 소재 월드코리아 컨트리클럽은 연습 라운딩을 원하는 선수들에게 코스를 개방하고 있으나 워낙 많은 선수들이 한꺼번에 신청하다 보니 모두에게 원하는 시간이 배정되지 않아 불만을 사고 있었다.

경수도 민철을 위해 월드코리아 컨트리클럽에 연습 라운딩 가

---

43) 그랜드 슬램(Grand slam) : 4대 메이저 대회를 연속하여 우승하는 것.

능성을 타진해 보았으나 어쩐 일인지 단 한 라운드도 빼낼 수
없었다.

골프장 측에서는 외국의 저명 선수들에게 배정하다보니 어쩔
수 없다고 변명하였으나, 허준만 프로가 거의 매일 상주하며 연
습 라운딩을 하는 것을 보면 모종의 흑막이 있음을 감지할 수
있었다. 황영달 회장이 월드코리아 컨트리클럽의 대주주임을 감
안하면 더욱 그러하였다. 경수는 세성그룹과 황 회장의 처사가
못마땅하였으나 구차하게 라운딩을 구걸하기는 싫었다.

태국의 민철에게 그러한 저간의 사정을 전하였더니 그는 오히
려 잘 되었다며 태국에서 마무리 연습을 하고 귀국하겠다고 하
였다. 그래서 민철의 귀국은 늦춰졌다. 그래서 민철에게는 대회
바로 전날 프로암 대회44) 출전이 골프장을 답사할 마지막 기회
였다. 경수는 염치고 뭐고 다 버리고 황 회장에게 직접 부탁하
였으나 일언지하에 거절당하고 말았다.

프로암 대회는 프로 시합 전날에 벌어지는 출전 선수들과 아
마추어들과의 친선 경기인데, 프로와 아마추어 선수 선정은 주
최측이 맡아 하므로 황 회장의 입김이 전적으로 먹히는 터였다.

경수는 황 회장으로부터 공연한 일에 끼어든다고 핀잔까지 얻
어 들었으니 본전도 건지지 못한 셈이 되었다.

인천공항 입국장 앞은 가족 단위의 마중객들이 듬성듬성 서

---

44) 프로암(pro-amateur) 대회 : 정식 경기 전, 프로와 아마추어를 섞어 진행하는 이벤
트성 대회.

있을 뿐, 어제와는 달리 의외로 한산하였다. 어제 외국 선수들 중 마지막으로 입국한 영국 선수 클라크와 웨스트우드는 카메라 플래시에 정신을 차리지 못할 지경이었다.

입국장 앞에서 초조히 민철을 기다리던 경수는 이리한 썰렁한 분위기가 흡사 자신의 탓인 양 민철에게 면구스런 기분이 들었다.

출전 선수들은 미국 USGA를 통해 자신의 입국 날짜, 시간, 탑승 비행기까지 미리 주최 측에 통보하기 마련이었다. 그래야 그 입국 시간에 맞추어 기자들이 대기하고, 인터뷰한다. 그렇게 보도되는 과정을 거치면서 자신의 상품성을 높이는 것이다.

미리 통보하지 않은 선수를 인터뷰하고 싶으면 입국 비행기 탑승자 명단만 확인하면 되었다. 적어도 기자들에게는 그러한 확인 작업은 식은 죽 먹기보다 쉬운 일이었다.

그런데 경수의 눈에는 입국장 앞에 카메라를 든 사람이 전혀 들어오지 않았다.

아, 5년의 공백이 이리도 큰 것인가?

경수는 잠시 후면 민철이 느낄 무명의 서러움을 대신하여 미리 느끼고 있었다.

'그래도 그렇지. 미국 PGA의 임창민, 박주영 프로가 모두 예선 탈락하였으니 김민철은 US오픈에 출전하는 2명의 한국 선수 중 1명 아닌가? 해도 너무 하는 것 아닌가?'

경수는 연주에게라도 연락할 걸 그랬나 하는 후회가 들었다. 그렇지 않아도 보름 전부터 연주는 민철의 귀국일자를 알려달라고 경수에게 재촉하여 왔던 터였다.

두세번 재촉은 직업상 으레 그러려니 하였다. 그러나 사흘 전 민철의 귀국일을 다시 묻는 연주의 전화에는 경수도 참을 수 없었다. 그녀의 목소리에는 이미 기자로서의 직업의식이 제거되어 있었다. 경수는 이를 직감으로 느낄 수 있었다. 남녀간의 미묘한 감정의 소용돌이를 직관하는 것은 여자만의 특권인 줄 알았더니 그렇지 만도 않다는 것을 경수는 온 몸으로 느꼈다. '때가 되면 알아서 오겠지.'라는 대답 속에 퉁명스러움과 짜증이 배어 있음을 자신도 알 수 있었으니 눈치빠른 연주가 이를 모를 리 없었다. 그녀는 경수가 그의 말 깊은 곳에 숨겨 놓은 질투심까지 찾아냈는지도 모른다. 이 점이 경수를 더 괴롭게 하였다. 연주를 사귀어 온 수년간 이러한 치부를 드러낸 적이 없었다. 연주는 그의 대답을 듣고 '알았어요.'하면서 힘없이 전화를 끊었다. 그 후론 연락이 없었다. 내가 과잉 반응한 것일까? 연주는 나의 협심증에 깊은 실망을 하였을까? 연주의 민철에 대한 지나친 관심에 대한 반발로 민철의 귀국일을 숨겨 온 것은 아닌가?

국제선 도착 B게이트 앞. 방콕발 KE 937기는 이미 30분 전에 도착해 있었다. 마침 비슷한 시간에 도착한 오사카 발 비행기를 타고 온 관광객을 기다리는 듯, 여행사 가이드들이 일본어가 적힌 안내 보드를 들고 서 있을 뿐, 카메라 기자들은 어디에도 보이지 않았다.

스포츠 기자들의 이러한 의도적 무관심 뒤에는 분명 황 회장의 집요한 로비 공작이 있었음을 넉넉히 짐작할 수 있었다.

황 회장의 의도는 무엇인가?

민철의 출전으로 인해 SGA 소속 선수가 출전하지 못한데 대한 보복인가? 민철이 우승하든, 허준만이 우승하든, 그토록 황 회장이 외쳐 온 한민족의 우수성은 만천하에 입증될 것 아닌가? 민철이 SGA 소속이 아니라 하여, 아니 수년 전 SGA와 마찰을 빚었다 하여 그의 민족주의 성향이 의심스럽다는 것인가?

경수는 작금昨今에 들어 황 회장의 독선적 태도와 민철에 대한 집요한 방해 공작을 도저히 이해할 수 없었다.

입국장 B게이트 정면에서 자동문의 여닫이를 십수 회 응시하던 경수의 눈에 반가운 민철의 모습이 비춰지자 경수는 비로소 피곤한 상념에서 벗어날 수 있었다. 카트를 밀며 경수에게 다가오는 민철의 입가에는 반가움의 미소가 담뿍 담겨 있었다.

카트에는 조그만 슈트케이스와 골프백이 놓여 있었다. 그 골프백 군데군데에 색 바랜 흔적과 올이 뜯어져 있음을 발견한 경수는 갑자기 처연해짐을 느꼈다.

경수는 민철을 힘껏, 힘이 닿는 한 최대한의 힘을 주어 껴안고, 잠시 그 상태를 유지하였다.

"이 사람아. 숨 막히겠네."

민철은 경수를 천천히 떼 놓으며 말문을 열었다.

"김 프로. US오픈 출전을 진심으로 환영하는 바이네."

"고마워."

두 사람이 말을 주고받으며 서로 손을 꼭 잡고 서 있자 바로 옆에 서 있던 여행사 가이드들이 이상하다는 듯이 쳐다보았다.

"보다시피 자네 환영식이 대체로 썰렁하네."

취재 기자들이 없음을 자신의 탓인 양 경수가 미안한 표정을 지었다.

"내 체질에 딱 맞는구만."

두 사람은 다른 사람들의 시선은 아랑곳 하지 않고 큰소리로 웃어 제꼈다.

경수는 민철의 카트를 밀고 공항 출구를 빠져 나와 주차장으로 향하면서 민철이 누군가를 찾는 듯 두리번거리는 것을 보았다.

경수는 민철이 찾는 사람이 연주임을 직감하였다. 그의 가슴 속에서 잠시 웅크리고 있던 무언가가 다시금 고개를 들고 일어서려 하고 있었다. 이를 누르는 작업이 이렇게 힘들단 말인가? 민철을 만난 반가움, 가슴 깊숙한 곳에서 밀고 올라오는 감정의 동요를 누르기 위한 몸부림. 경수는 틀림없이 그의 얼굴에 나타나 있을 그 복잡 미묘한 표정을 민철이 눈치채지 않았기를 바랄 뿐이었다.

민철은 점퍼 주머니 속에 들어 있는 MP3 플레이어를 만지작거렸다. 연주가 자기도 모르게 흘린 것인지, 그에게 일부러 주고 간 것인 지 알 수 없었으나, 어느 경우든 그는 MP3 플레이어를 연주에게 돌려주어야겠다고 생각했다.

파타야 해변의 골프 코스. 그만의 연습 장소에서 연주를 만난 뒤, 민철은 그 곳에서 연주와 헤어졌다. 그때 연주는 비행기 시간에 맞추어 가려면 급하다며 클럽 하우스까지 배웅해 주겠다는 민철의 제의도 거절한 채 황망히 자리를 떴다. 물론 민철의 연습 시간을 빼앗지 않겠다는 배려에서였을 것이다.

연주가 떠난 곳에 혼자 남은 민철은 비묘한 삼성의 동요를 느꼈다. 비록 30분 남짓의 짧은 시간이었으나 5년간의 태국 생활 중 누구와도 나누지 못한 대화를 나누었다. 그런가하면 US오픈 출전자라고 하기에는 부끄러운 엉망진창의 샷을 연주에게 들켰다. 연주가 그 모습을 촬영하였으므로 전국에, 아니 전 세계에 방영될 것이다. 그 심정적 수치를 무릅쓰고 태연한 척 연주와 대화를 나누었다.

연주가 멘탈이 부족하다느니, 아마추어들도 그렇지 않다느니 하며, 직설적 화법을 구사할 때마다 마음 속 깊은 곳, 그만의 자존自尊에 상처를 입었으나 그다지 아프지 않았다. 대화 상대가 연주가 아니었다면 감정적 반발이 당연히 이어졌을 것이나, 그러하지 않았다. 아니 오히려 그 자신과 대화하는 듯한 편안함을 느꼈다.

자신의 기능적, 심정적인 나신裸身을 보여 주었음에도 자괴감自愧感이 아닌 편안함을 느끼게 된 연유를 민철은 알 수 없었다.

저 먼 곳, 남지나해의 창공에 무심히 떠 있는 조각구름에 연주의 얼굴이 겹쳐지는 순간 민철은 애써 고개를 가로 저었다.

연정戀情인가? 불과 30분 남짓인데……. 그리고 경수를 오빠라 칭하던데……. 그 둘은 어떤 사이일까? 연주의 귀염성 있는 얼굴이, 살포시 들어간 보조개가, 윗입술 사이로 살짝 드러내곤 했던 덧니가 그의 눈앞을 어른거렸다.

  민철은 상념을 떨쳐 버리려고 공연히 드라이버 골프채를 허공에 대고 몇 차례 휘둘러 댔다.

  그리고 연주의 흔적을 좇으려는 듯 밀림 속 오솔길 출구를 응시하다가 그녀가 앉았던, 그리하여 아직도 따스한 그녀의 체온이 느껴질 돌의자를 쳐다보았다. 그 때 돌 위에서 무언가 번쩍이며 섬광이 비치는 것을 보았다. 섬광은 은색의 금속성 물질에서 반사되고 있었다. MP3 플레이어였다.

  플레이어에 연결된 이어폰은 돌 아래로 늘어져 바닥에 놓여 있었다. 연주의 것이었다. 방금 전 황급히 캠코더를 가방에 넣으며 흘린 것이리라.

  민철은 연주가 앉았던 돌의자에 천천히 앉은 뒤 이어폰을 귀에 꽂고 플레이 버튼을 눌렀다. 연주의 비밀을 엿보는 듯한 면구스러운 마음을 억누르며.

  그런데 스테레오를 타고 울리는 곡은 어쿠스틱 기타와 키보드의 감미로움이 화합된 〈블루 나이트〉 아닌가. 연주도 이 곡을 좋아 하는가? 민철은 수없이 불렀던 이 곡을 전혀 새로운 기분으로 들었다. 민철이 사법연수원 시절, 강남의 스탠드바에서 불렀던, 방콕의 팟퐁가의 게이바에서 18번으로 불렀던 곡, 그 곡을 연주는 자신의 MP3 플레이어 1번에 올려놓았다.

  사랑하는 연인에게 보내는 러브 송. 그녀는 이 곡의 의미를 아는가? 모르는가?

…… 때로는 당신께 잘 하지도 못하였지요.
때로는 당신을 울리기도 했지요.
이 모든 것이 미안할 뿐이오.
그러나 이것만은 당신께 맹세하오.
우주 공간 세계의 어두운 구석에서
푸른 밤이 내 얼굴을 덮을 때,
그리고 얼굴 위의 별들과 함께 내가 외로울 때,
당신은 나의 유일한 사랑이었소.
…… 꿈속에서 당신 목소리를 들을 때
나의 사랑은 어느 때 보다도 강해진다오.

허준만 프로의 연이은 우승 소식을 접할 때, 임창민 프로와 박주영 프로가 미국 퀄리파잉 스쿨을 통과하여 PGA에 입성하였다는 기사를 보았을 때, 민철은 머나먼 상하常夏의 나라 태국의 어느 한 구석에서 자신이 홀로임을 확인하며 가는 비애를 느꼈다.

그때마다 〈블루 나이트〉를 불렀다. 미지의 연인을 향한 연모戀慕의 노래 〈블루 나이트〉는 민철의 가슴 속 깊숙이 침잠해 있는 회한悔恨의 감정을 다독거려 주어 왔다.

민철은 연습하는 틈틈이 연주의 MP3를 작동하여 〈블루 나이트〉를 들었다. 연주에게 연락하여 돌려주려고도 생각하였으나 절차가 번거로워 귀국하면 기회가 있겠지하는 생각으로 반환을 유예猶豫하였다.

“용인 시내에 호텔을 잡아 놨어.”

경수가 자동차에 시동을 걸며 하는 소리에 민철의 상념은 깨졌다.

민철은 MP3를 연주에게 전해 주라고 경수에게 부탁할까 하다가 그만 두었다. MP3 건은 어쩐지 자신과 연주만의 비밀로 간직해 두고 싶었다. 나흘간 경기 중 어디선가는 만날 수 있지 않겠는가 하며.

“아니, 이 사람아. 무슨 생각을 그리 골똘히 해? 5년 만의 귀국이라 촌놈이 다 되었나? 공항에 무슨 구경거리가 있다고 두리번거리질 않나, 하긴 자넨 인천 공항을 처음 보는 거겠군.”

경수는 공항 터미널 주차장을 빠져 나와 고속도로에 접어들며 액셀에 힘을 주었다.

“김 프로”

“응?”

“자신 있어?”

“……”

민철은 조용히 창밖을 내다보며 씩 웃을 뿐, 대답을 하지 않았다.

“자네가 마지막 입국이네. 타이거가 입국할 땐 난리도 아니었어.”

“……”

“택시회사와 계약도 해 두었어. 나흘 간 경기장까지 자넬 실어

나를 걸세."

"자네 고마움을 어찌 잊겠나."

"프로암도 거절당했어."

"별로 기대하지 않았어. 괜찮아."

경수는 오른손을 핸들에서 떼어 가만히 민철의 손을 감싸 쥐었다. 민철의 알배긴 손바닥에서 따스한 온기가 전해져 왔다.

"회장님도 어쩔 수 없으셨나봐."

경수는 숙부인 황 회장을 민철 앞에서 욕할 수는 없었다. 그러나 민철이 어찌 그 사정을 모를 것인가?

출전 코스를 답사할 마지막 기회, 프로암 대회 출전 기회마저 박탈당한 민철의 심정은 어떠할 것인가.

경부 고속도로 진입로로 우회전하며 경수는 힐끗 민철의 옆얼굴을 쳐다보았다. 의외로 담담한 표정이었다. 평소에 햇볕에 잘 타지 않는 민철의 얼굴이었으나 군데군데 그을린 흔적이 역력하였다. 그것은 엄청난 연습량을 의미하였다.

5년 만의 귀국. SGA와의 갈등, 아니 세성그룹과의 갈등에서 유발된 칩거를 마무리한 귀국. 그런데 그 귀국의 시초부터 똑같은 갈등이 준비되어 있다니 경수는 그 역사의 되풀이가 신기할 뿐이었다.

민철의 담담함은 애써 그 역사를 반추하지 않으려는 치열한 자기 싸움의 결과이리라.

"황 변."

"응?"

“……”

“아. 이 사람아. 불렀으면 말을 해야지”

민철은 무언가 말을 꺼내야겠다고 생각하면서도 쉽사리 입이 떨어지지 않았다. 그래도 궁금한 것은 풀고 싶었다.

“저……. 국내 TV가 나에 대해 방송한 적이 있었나?”

경수는 민철이 연주 이야기를 꺼내려는 것이 아닌가 직감하였다. 그러나 알 수 없기에 그냥 일반적인 이야기를 해 주기로 하였다.

“너무 서운하게 생각하지 말게. 거의 없었다고 보아도 되네. 오늘 공항 사정을 보면 모르겠나? 모종의 흑막이 있는 것 같기도 한데……. 확실히는 알 수 없네.”

“〈TV골프〉에도 방송되지 않았나?”

민철은 기어코 연주 쪽으로 근접해 가고 있었다. 직설적으로 묻지 못한 자신의 못남을 경수가 눈치채지 않길 바랄 뿐이었다.

“아. 연주 말인가?”

경수가 시원시원하게 민철의 답답함을 풀어주었다.

“방송하지 않았다더군.”

“연주 씨가…… 아니 그 여기자가…… 방송하지 않았다고?”

경수는 민철이 연주 씨라고 호칭하였다가 얼른 주워 담는 것을 들었으나 짐짓 못들은 척해 주었다. 민철을 민망하게 하지 않으려는 배려에서였다. 하긴 민철이 내뱉은 ‘연주 씨’라는 발음은 중앙분리대 건너 편 차선을 지나가는 대형 트럭이 뿌려댄 소음에 가려 잘 들리지도 않았으니 경수가 못 들은 척해도 그럴 법하였다.

"응. 연주한테 듣자하니 디카에 담아 온 자네 모습은 방송하기엔 적합지 않았다더군. 왜 그런지는 말해 주지 않았어."

민철은 엉방신창 샷을 날린 자신의 모습을 방송하지 않았음은 연주의 배려가 틀림없다고 확신하였다. 기자로서는 당연히 방송하고 싶었을 장면이었을 텐데도.

"고맙다고 전해 주게. 특종 감인데도 배려해 주었네."

경수는 자신이 알지 못하는 연주와 민철의 비밀 사연을 들은 듯 하였다.

"자네도 볼 기회가 있을 거야. 그 때 직접 말하지 그래."

경수는 이 말을 해 놓고 금방 후회하였다. 연주에 대한 알지 못할 감정의 동요 때문에 불쑥 나온 말이기 때문이었다. 다행히 민철은 별 눈치를 채지 못한 것 같았다.

"오래 사귀었나?"

민철은 이제 직설적으로 물었다. 더 이상 변죽을 울리는 질문은 경수에게도 결례라고 느꼈기 때문이었다.

"이 사람 참. 사귀는 것을 어떻게 알고. 한 4년 되는 것 같아."

"음……. 부럽네. 너무 잘 어울려"

민철은 가슴 깊은 심연 속에서 우러나는 알지 못할 비애를 억누르며 자신이 방금 내뱉은 말이 과연 진심인가 자문하다가 그 심정적 혼란을 애써 잊으려는 듯 말머리를 돌렸다.

"황 변."

"응?"

"자네가 보내준 거, 큰 도움이 될 거야. 프로암 못지않은……."

"그런가?"

"화면이 다소 흔들거리는 점만 빼면……."

"아마추어 솜씨니 봐 주게."

둘은 잠시 마주보며 그들만이 알고 있는 미소를 지었다.

영동고속도로변의 농촌 풍경이 차창을 스치는 것을 보며 민철은 잠시 눈을 감았다.

민철 앞에는 월드코리아 컨트리클럽의 1번 홀이 생생하게 떠올랐다. 이어서 2번 홀, 3번 홀이 연이어 떠올랐다.

홀마다 배치된 모든 장애물도 선명히 떠올랐다. 4번 홀 티그라운드에서 300야드 지점, 우측 구릉 밑에 설치된 배수구도 떠올랐다. 그 곳에서 10야드 지점에는 OB 말뚝이 박혀 있지. 그 곳은 되도록 피해야 돼. 민철은 어느 새 10번 홀 티그라운드에 올라 드라이버를 꺼내들고 있었다.

경수가 모는 그랜저XG는 어느덧 용인 톨게이트로 진입하고 있었다.

프로암 대회

프로암 대회 날은 아침부터 보슬비가 내렸다.

"젠장, 어제까지 멀쩡하던 날이 왜 이 모양이야?"

경기에 지장이 있을 정도는 아니었으나 세성그룹 황영달 회장은 1번 홀 티그라운드에 서서 날씨 탓을 하며 짜증을 냈다.

"서 박徐 博. 바람막이 여분 있나?"

"네. 있습니다."

세성그룹 부회장 서태완은 자신의 골프백 지퍼를 열고 하나뿐인 바람막이를 꺼내 황 회장에게 건네었다.

황 회장은 예나 제나 서태완의 직함을 부르는 일이 없었다. 그저 언제나 '서 박'이었다. '서 박사'도 아니다. 생명공학 연구소 생물학 박사일 때부터 '서 박'이더니 세성바이오시스 부장, 상무, 전무, 사장을 거쳐 세성테크 부회장인 지금까지도 그냥 '서 박'이다.

박사 대접을 해 주어 고맙기는 하였으나 부하 직원 있는 데서는 직함을 불러 주었으면 하는데 그저 바램일 뿐이었다.

"서 박은 왜 안 입어?"

바람막이를 건네주고 멀뚱히 서 있는 서태완을 향해 의아하다는 듯 황 회장이 말을 건넸다.

"저는 바람막이를 입으면 백스윙이 잘 되지 않아서요."

그제서야 서태완의 바람막이가 하나였음을 눈치 챈 황 회장이 혀를 끌끌 차면서도 바람막이를 돌려주지는 않았다.

"그런데 타이거 이 친구는 왜 안 나오는 거야? 티오프 시간이 다 되어 가는데……."

"클럽 하우스 로비에서 기자들에게 둘러 싸여 있는 걸 보았습니다. 아마 기자들 등쌀에 늦는 것 같습니다."

황 회장은 대회 본부에 프로암 대회 동반 프로를 세계 랭킹 1위 타이거로 지정해 달라고 요청하였다.

황 회장이 누구인가! US오픈을 한국에 유치한 대회 최고의 스폰서 아닌가!

황 회장의 요청은 즉각 수락되었다. 나머지 아마추어 2명까지도 지명하라는 덤까지 얹어서.

황 회장은 조카인 경수에게 기회를 주었다.

타이거와의 라운딩! 아마추어 골퍼에게는 꿈속에서나 가져 볼 수 있는 기회였다. 경수가 요청한 민철의 프로암 출전 요청, 그 거부에 따른 보상이기도 하였다.

이 프로암이 어떠한 프로암인가? US오픈의 프로암 아닌가?

미국 PGA 투어의 거의 모든 대회가 최소한 한번의 프로암 행사를 가지지만 4대 메이저 대회와 메이저에 버금가는 플레이어스 챔피언십 대회만은 프로암 대회가 없다. 그런데 황 회장이 USGA에 우겨서 프로암 대회가 열리게 된 것이다. 아마추어에게는 비록 프로암 대회이지만 US오픈에 출전할 전무후무할 기회였다. 그런데 경수는 정중히 거절하였다.

프로암 대회 날 중요한 재판 일정이 잡혀 있고, 골프채를 놓은 지 3년이 넘어 동반자들에게 폐를 끼칠까 두렵다는 것이 그 이유였다. 이유야 번지르르하고 정중하였으나 재판이야 연기하거나 다른 변호사에게 재위임하면 될 것이었다. 또 프로암은 어차피 프로들 샷 구경하러 가는 것이니 아마추어가 잘 칠 이유도 없고, 잘 칠 수도 없는 것이다.

황 회장은 경수의 불출전이 김민철의 출전 거절에 대한 무언의 항거라고 생각하였다. 거기다 3년간 골프채를 잡지 않았다니, 그걸 자랑이라고 말하는가?

황 회장은 기회 있을 때마다 경수에게 사교상 골프는 필수이니 열심히 연습을 해 두고, 판, 검사들에게도 가끔 골프 접대를 하라고 지시하여 왔다. 아울러 월드코리아 컨트리클럽 예약은 언제든지 가능하니 비서실에 이야기만 하라고까지 신신당부하지 않았던가.

아직 변호사 업무를 법조문 읊조리는 것으로만 알고 있는 경수의 고지식함에 황 회장은 속으로 혀를 끌끌 찼다.

경수로 인하여 여러 가지로 심기가 불편해 진 황 회장은 아마추어 1명을 보충하지 않고 서태완 부회장만을 데리고 라운딩하기로 하였는데, 대회 당일 구질구질 비는 오고, 타이거의 등장이 늦어지자 괜스레 서태완에게 짜증을 부려대는 것이었다.

서태완도 황 회장에게 은근히 서운한 감정이 들었다. 근 1년간 십수차례에 걸쳐 특사로 미국을 왕래하며 US오픈을 성사시킨 공로로 프로암에 초청해 준 것은 고마우나 오늘 하루라도 마음 편히 라운딩하게 해 줄 만도 한데 티오프 전부터 성질을 부리니 오늘도 100타 넘기는 것은 이미 정해진 것이나 다름없다고 느꼈다.

아마추어 골퍼에게 프로암 출전은 환상 그 자체다. 더구나 US오픈의 프로암임에는 더 말할 나위가 없다. 동반하는 프로 선수의 신경을 건드리면서 다섯 시간을 보낼 수 있는 권리가 보장되어 있고, 잘만 사귀면 프로 선수의 소장품, 즉 장갑, 공, 클럽 커버, 모자 등이라도 얻어 여기저기 자랑거리로 삼을 수도 있다.

그런데 황 회장이 초반부터 성질을 부리다가 타이거의 심사를 건드리기라도 하면 만사휴의萬事休矣될 가능성이 높다.

서태완이 은근한 염려 속에 황 회장의 눈치를 보는 순간 클럽 하우스 쪽에서 박수와 환호가 이어지며 드디어 타이거가 티그라운드 쪽으로 걸어오고 있었다.

과연 타이거였다. 블랙홀이 우주의 먼지를 일거에 빨아들이듯 갤러리들을 몰고 다닌다더니 그야말로 명불허전名不虛傳이었다.

프로암 대회부터 수천 명의 갤러리들이 운집하였으니 정식 대회는 어떠할 것인가.

"이제 저 꼴도 며칠 안 남았어. 나흘 뒤면 코가 납작해질 걸?"

황 회장은 계속하여 뒤틀린 심사를 드러내 타이거와 대충대충 악수를 나누었다.

타이거는 황 회장이 대회 스폰서임을 알고 있다는 듯이 정중히 몇 마디 인사말을 건네었다. 수많은 프로암 대회에 초빙되어 아마추어 골퍼들과의 라운딩 경험이 풍부한 타이거는 프로암 대회의 취지를 잘 안다는 듯, 만면에 웃음을 띄고 갤러리들에게 농담을 던지는 등, 분위기를 유쾌하게 이끌었다.

1번 홀은 좌로 약간 굽은 내리막 파[45] 4홀로서 프로 선수들의 드라이버 거리로는 한번에 그린에 올리는 것도 가능한데 페어웨이가 좁고 좌측에 깊은 러프가 조성되어 있어서 대부분의 프로들은 3번 우드[46]나 롱 아이언으로 티샷을 짧게 보내는 홀이었다.

그러나 타이거는 프로암 대회가 성적과는 무관한 이벤트성 대회인데다가 갤러리들에 대하여 서비스를 한다는 차원에서 드라이버를 꺼내 들고 마음껏 후려치더니 공을 한번에 그린에 올려놓았다. 갤러리들의 탄성 섞인 박수가 티그라운드 주변 그 너머까지 울려 퍼졌다.

---

45) 파(par) : 각 홀의 표준타수. 더치거나 덜 친 것이 없는 0점.
46) 우드(wood) : 나무 채. 대개 1, 3, 5번을 사용.

이어서 황 회장의 티샷 순서.

엄청난 갤러리들이 지켜보고 있는데 따른 중압감에다 아무리 타이거라지만 한번에 온 그린 시킨 것을 보고 주눅이 들었는지 평소 담대하던 황 회장은 드라이버 샷을 토핑내더니 불과 100야드 정도 밖에 굴려 보내지 못하였다.

뒤에서는 갤러리들의 낄낄대는 웃음소리와 야유, 격려가 섞인 박수가 요란스럽게 터졌다.

서태완은 황 회장이 버럭 화를 낼까봐 조마조마하였으나 황 회장은 의외로 의연하게 드라이버를 캐디에게 건네더니 타이거에게 영어로 말을 붙였다.

"헤이. 타이거. 당신도 저런 볼을 치나?"

타이거는 두 팔을 빌리고 어깨를 으쓱하며 대답하였다.

"오! 나도 어쩌다가 저런 공을 칠 때가 있어요."

갤러리들은 의외라는 듯이 웅성거렸다.

"언제 저런 공을 치나?"

"프로암 대회에서만 치죠."

"왜 프로암에서만 치지?"

"아마추어들 장단 맞추려고요."

그제서야 갤러리들은 타이거의 농담을 알아듣고 '와'하고 웃어 댔다.

역시 타이거는 세계 랭킹 1위의 대선수다웠다.

라운딩이 지속되면서 황 회장과 서태완이 미스 샷을 연발하고 러프에 들어간 공을 찾으려 시간을 지연시켜도 결코 짜증을 내는 일 없이 갤러리들과 농담을 주고받으며 기다려 주었다. 어떨 때는 적극적으로 황 회장의 공을 찾아주려고 깊은 러프 속을 함께 헤매고 다니기도 하였다.

프로 데뷔 후 수년간은 젊은 혈기 탓에 시합 도중 성질을 이기지 못해 씩씩대는 모습을 자주 보였으나 이제 나이 서른이 다 되어 가자 품성도 진중해졌고, 따라서 플레이도 기복이 없어졌다. 그만큼 강해졌다는 증거였다.

황 회장은 타이거와 라운딩을 하면서 그의 심정적 약점을 간파하여 마지막 라운드에 동반할 허준만 프로에게 이를 전수해 주려고 하였으나 아직까지는 이렇다할 약점을 찾아낼 수가 없었다.

그럭저럭 전반 9홀을 마치고 인코스[47]로 접어들면서 황 회장은 다시 타이거에게 말을 걸었다.

"헤이, 타이거. 당신, 뒷 조에 따라오는 한국 선수 허준만 프로를 아는가?"

허준만은 황 회장 뒷 조에서 USGA 라몬드 회장과 한국 PGA 회장과 함께 라운딩 중이었다. 한국과 미국의 골프협회 회장 모두 왕년에 한 가닥 하던 아마추어 골프의 강자들이었으므로 허준만의 플레이에 별 지장을 주지는 않을 터였다. 이것도 황 회장의 허준만에 대한 세심한 배려였다.

"음, 허, 허, 누구?"

---

47) 인코스(in course): 후반 10번 홀부터 18번 홀까지.

타이거는 황 회장의 어눌한 영어 발음을 잘 이해하지 못한 듯
반복해 물었다.

"미스터 허. 허. 준. 만."

황 회장이 또박또박 발음하자 타이거는 그제서야 대답하였다.

"오! 알아요. 들어 보았어요."

"언제 들어 보았지?"

"음, 한국에 도착해서요."

한국에 와서야 알았다니, 황 회장은 다소 기분이 상한 듯하였
다.

"미스터 허는 한국 최고의 골퍼야. 3년 연속 상금왕이기도 하
지."

황 회장과 타이거를 바짝 뒤따르는 갤러리들의 소음 때문에
황 회장 말이 잘 들리지 않을 텐데도 타이거는 이번에는 맞장구
를 쳤다.

"아, 그래요. 그것도 들어 본 적이 있어요."

"그래? 허준만의 우승 확률은 어느 정도로 보나? 타이거."

갤러리들은 타이거의 답변이 궁금한지 경기요원들의 제지에도
불구하고 10번 홀 티그라운드에 서서 장갑을 끼는 타이거 곁을
물러나지 않았다.

"어느 프로 선수도 어느 대회에서나 우승할 수 있지요. 미스터
허도 마찬가지에요."

갤러리들의 환호성이 터졌고, 서태완은 얼핏 황 회장 얼굴에
도 가벼운 미소가 스쳐지나가는 것을 보았다.

그러나 이것도 잠시. 백 티[48]로 올라가면서 타이거가 잠시 뒤 돌아보며 내뱉은 말 한 마디는 좌중에 찬물을 끼얹기에 충분하였다.

"그러니 메이저는 다르죠. 메이지는 아무나 우승할 수 있는 게 아니지요."

타이거. 프로 데뷔 8년째인 지금 그는 메이저 대회에서만 12승을 거두고 있다. 거기에 메이저 4개 대회 연속 우승이라는 그랜드 슬램을 이미 달성하였고, 이번 대회만 우승하면 연속 그랜드 슬램 달성이라는 전무후무의 대기록을 세우게 된다.

'메이저는 아무나 우승하나요?'

타이거의 이 한 마디는 천금보다 무거운 무게와 권위로 황 회장과 갤러리들을 압박하였다.

10번 홀 티샷을 대강 치고 난 황 회장은 이번엔 타이거와 멀리 떨어져 페어웨이를 걸으며 서태완에게 분풀이하듯 지껄였다.

"저 놈이 허준만을 싹 무시하는데, 어디 두고 보라지. 이번 대회를 위해 허준만이 엄청난 지옥 훈련을 해 온 걸 알면 타이거도 감히 저렇게 지껄이지 못할 걸?"

"회장님. 허 프로가 무슨 훈련을 했기에……."

"응, 작년 말부터 반 년간 허준만을 설악산으로 보냈어. SGA 박 감독만 딸려 보냈지. 혹독한 훈련계획의 대강은 내가 짰어. 인근에 유흥시설은커녕, 목로주점에 나오려고 해도 40분의 산

---

48) 백 티(back tee) : 공식 경기에 사용되는 가장 뒤쪽에 있는 티그라운드.

길을 걸어 내려와야 하는 곳이지. 허준만이 우승하는 날, 훈련 장소와 훈련 과정이 공개될 것이야. 설악산은 민족의 영산으로 거듭 태어나게 되겠지. 허준만도 잘 알아. 내 뜻을. 한반도가 세계의 중심에 설 날도 얼마 안 남았어. 그 상징적 사건이 나흘 뒤에 벌어질 거야. 틀림없어."

서태완은 황 회장의 예의 그 한반도 중심론 강의가 골프장에서까지 이어진다고 생각하니 그 집요함에 경탄할 뿐이었다. 타이거가 몰고 다니는 갤러리들이 타이거의 이동에 따라 황 회장과 서태완 곁으로도 몰려들면서 그들도 황 회장의 열변에 귀를 기울이는 듯하였다.

"이봐. 서 박! 나 이번에 돈 좀 썼어. 돈 쓴 만큼 보상은 엄청 날 거야. 허준만의 우승을 난 의심치 않아."

서태완은 솔직히 황 회장이 이번 대회 스폰서로 얼마를 썼는지 알지 못하였다. 남들은 자신을 세성그룹의 2인자라고 칭하나 그로서는 빛 좋은 개살구격이었다. 수개월간 황 회장의 지시로 미국을 왕래하면서 특사 활동을 하였으나 US오픈에 소요되는 스폰서 자금 지출에 대하여는 전혀 아는 바 없었고, 황 회장이 언질해 준 바도 없었다.

그는 아마도 황 회장이 심복인 경리담당 이사에게 자금 인출 등을 지시하는 것으로 추측할 뿐이었다.

"서 박! 재미난 얘기 해 줄까?"

"예? 재미난…… 얘기라뇨?"

"으응. 나 이 대회에 내기 좀 걸었어."

"내기요?"

"응. 우승자 알아맞히기 내기지. 난 허준만에게 올인했네."

서태완은 몰려드는 갤러리들이 황 회장의 말을 모두 알아들을 수 있는 거리인데도 황 회상이 아랑곳하지 않고 내기 얘기를 늘어놓아 가슴이 조마조마하였다.

"누구와 내기를 하셨는데요?"

"으응. 기왕에 하려면 확실한데와 해야지. 영국의 도박회사야."

"도박회사에 거셨다구요? 얼마나……?"

"얼마되지 않아. 허준만의 우승을 확인하는 의미이지. 도박사들은 허준만의 우승 확률을 낮게 보고 있어. 허준만이 우승하면 당연히 수십 배의 보상이 돌아오지."

이 때 9번 홀부터 계속 황 회장과 서태완을 따라 다니던 중년의 남자 갤러리가 황 회장에게 말을 걸었다.

"회장님. 회장님은 정말 한국 선수가 우승하리라고 생각하십니까?"

"네. 한국 선수가 분명히 우승합니다. 허준만은 그럴 자격이 충분히 있어요. 두고 보세요."

"김민철 선수는 우승 가능성이 없나요?"

갤러리의 무심한 한 마디에 황 회장은 대답도 못하고 벌레 씹은 얼굴로 입맛만 쩝쩝 다실 뿐이었다.

프로암 대회가 끝난 뒤, 황급히 사무실로 돌아온 서태완은 거래 은행 외환 담당자에게 전화하여 2억원을 영국 화폐인 파운드로 환전하여 영국 런던에 있는 스포츠 베팅 전문회사인 래드브록스Ladbrokes로 송금하라고 지시하였다.

물론 그 직전에 그는 영국 유학시절 임페리얼 칼리지 기숙사 룸메이트였던 제임스에게 전화하여 US오픈 우승자로 허준만을 지목하고, 그에게 베팅하는 절차를 문의하였음은 두말할 나위가 없다.

매사에 분명하고 대담한 황 회장이 그냥 베팅하였을 리가 없었다. 무언가 믿는 구석이 있음이 틀림없었다. 이 기회를 놓치면 천추의 한이 될 지도 몰랐다.

허준만의 우승. 서태완에게는 지긋지긋한 샐러리 생활의 종지부를 의미했다. 서태완의 머리 속에서는 수십억 원의 돈다발이 이리 저리 떠다니고 있었다.

US오픈 챔피언십

US오픈 첫 날.

월드코리아 컨트리클럽에 임시로 설치된 프레스센터는 각국에서 모여든 스포츠 기자들로 발 디딜 틈이 없었다.

US오픈 100년 역사상 초유의 해외 대회, 기라성 같은 일류 선수들의 총 출동, 예년보다 대폭 인상된 상금 규모……. US오픈을 띄우기 위한 기사들이 첫 티샷을 앞둔 현지 표정으로 전 세계로 타전되고 있었다.

기사 중에는 개장 3년 밖에 안 된 월드코리아 컨트리클럽이 조만간 세계 100대 골프장에 진입할 것이라는 아부성 기사도 있었다.

골프장의 대주주인 세성그룹의 황 회장과 USGA의 라몬드 회장이 전야제 리셉션에서 함께 건배하는 사진을 게재하면서 그 가능성이 한층 높아졌다고도 하였다.

그 와중에서도 미국 CNN 방송은 비교적 객관적으로 경기에만 충실한 보도를 하였다. CNN은 특히 경기 장소의 코스 설계와 난이도에 대하여 집중 점검하는 기사를 현지발로 내보냈다.

산자락을 최대한으로 절개하여 평지로 조성하였다고는 하나 오르막, 내리막이 산재한 홀은 평지에 익숙한 미국 선수들에게는 다소 불리할 것이라는 분석도 보도하였다.

더구나 코스의 일부 홀은 수목원 자리에 조성되어 있어서 양쪽에 위치한 울창한 소나무 숲을 피하려면 정확한 드라이버 샷이 요구된다고도 하였다.

유럽 투어의 떠오르는 신예 강자인 스페인 선수 가르시아가 '소나무숲에 일단 빠지면 페어웨이로 빼내기 위하여 무조건 1타를 더 쳐야 하기 때문에 홀마다 드라이버를 잡아야 할지 모르겠다.'라고 걱정하는 인터뷰 기사도 내보냈다.

영국의 BBC 방송은 의외로 허준만 프로에 대한 특집성 보도를 내보냈다.

이 대회 스폰서인 세성그룹 황영달 회장이 적극 후원하는 SGA의 대표 선수로 3년간 라운딩당 평균 타수가 69타대로서 타이거에 버금가는 타수라고 하였다. 물론 한국 골프 코스나 그린의 빠르기가 미국의 그것과 달라 단순 비교는 무리일 수 있으나 현재 US오픈은 L.A의 패블비치 코스가 아닌 한국의 산악 코스에서, 그것도 양잔디가 아닌 동양형 잔디 위에서 펼쳐짐을 외국 선수들은 유념해야 할 것이라고 덧붙였다.

일본의 NHK는 미국 PGA에서 활동 중인 유일한 일본 선수인 마루야마의 연습 장면을 잠깐 내보낸 뒤, 대회 스폰서인 황 회장의 정계 진출 시나리오를 집중 보도하였다.

제104회 US오픈 챔피언십 대회는 영국 신수인 클라크와 독일의 노장 랑거와 한 조를 이룬 남아공화국의 엘즈가 아웃 코스[49] 1번 홀에서 첫 티샷을 날림으로써 드디어 열전의 막이 올랐다.

타이거는 아웃 코스 3조로, 허준만은 5조로 출발하였고, 김민철은 인코스 4조로 미국 선수 2명과 함께 출발하였다.

민철은 첫날 3오버파[50]를 쳐 중하위권에 머물렀다.

타이거는 4언더파를 쳐 공동 3위로 무난한 출발을 하였고, 허준만은 2언더파로 첫날부터 톱 10에 진입하는 등 호조를 보였다.

첫날 선두는 6언더파를 몰아친 피지의 흑진주 비제이였다.

허준만의 톱10 진입에 고무된 언론은 민철의 부진에 대해서는 별 관심이 없었다. 오히려 민철과 같은 3오버파를 친 우승 후보, 미켈슨이 잘못하면 컷오프될지도 모른다는 염려의 기사가 훨씬 더 많았다.

대회 2일째 컷은 1오버파로 결정되었고, 타이거와 허준만은 각각 2언더파와 1언더파를 추가하여 넉넉히 컷을 통과하였다.

민철은 2일째에는 분발하여 3언더파를 쳐서 1타차로 간신히 컷을 통과하였다.

---

49) 아웃 코스(out course) : 전반 1번 홀부터 9번 홀까지.
50) 오버파(over par) : 18홀 표준 타수(대개 72타)를 넘는 점수를 치는 것.

대회 후, 언론은 일제히 우승 후보인 세계 랭킹 2위 미켈슨을 비롯한 세계 랭킹 50위 이내 선수 중 24명이 컷오프되어 보따리를 싸는 이변이 연출되었다고 보도하였다.

언론의 기준에 의하면 김민철의 컷 통과도 이변일 텐데 역시 언론은 별무관심이었다.

허준만은 컷 통과 후, TV 인터뷰에서 반드시 우승하여 회장님께 보답하겠다고 호언하였다. 그가 지칭한 회장님이 세성 그룹의 황영달 회장임은 이제 알만한 사람은 다 알고 있었다.

대회 3일째.

초여름 비치고는 제법 많은 비가 내렸다. 풍향을 가늠할 수 없는 바람까지 매 홀마다 몰아쳤다. 산악 코스에 익숙지 못한 외국 선수들은 페어웨이의 진창을 헤매며 악전고투하였다.

바람은 어떤 홀에서는 산 위에서 아래로, 어떤 홀은 산 아래에서 위로 불어 선수들은 거리 조절에 애를 먹었다.

대부분의 선수들이 오버파를 쳤다.

급변한 날씨에 당황한 허준만은 극도로 긴장한 채 한 타, 한 타 까먹더니 이날 하루 동안만 7오버파, 79타를 치는 수모 끝에 최하위권으로 처짐으로써 우승권에서 완전히 멀어지고 말았다.

허준만은 5번 홀에서 물에 잠긴 공을 고의로 건드려 이동했다는 벌로 2벌타를 먹고, 그 홀에서 더블 보기를 기록하면서 급격히 무너져 갔다. 이 날 언더파를 기록한 선수는 김민철과 타이거뿐이었다. 민철은 아침 일찍이 비바람이 몰아칠 때부터 고도의 집중력을 발휘하였다. 이러한 기상 상태에서는 누구나 흐트러지기 십상이다. 그러나 위기는 기회라 하지 않던가.

남이 무너질 때 내가 일어서면 그 차이는 훨씬 빨리 좁혀 질 수 있다. 민철의 머리에는 우기雨期에 찾아간 태국 북부 치앙마이의 칸다라부라 골프 코스가 떠올랐다.

폭우 속에서 십수회 연습 라운드를 하였다. 빗줄기의 굵기에 따라 한 클럽을 더 잡아야 하는지, 두 클럽을 더 잡아야 하는지 실험하였다.

여기에 바람의 방향과 세기에 따라 클럽 선택은 또 달라진다. 어떠한 비바람 속에서도 그린 적중률이 90%가 될 때까지 반복하여 연습하였다.

월드코리아 컨트리클럽의 3일째의 기상 상태는 그 악화 정도로 볼 때 칸다라부라 골프 코스의 중간 정도밖에 되지 않았다.

연습한 대로 대부분 적중하였다. 낮은 탄도의 샷도 운 좋게 먹혀들었다.

민철은 이날만 6언더파를 쳤다. 2언더파를 추가하여 합계 8언더파를 기록한 단독 1위 타이거에 이은 단독 2위였다. 타수는 2타 차에 불과하였다.

언론은 그제서야 민철의 상위권 도약을 대서특필하였다. 뉴스의 가치로 보아 더 이상 민철을 등한시 할 수 없기 때문이었다. 한 TV 뉴스는 7번 파 5홀에서 민철이 친 세컨드 샷이 강풍을 뚫고 낮게 날아가 정확히 핀 1m에 붙어 이글[51] 찬스가 연출되는

---

51) 이글(eagle) : 파(par)보다 2점 적게 친 점수.

장면을 그날의 베스트 샷이라며 반복하여 방송하기도 하였다.

허준만의 부진은 간단히 보도되었다. 언론의 관심은 이제 마지막 날 민철과 타이거의 맞대결에 온통 쏠려 있었다.

대부분의 언론은 민철의 데뷔 초기 한국 오픈에서의 우승 장면까지 입수해 보도하였다. 하루 전의 보도 태도에 비하면 그야말로 격세지감이 하늘과 땅이었다.

그러나 그 어느 언론에도 민철의 인터뷰 기사는 나가지 않았다.

〈세느〉의 충격

역삼동 세성그룹 사옥 12층, 세성테크 부회장실.

서태완은 하루 종일 안절부절못하며 사무실 안을 왔다 갔다 하였다.

각 부서에서 올라온 결재 서류를 쳐다보지도 않고 있다가 여비서가 곤혹스러운 표정으로 재촉하자 내용도 읽어 보지 않고 황급히 서명하여 내 보낸 뒤에도 다시 왔다갔다만 반복하였다.

그는 가끔 소파 앞에 설치된 TV 스크린에 어른거리는 US오픈 생중계에 눈길을 주곤 하였다.

3일째 경기 개시 당시만 해도 리더 보드 상단에 허준만의 이름이 뚜렷이 각인되어 있었다. 30여 분이 지나자 허준만의 이름이 리더 보드에서 사라지더니 더 이상 나타나지 않았다. 시간이 지남에 따라 TV 화면에 허준만의 플레이 모습도 사라져 갔다.

오후가 되어 방송 화면 하단의 좌에서 우로 파노라마처럼 이동하는 스코어보드에 허준만이 2오버파를 기록하고 있다는 자막이 보이자 서태완의 얼굴에는 식은땀이 흘렀다.

경기 시작 때만 해도 타이거에 3타차로 따라 붙었는데 이제 8타차로 벌어졌다.

허준만은 무너진 것이 틀림없었다. 한번 무너지면 속절없이 무너지는게 골프 경기의 속성이기도 하므로 나머지 홀 진행에 따라 타수는 더 벌어질 것이 분명하였다.

서태완은 절망하였다.

2일째 경기 후, 컷을 통과한 허준만이 선두를 4타 차로 추격하면서 호언하였을 당시 서태완은 함께 감동하였었다. 그의 머리 속은 래드브록스 도박회사에 베팅한 돈이 몇 배로 불어 날 것인가 그 계산에 여념이 없었다. 그러나 그는 하루 만에 평소 절망하는 연습을 하지 않아 왔음을 후회해야 했다. 2억 원이 며칠 사이에 휴지가 되는 것을 목격해야 했다.

그는 황 회장이 원망스러웠다. 그가 프로암 대회에서 허준만에게 베팅하였다는 것을 언급만 하지 않았어도 이 지경에 이르지는 않았을 것이다. 황 회장을 맹신한 자신이 그렇게 바보스러울 수가 없었다.

그런데 황 회장의 지금 심경은 어떠할까? 그것이 궁금하였다.

황 회장이 허준만에게 들인 공이 어느 정도인지 서태완은 익히 알고 있었다.

허준만의 우승을 믿어 의심치 않는 자신감, 그의 우승을 한반도의 세계 중심론으로까지 승화시켜 온 민족적 우월감, 이것이 과연, 허준만이 비록 한 라운드를 남겨 놓았다고는 하나 최하위로 쳐진 지금까지도 유효한지 알고 싶었다.

허준만이 마지막 라운드에서 기사회생할 수 있는 복안을 황 회장이 가지고 있는지, 있다면 거기서 서태완도 위로받고 싶었다.

서태완은 급히 회장 비서실로 인터폰하여 황 회장의 행방을 물었으나 비서실장은 USGA 라몬드 회장과의 약속으로 일찌감치 퇴근하였다고 전할 뿐이었다.

서태완이 힘없이 수화기를 내려놓으며 TV 화면을 응시하자 중계 아나운서는 허준만이 선두 타이거와 12타차로 벌어지면서 최하위로 쳐져 우승이 거의 불가능하게 되었다고 흥분하여 떠들어 대고 있었다.

서태완은 TV를 거칠게 끄고 난 뒤, 데스크 소파에 털썩 쓰러져 망연히 창밖을 응시하였다.

창밖에 비치는 잠실 야구장 앞에는 야간 나이트 프로 야구를 관전하려는 사람들이 줄을 지어 서 있었다.

순간 서태완은 황 회장의 베팅 규모는 얼마일까하는 생각이 불현 듯 떠올랐다.

허준만의 추락, 이는 황 회장의 몰락을 의미하는 것이기도 하였다. 적어도 도박 베팅에 있어서는. 황 회장은 프로암 대회에서 베팅액이 얼마 되지 않는다고 하였으나 평소의 담대한 그의 성격에 비추어 적지 않은 금액일 것이 틀림없었다. 만일 황 회장이 베팅한 금액이 자신이 베팅한 2억 원을 넘는다면 다소 위안이 될 것 같은 묘한 심리가 꿈틀거렸다.

서태완이 시계를 보니 런던은 이제 막 아침 출근 시간을 지나고 있었다.

서태완은 런던에서 대규모 금융 컨설팅 회사를 운영하고 있는 제임스에게 다시 전화하여 래드브룩스 도박회사에 베팅한 황 회장의 베팅 액수를 알아봐 달라고 부탁하였다.

30분 쯤 지난 뒤 제임스로부터 연락이 왔다.

"헤이. 닥터 서. 나 알아보느라고 혼났어. 그런 건 기밀 사항이라고 해서 다른데 힘을 써 알아보느라고 늦었어."

제임스는 일단 생색부터 냈다. 내 신세 한 번 졌으니 후일 네 신세도 지겠다는 뜻인 줄 서태완은 금방 알아 차렸다.

"오. 그런데 상당한 금액이야."

"얼마인데?"

서태완은 황급히 물었다.

"500만 파운드야."

"500만?"

서태완은 금방 환율 정산이 안 되었으나 자신의 베팅액이 10만 파운드니 500만 파운드는 50배로 대략 100억원이라고 금방 머리를 굴려 계산해 냈다.

"대단해. 래드브룩스는 물론 동급의 도박회사 윌리엄 힐에도 그러한 베팅액은 전무하다던데……"

100억원!

정말 황 회장은 대단한 인물이다. 지금 동원력도 그렇지만 어떠한 확신이 있었기에 허준만에게 그런 거액을 베팅한 것일까. 그 신념이 놀라울 뿐이었다.

그러나 이러한 서태완의 상념은 몇 초도 가지 않아 제임스의 말 한 마디에 산산이 깨지고 말았다.

"헤이, 닥터 서. 그런데 아까 회장인가 하는 사람이 누구에게 베팅하였다고 하였지? 허, 허, 누구라고?"

"허준만. 허. 준. 만."

"허준만?"

"그래. 허. 준. 만."

"아니 래드브록스 직원에 의하면 당신 회장이 베팅한 선수는 허준만이 아니던데?"

"그럼 누구래?"

서태완의 목소리가 다급해졌다. 입안에서는 마른 침이 꼴깍 넘어가는 소리가 들렸다.

"타이거. 타이거래."

"타이거라고?"

"그래. 틀림없어. 500만 파운드를 타이거에게 베팅해서 2~3배는 배당받으니 그게 어디냐고 했어."

서태완은 손이 부들부들 떨려 수화기를 잡고 있을 수가 없었다. 수화기는 힘없이 떨어져 책상 밑으로 늘어 뜨려졌다. 수화기에서는 제임스의 '닥터 서. 닥터 서' 하는 소리가 계속 흘러나오고 있었다.

청담동 한적한 주택가에 어둠을 뚫고 이리저리 골목길을 달려 온 베이지색 에쿠스 한 대가 2층 주택 앞에 미끄러지듯 멈추어 섰다.

박헌준은 평소 같으면 기사가 뒷좌석 문을 열어 줄 때까지 앉아 기다렸으나 이 때만은 자신이 직접 문을 열고 급히 차에서 내렸다. 그가 흘낏 바라본 손목시계는 벌써 9시 20분을 가리키고 있었다. 최대한 빨리 달려온다고 왔는데도 20분이나 지나 있었다.

박헌준은 오늘 퇴근 무렵 서태완 부회장으로부터 저녁이나 함께 하자는 제의를 받았다.

박헌준은 세성그룹의 경리담당 이사로서 그룹의 주요한 자금 입출금을 총괄하고 있었다. 그는 황영달 회장에게 직접 보고하고 지시를 받고 있었으므로, 서태완 부회장과 업무적으로 접촉할 기회는 거의 없었다. 그러나 서태완은 대내외적으로 그룹의 2인자였으므로 박헌준은 공식 회의석상에서나 회식 자리에서 서태완을 깍듯이 공대하여 왔다. 그러나 오늘과 같이 서 부회장이 박헌준에게 개인적으로 만나자는 제의는 이례적이었다.

박헌준은 오늘 저녁, 고교 동창 모임이 예정되어 있었다. 단순한 몇몇 친구들의 모임이 아니라 고교 졸업 30주년 기념 모임이어서 수백 명의 동창들과 은사들이 참석할 예정이었다. 그리고 박헌준은 그 자리에서 후배들에게 장학금 몇 푼 전달한 공적으로 공로패를 받게 되어 있어 필히 참석해야만 했다.

박헌준이 그 사정을 이야기하며 정중히 고사固辭하자 서태완은 그러면 동창회를 마치고 만나면 어떠냐고 수정 제의하였다.

공식행사가 끝나도 오랜만에 만나는 주당酒黨 동창들이 그를 가만 놔줄 리 없었다. 박헌준도 주당 멤버였으므로 거북한 서태완보다는 친구들과 한 잔 더 히는 것이 한결 편할 것이었다.

순간적으로 머리를 굴린 박헌준이 최대한 죄송함이 배어든 음성으로 한번 더 고사를 하려다가 서태완의 이어지는 한 마디에 얼른 응낙하고 말았다.

"〈세느〉, 어떤가요. 〈세느〉 아시죠? 청담동에, 거길 예약해 놓겠습니다."

〈세느〉의 육중한 철문을 통과해 정원을 걸어 들어가는 박헌준의 입에서는 벌써부터 술 냄새가 물씬 풍겼다. 걸음걸이도 다소 흔들거렸다. 동창회에서의 전주前酒도 만만치 않았다.

하얏트 호텔 리셉션 홀에서 열린 졸업 30주년 행사는 300명이 넘는 동창들로 성황을 이루었다. 좌석은 고교 3학년 때 반班별로 배치하였고, 초저녁부터 폭탄주가 돌아갔다. 오랜만에 만난 중년의 동창들은 사회생활에서 찌든 스트레스를 풀어 버리고자 부담없이 어울려 순식간에 취해 버렸다.

거나해진 박헌준이 무대 바로 앞에 마련된 VIP석을 힐끗 보니 은사들 몇 분 앉아 있는 옆에 지난 국회의원 총선거에서 당선된 동창 한 녀석이 앉아 있고, 동창들은 그 자리로 다가가 그 친구에게 집중적으로 술을 권하는 것이었다. 그 친구는 평소 동창회에도 잘 나오지 않았고, 동창들간 별로 인기도 없는 녀석이었다. 그런데 정당을 잘 선택해 바람을 타고 당선이 되자 이제

신분이 확 달라져 너도나도 아부성 눈도장 찍기에 여념이 없었
다.

 그래서 그런지 앉은 채 동창들의 술을 받는 그 친구가 더럽게
거만하게 보였다. 동창도 위아래가 있던가? 국회의원 동창은 귀
빈석에 앉아야 하나? 언젠가 신세질 일이 생길지 몰라 박헌준은
다른 동창들 대열에 동참해 그 친구에게 술을 권하고 한 잔 얻
어 마셨다. 자기 자리로 돌아 온 박헌준은 자신의 행동이 못마
땅하여 스스로 폭탄주를 자작自作하여 거푸 마셨다. 그래서 더
취했다.

 〈세느〉는 서울 강남에서도 최고의 룸살롱이었다. 겉으로는
평범한 2층 양옥이지만 지하 3층에 룸이 20여개는 족히 될 법한
대형 살롱이었다. 서빙하는 호스티스들도 최고의 미모들임은 두
말할 나위 없었다. 정계, 재계 인사들의 은밀한 만남의 장소로
이용되어 확실한 고객이 아니면 예약조차 되지 않았다.
 박헌준은 〈세느〉에 접대차 서너 번 온 적이 있었는데 물론 회
사 돈으로 계산하였다. 〈세느〉의 술값은 강남에서도 최고여서
도저히 제 돈 주고는 올 수가 없었다. 게다가 요즘은 국세청이
인정하는 접대비 한도도 대폭 축소되어 〈세느〉 근처에는 얼씬도
할 수 없었다.
 박헌준이 최근 〈세느〉에 들른 지도 5개월은 족히 되는 듯싶은
차에 서태완이 초빙해 주니 못이기는 척 나가기로 했다.
 박헌준이 대리석으로 바닥을 개조한 넓은 홀로 들어서니 정

마담이 왜 이리 적조하셨냐며 다가와 팔짱을 끼는 등, 호들갑을 떠는 품이 이미 서태완 부회장은 도착해 있음이 틀림없었다.

〈세느〉의 지하 1층익 두 사람이 술을 마시기에는 디소 넓게 느껴질 룸에 혼자 앉아 커피를 마시고 있던 서태완은 정 마담의 안내로 박헌준이 들어서자 반갑게 일어나 악수를 청하였다. 오렌지색 조명이 구석구석에서 은근히 비춰 주는 룸은 아늑한 분위기를 연출하고 있었다.

"허허, 박 이사, 바쁜 사람 불러내 미안합니다."

"아닙니다. 오히려 제가 늦어서 죄송합니다."

박헌준은 되도록 취한 티를 내지 않으려고 조심하였다.

"박 이사. 오늘 US오픈도 잘 진행되고 있고, 회장님도 출타중이시기에 박 이사와 한 잔 하고 싶었던 것이오. 오늘 나와 흠뻑 마셔 봅시다. 그리고 에, 정 마담. 술은 말이야, 우리 박 이사님 좋아 하시는 발렌타인으로 가져와."

"회장님. 몇 년산産으로……?"

정 마담은 서태완을 부회장이 아닌 회장이라고 칭하였다. 그녀는 '부副'자 들어가는 직함은 아예 '부'자를 빼고 호칭하였다. 그래도 이의를 다는 사람은 아무도 없다는 것을 이 바닥 생활 10년 경험으로 알고 있었다.

"아, 이 사람이? 발렌타인이 30년산 말고 또 있나?"

박헌준은 서 부회장이 자신의 취향을 기억해 주는·것도 놀랍지만 발렌타인 17년산은 그렇다 치더라도 21년산만 해도 괜찮은데 30년산이라니 이게 웬 떡이냐 싶었다.

"정 마담. 그리고 말이야. 애들도 최고급으로 데려와. 시원찮
으면 알지?"

"아이, 누구 분부시라고요. 염려 마세요. 그럼……."

잠시 후, 술 네 병이 한꺼번에 들어오고 테이블 세팅이 끝나
자 정 마담은 아가씨 둘을 데리고 와 소개했다.

"김주혜에요."

"이미정입니다."

박헌준은 두 호스티스를 보자 그만 입이 딱 벌어졌다.

김주혜가 누군가. 그녀는 요즘 TV에서 방영되고 있는 최고
인기 사극의 여주인공 아닌가?

이미정은 또 누군가. 그녀는 주말마다 주부들의 눈물을 짜내
는 멜로드라마 속의 비련의 여주인공 아닌가?

박헌준은 두 미녀 탤런트가 출연하는 드라마는 어쩌다 보지만
CF 광고를 통해 하도 봐서 그녀들을 금방 알아 볼 수 있었다.

특히 김주혜가 사극에서는 요조숙녀 정경부인으로 나오다가
핸드폰 CF에서는 격렬한 테크노 댄서로 변신하는 것을 보고 저
정도 끼가 있으니까 저 바닥에서도 일류가 되는구나라고 생각해
왔는데 바로 그녀가 옆에서 시중을 들고 있다니……. 박헌준은
꿈만 같았다.

서태완은 박헌준의 맞은편에 앉아 안경 너머로 넋이 나가 있
는 박헌준을 물끄러미 바라보며 생각했다.

황 회장은 자신의 재정 담당 심복으로 고향 후배이자 모 재벌
그룹 경리부장으로 있던 박헌준을 영입한 것은 잘한 일이었지만

그가 이렇게 술과 여자를 좋아하는 줄은 미처 몰랐던 것 같았
다.

박헌준은 탁자에 놓여있는 30년 산 발렌타인 4병과 김주혜 때
문에 벌씨부터 제 정신이 아님을 억릭히 알 수 있었다.

서태완은 박헌준의 환상을 조금은 깨 줄 필요가 있음을 느꼈
다.

"박 이사. 주혜가 자연산이 아니라고 너무 실망하진 마시오."

"예? 그게 무슨 말씀이신지……?"

서태완으로부터 술잔을 받은 박헌준은 어리둥절해 하며 되물
었다. 그때까지 나가지 않고 시중을 들던 정 마담이 서태완을
거들었다.

"호, 호, 조금 고쳤어요. 돈은 좀 들었지만요. 그래도 박 이사
님, 바탕이 웬만큼 되니까 이 정도 아니겠어요?"

박헌준은 정신이 번쩍 들어 주혜와 맞은편 좌석 서 부회장 옆
에 앉아 있는 이미정을 번갈아 바라보았다. 이들은 양식養殖이란
말인가?

듣고 보니까 자연산 주혜보다 아래턱이 다소 넓고 쌍꺼풀의
폭이 다소 두꺼운 듯하였다. 그러나 대차 없었다. 대충 보면 그
냥 탤런트 김주혜, 이미정이 틀림없었다. 박헌준은 성형수술 기
술이 이 지경에까지 이른데 대하여 새삼 감탄하지 않을 수 없었
다. 어리둥절한 박헌준만 빼고 나머지 사람들은 모두 재미있다
는 듯이 웃고 있었다.

아무러면 어떠랴.

　박헌준은 고급 양주에 미녀 - 비록 양식이기는 하나 - 가 시중을 들어주니 기분이 늘어져 서태완과 주혜가 주는 대로 받아 마셨다. 밴드에 맞추어 구닥다리 트로트 몇 곡도 불러 제꼈다.

　서태완은 전혀 술이 취하지 아니하였다. 아니, 술을 별로 마신 게 없으니 취할 리가 없었다. 박헌준이 따라주는 술은 입술만 축인 채 옆에 앉아 있는 이미정에게 슬쩍 건네주었다. 그녀가 일부는 마시고 일부는 탁자 밑 휴지통에 부어 버리는 것을 알면서도 내버려 두었다. 발렌타인 30년 산 반병 정도가 구정물 취급을 받으며 사라져 갔다.

　서태완은 박헌준의 상태를 유심히 관찰하였다. 혀도 살살 꼬여 가고 있었고, 노래도 악을 쓰며 불러 대는 품은 이제 어지간히 취했다는 증거였다. 더 이상 취하면 안 된다.

　서태완은 박헌준이 '돌아가는 삼각지'를 악을 써 부르고 나자 박수를 친 뒤 그를 부축해 소파에 앉히고 모두를 내보낸 뒤 둘만 남았다.

　"박 이사. 오늘따라 노래가 시원시원합니다."

　서태완은 술잔을 받는 박헌준의 손이 약간 떨리는 것을 느꼈다. 이제 미약하나마 수전 증세도 오고 있었다.

　"에, 부회장님, 오늘 고맙습니다. 저를 이렇게 과분하게……."

　그는 눈까풀까지 풀어져 있었다.

　"이봐요. 박 이사. 박 이사가 회사를 위해 고생하는 것에 비하면 이 정도는 약과지요."

　"아이, 제가 무슨 일을 했다고……."

박헌준의 혀도 꼬임의 정도가 현격하게 심해져 갔다.

"그러니 회장님도 박 이사를 믿고 계시지 않습니까?"

"으음."

"아무튼 US오픈도 내일 하루 남았으니 내일만 잘 넘기면 회사도, 회장님도 한 단계 도약할 것이 틀림없을 겁니다. 허준만이 부진한 것이 마음에 걸리긴 하지만……."

"그러게요. 저도 허준만, 허준만 팬인데……."

"회장님도 꽤나 상심해하실 거예요. 그렇게 허 프로를 믿어 왔는데, 오죽하면 허준만에게 내기를 걸었겠어요."

서태완은 이제부터다 하며 박헌준의 입을 뚫어지게 쳐다보았다.

"예? 허준만에게 회장님이 내기를요?"

"박 이사는 몰랐어요? 회장님이 영국 도박회사에 베팅한 거?"

서태완은 박헌준이 쓰러지기 전에 끝내야 하였으므로 단도직입, 본론으로 들어갔다.

"예, 저는 도대체 무슨 말인지, 처음 듣는……."

"그러면 박 이사. 며칠 전에 회장님 지시로 100억원을 마련한 적이 있었나요?"

서태완은 모험을 하였다. 황 회장이 런던의 래드브록스에 베팅한 100억원이 황 회장 스스로 마련한 것인지, 박 이사를 통하여 마련한 것인지는 모르나 일단 그에게 단도직입으로 넘겨짚어 본 것이었다.

"아니, 그걸 부회장님이 어떻게……?"

넘겨짚은 것이 성공하는 순간이었다.

"그건 회장님에게서 들었어요."

서태완은 이번에도 거짓말을 할 수밖에 없었다.

"US오픈 비용 마련도 어려우셨을 텐데, 별도로 100억원이라는 거액을 마련하느라 얼마나 힘드셨을까?"

서태완은 말을 마친 뒤 반 정도 남아 있는 술잔을 얼른 비우고 박헌준의 표정을 살폈다.

박헌준은 술잔을 만지작거리며 한 숨을 푹하고 내쉬었다.

"그러게요, 부회장님도 알고 계시니, 저도 말씀드리, 헉, 편한데요, 너무나 어려웠어요."

"그래요. 박 이사. 어렵지. 어려웠을 거야. 그런데 어떻게 그 큰 돈을……."

"일렉트릭스를 담보잡혔어요. 큭, 이제 그게 마지막……."

"담보? 무슨 담보?"

서태완은 박헌준의 혀꼬부라진 소리와 딸꾹질 소리가 혼합되어 잘못 들은 줄 알고 반복해 물었다. 스스로도 목소리가 떨림을 느낄 수 있었다.

"주식이요. 주식……."

일렉트릭스. 세성일렉트릭스. 황 회장이 70%의 주식을 가지고 있는 세성 그룹 계열사 중 알짜배기 기업이었다.

그 황 회장 주식에 질권質權을 설정하여 어느 금융기관으로부터 대출을 받았다는 것이다. 그 대출받은 돈 전액을 래드브룩스에 베팅한 것이다.

그런데 허준만이 우승하지 못하면, 아니 이제는 타이거, 타이거가 우승하지 못하면 베팅액은 모두 날아가고, 그러면 세성일렉트릭스의 운명은 어찌 되는가? 채권 은행은 대출금을 갚지 않으면 질권 설정된 담보 주식을 그대로 처분하려 할 것이다.

그런데 또 박헌준이 내뱉은 마지막 말, '그게, 마지막……'이라니? 그건 또 무슨 소린가?

"잠깐 박 이사. 정신차려요. 이봐. 박 이사. 일렉트릭스가 마지막이라니 그게 도대체 무슨 소리……?"

다급해진 서태완은 이제 박헌준을 떠보거나 넘겨짚을 심정적 시간적 여유도 없었다.

"아이, 아시면서, 회장님이 다 말해서 아신다면서……."

박헌준의 고개가 점점 아래로 수그러들고 있었다.

술잔을 잡은 그의 오른손은 아까보다 훨씬 심하게 떨리고 있었다.

"이봐. 박 이사. 이 사람아. 무슨 소리야. 분명히 말해 봐."

"부 회장님. 저도 괴로워요."

혀꼬부라져 웅얼거리며 늘어놓는 박헌준의 말을 서태완은 한마디도 놓치지 않고 다 들었다. 아주 끈기있게. 그리고 큰 충격에 휩싸였다.

평소 US오픈의 총 상금은 550만불 정도이고 우승 상금은 100만불 정도이다. 황 회장은 US오픈을 유치하기 위하여 총 상금은 5배, 우승 상금은 3배로 늘렸다. 그리고 비공식적으로 미국 USGA에 별도의 리베이트를 건넸음이 틀림없었다. 여기에 일류 선수들에게 지급한 초청비를 포함하면 우리 돈으로 400억원은 가볍게 넘어 500억원에 육박한다.

서태완은 그 경비 염출에 관여할 위치에 있지도 아니하여 신경을 쓰지 않았으나 황 회장이 그룹 내에 적치해 놓은 적립 자산으로 지출하는 줄 알았다. 그리고 그렇게 하는 것이 정상이었다. 그만한 재력이 있는 황 회장을 대단하게 여겨왔다. 그러나 박헌준으로부터 들은 내용은 그야말로 충격, 그 자체였다.

세성그룹의 실상은 적립자산은커녕 온통 빚과 부실 투성이었다. 박헌준이 털어놓은 세성그룹의 회계조작 수법은 교묘한 범죄행위 바로 그것이었다.

첫째, 모든 계열사의 자산을 조작하는 전형적인 분식회계 기법을 사용하였다. 기업의 재고와 매출채권 등 자산은 적절하게 평가되어야 하는데 발생하지도 않은 매출을 미리 장부에 반영하여 왔다. 수년간 벤처가 도산하는 등, 경기침체가 이어질 때 이러한 가공의 매출 부풀리기를 자행해 왔다.

둘째, 지분율이 20%가 넘는 자회사 이익을 지분율만큼 반영하는 이른바 지분법 처리를 악용하여 이익을 부풀려 왔다. 이 수법은 영업환경 악화로 제대로 돈을 못벌었어도 관계회사의 이익을 크게 늘리는데 동원되는 편법이었다.

셋째, 경기침체가 이어지는 경우 기업이 받을 채권이 미회수되어 손실을 보는 경우가 있는데 이에 대비하여 적립해 놓는 대손충당금도 제대로 반영해 놓지 않았다.

넷째, 장부에도 없는 자산이 버젓이 존재하는 것처럼 허위로 꾸며 이른바 불법 비자금을 상당히 조성해 놓았다.

다섯째, 위와같은 불법행위를 은폐하기 위하여 은행 조회서나 채권, 채무 조회서 등, 각종 잔액 조회서를 상당수 위조하여 채무가 전혀 없는 것처럼 꾸며 놓았다.

이 모든 것의 실무 중심에는 황 회장의 지시를 받은 박헌준 이사가 있었다.

서태완은 박헌준의 말을 듣는 동안에도 분통이 터져 그러면 회계감사법인은 도대체 무엇을 하였냐고 다그쳤다.

박헌준에 의하면 세성그룹 전담 회계법인 대표자는 황 회장의 중학교 후배인데 위와같은 부실 처리를 알면서도 적정한 것으로 감사보고서를 작성해 왔다는 것이다. 그 와중에 황 회장과 회계법인 대표자 사이에 적당한 사례가 오고 갔음은 물어보나마나였다. 그렇게 불법으로 조성한 비자금으로도 부족하여 세성그룹 계열사 주식 중, 황 회장 지분을 담보잡히고 대출받아 마련한 자금 등으로 US오픈 경비에 충당하였다는 것이다.

그렇게 분식회계, 부외簿外자산으로 조성한 불법 비자금, 거기에 주식담보 대출 등으로 세성그룹은 멍들어 왔는데 외형상 세성그룹은 벤처의 신화였다. 그렇게 그럴 듯하게 포장되어 왔다.

그것뿐인가. 황 회장은 벤처의 성공신화를 이룩한 거룩한 민족주의자로서 한반도 세계중심론을 설파하고 다녔다. 성공한 기업인이 성공한 정치인으로 태어나는 최초의 사례가 될 것이라는 언론 보도에 긍정도 부정도 하지 않는 언론 플레이도 해왔다.

서태완은 충격 속에서도 황 회장에 대한 배신감이 증폭됨을

느꼈다. 이것은 오늘 오후 황 회장이 허준만이 아닌 타이거에게
베팅하였음을 알았을 때 느꼈던 배신감의 몇 배 충격으로 다가
왔다.

　서태완은 소파에 쓰러진 박헌준을 내버려둔 채 룸을 박차고
나오면서 방금 전 박헌준이 마지막으로 내뱉은 말을 다시 한 번
되뇌어 보았다.
　"회장님은 US오픈 유치로 세성의 성가聲價가 세계적으로도 높
아질 것을 노렸어요. 그러면 당연히 그룹 계열사 주가도 상승할
것이구요. 어느 정도 주가가 상승하면 그것을 처분할 계획이었
던 것 같았어요. 실제로 US오픈 유치 발표 후, 지금까지 계열
사 주가가 상당히 올랐지요. 광고회사 세성애드 등, 두세 기업
은 3배까지 폭등하기도 하였어요. 다 거품이긴 하지만요. 저는
일주일 전부터 회장님께 가지고 계신 주식 일부라도 처분하시라
고 권유드렸어요. 그러나 회장님은 더 오를 거라며 하나도 팔지
않고 오늘까지 온 겁니다. 저는 모르겠어요. 회장님이 주식 처
분한 것을 어떻게 사용하실 것인지. 대출금을 갚는 등 회사를
살리는데 쓰실 것인지. 저라면 그렇게 안 할 텐데……."
　서태완은 〈세느〉의 통로를 다급히 걸어 나가며 속으로 중얼거
렸다.
　'회사를 살리는데는 사용 안 할 거라고? 그래, 박 이사. 너 참
잘 생각했다. 나도 그렇게는 안 한다. 그러고 황 회장은 더더구
나 그렇게 하지 않을 것이다. 세성을 폭파시키고 자기만 살려고

할 것이다.'

서태완은 걸어가면서 주머니에서 핸드폰을 꺼내 어디론가 전화를 하였다. 지금 뉴욕은 오전 11시쯤 되었을 것이다. 핸드폰에서는 '뚜뚜'하는 발신음이 들리고 있었다.

잠시 후면 그는 뉴욕 증권거래소 나스닥의 펀드매니저인 존 그레엄과 통화할 것이다.

존은 서태완이 세성테크를 한국 최초로 뉴욕의 나스닥에 상장시키기 위한 특사로 파견되어 동분서주할 때 친분을 맺은 세계적인 펀드매니저다. 그는 나스닥에 상장된 세성테크에도 투자하고 있을 뿐 아니라 미국 투자자들로부터 모은 펀드로 유럽, 아시아 증시의 주식에 투자하고 있는 큰 손이다.

그 투자 펀드는 국내 증시에 상장 중인 세성그룹 주식도 상당수 포함시켜 운용되고 있다고 들었다.

서태완은 존에게 방금 박 이사로부터 들은 세성그룹의 실상과 황 회장의 도박 베팅까지 그대로 전할 것이다.

존이 이 황금 정보를 듣고 어떠한 행동을 취할 것인지 지금은 알 수 없다. 정보 제공에 대한 대가는 있어도 그만, 없어도 그만이다.

다만, 이 정보로 인하여 존이 이득을 본다면 그는 서태완을 모른 척 할 사람이 아니었다. 그 대가로는 그가 허준만에게 베팅하여 날린 돈 정도만 되어도 좋겠다라는 생각은 하였다.

무엇보다도 황 회장에게서 받은 배신감이 다소 상쇄될 수도 있을 것이라는 희망도 가져 보았다.

순간 서태완의 귀에는 '헬로우'하는 존의 음성이 들렸다.

그렇게 반가울 수가 없었다.

룸 소파에 쓰러져 있는 박헌준은 비몽사몽을 헤매면서도 자신
이 방금 전 서태완 부회장에게 한 말들은 또렷이 기억하였다.
자신과 황 회장만의 비밀, 이를 토로하고 나니 오히려 후련한
생각이 들었다.

믿고 싶지 않았던 그의 뇌리에 항상 잔영되어 남아 있던 세성
의 몰락. 이제 현실이 되어 다가오는 듯싶었다.

졸업 30주년 기념 동창회에서 국회의원이 되어 나타난 친구에
게 비굴한 웃음을 지으며 다가간 것은 그를 이용해 몰락 후를
대비하기 위한 것이었던가?

박헌준은 잠재의식 속에서도 몰락과 생존을 염려해 온 자신의
비굴이 그렇게 역겨울 수가 없었다. 그는 그렇게 혼자서 웅얼거
리며 점점 깊은 잠으로 빠져 들어갔다.

마지막 라운드

US오픈 마지막 라운드의 날이 밝았다.

월드코리아 C·C 주차장은 이른 아침부터 몰려드는 갤러리들로 이미 만원이었다. 시간이 지날수록 골프장에 이르는 도로 연변에도 차들이 들어찼다. 수많은 갤러리들이 3km 거리를 걸어서 골프장으로 향하는 모습이 TV에 생중계되었다.

챔피언조가 티오프하려면 아직 두 시간이나 남아 있었으나 클럽하우스와 아웃코스 1번 홀 주변, 연습 그린 주변은 이미 갤러리들에 점령되어 발 디딜 틈조차 없었다. 이미 1조는 1번 홀을 출발하여 경기는 개시되었으나 1번 홀 티그라운드 주변의 갤러리들 숫자는 좀처럼 줄지 않았다.

그들 대부분은 김민철과 타이거가 맞붙는 챔피언조에 동반하는 영광을 얻기 위하여 끈기 있게 기다리고 있었다.

성질 급한 갤러리 몇몇과 인파에 치어 지쳐버린 갤러리 몇몇

만이 할 수 없이 앞 조를 따라 나설 뿐이었다. 그러나 그들도 2 번 홀이나 3번 홀에서 죽치고 앉아 다른 조 경기를 감상하며 챔 피언 조를 기다릴 요량임이 틀림없었다.

아침부터 동원된 생중계 TV 카메라는 갤러리들을 비추기에도 지쳤는지 이번에는 드라이빙 레인지까지 찾아가 마지막 마무리 연습중인 타이거를 집중 비추어댔다.

경호요원들의 제지에 의해 인터뷰는 불허되었으나 타이거 바로 뒤에서의 근접 촬영은 허용되어 시청자들은 타이거의 그물망을 넘기는 드라이버 샷을 목격하는 행운을 잡기도 하였다.

타이거의 공이 그물망을 넘어간 뒤 중계 카메라가 드라이빙 레인지 맨 끝에 설치된 그물망 상단에서 5m 밑에 부착되어 있는 300m라 표시된 표적판을 비춰 주자 시청자들은 또한번 경탄하였다.

현장 방영이 물릴 때쯤이면 TV 화면은 타이거가 7연속 제패한 메이저 대회 장면을 계속하여 비추어 댔다. 특히 작년 척박한 땅 영국의 스코틀랜드에서 벌어진 브리티시 오픈에서 라이벌 엘스와 치열한 접전 끝에 1타차로 우승한 명승부전을 집중 방영하였다.

타이거가 PGA 챔피언십을 거쳐 마스터즈까지 제패함으로써 그 승천의 기세로 보아 더블 그랜드슬램은 따놓은 당상이라고 추켜세웠다.

타이거에 비하면 민철에 대한 보도 비중은 현격히 떨어졌다. 그도 그럴 것이 민철에 대한 보도 자료 자체가 거의 없었다. 5

년간 투어 실적이 전무할 뿐 아니라 그동안 그가 어디서 무엇을 했는지 취재에 성공한 언론이 거의 없었기 때문이었다. 기껏해야 그의 데뷔 초 한국오픈에서 우승할 당시의 화면 몇 커트를 반복해서 내보낼 뿐이었다.

심지어 어떤 골프중계 해설가는 김민철이 인터뷰를 사양하는 것이 그의 수줍은 성격과 대인기피증에서 비롯된 것이라고 둘러대기도 하였다.

드디어 대망의 US오픈 마지막 날, 마지막 조인 챔피언조도 출발하였다.

타이거 8언더파. 김민철 6언더파.

전 날의 2타차 성적은 전반 아홉 홀 내내 지속되었다.

민철이 3번 홀에서 버디[52]를 낚아 1타차로 따라 붙으면 타이거는 4번 홀에서 버디로 응수하여 2타차 간격을 유지하였고, 7번 홀과 8번 홀에서도 같은 상황이 재연되었다.

선두 타이거에 5타 뒤져 마지막 라운드를 맞은 공동 3위 그룹은 전반 아홉 홀에서만 모두 오버파를 쳐 타이거에 최소 8타 뒤짐으로써 추격의 의지를 모두 상실하고 말았다.

허준만도 전날 충격을 벗어나지 못한 채 강공만을 감행하다가 더 무너져 내려 최하위 부근에서 오르락내리락하고 있었다.

이제 104회 US오픈은 타이거와 김민철의 대결에서 판가름나게 되었다. 흡사 두 선수가 매치 플레이[53]를 펼치는 것 같았다.

---

52) 버디(birdie) : 파(par)보다 1타 적게 친 점수.
53) 매치플레이(match play) : 18홀 중 누가 더 많이 이겼는가로 승자를 결정하는 시합

10번 홀에서는 나란히 버디를 잡아 2타 차는 그대로 유지되었
다. 민철의 최대 위기는 바로 다음 홀인 11번 홀에서 불현듯 찾
아왔다.

11번 홀은 파3홀[54].

거리는 170야드로 그다지 길지 않았다. 그린 우측 20야드 거리
에 조성된 워터해저드도 그리 위협적이지 않아 그저 평범한 홀
에 불과하였다.

이를 의식하였는지 황영달 회장은 홀의 난이도를 높인다며 지
난봄 골프장 측에 지시하여 그린 좌측 언덕에 깊은 갈대밭을 조
성하게 하였다. 브리티시 오픈이 열렸던 영국 스코틀랜드의 세
인트앤드류 올드코스의 갈대밭과 비슷하게 만들라고까지 주문하
였다.

그 신설된 갈대밭을 헤맨 최초의 희생자는 공교롭게도 허준만
이었다. 어제 3라운드 경기 도중 허준만은 이 홀에서 우에서 좌
로 강하게 불어대는 강풍을 이기지 못하고 공을 이 갈대밭에 빠
뜨리고 말았다.

3분간을 헤매다 갤러리들의 도움으로 겨우 공을 찾은 허준만
은 공이 갈대밭에 파묻혀 5분의 1밖에 보이지 않아 의당 언플레
이어블[55]을 선언하여야 함에도 그대로 강공을 감행하였다.

방식.

54) 파3홀(par 3 hole) : 3타만에 홀컵에 넣어야 표준타수인 파를 치게 되는 홀. 파4홀은
4타만에, 파5홀은 5타만에 홀 컵에 넣어야 함.

55) 언플레이어블(unplayable) : 공이 플레이할 수 없는 지역에 들어갔을 경우 1벌타를
먹고 인근에 드롭하여 칠 수 있는 구제 방식.

공은 억센 갈대잎을 통과하지 못하고 겨우 현장만 탈출하여 2m 아래 꽃밭에 다시 빠지고 말았다. 갈대 속보다 상황은 더욱 어려워졌다.

밍연자실, 공을 바라보던 허준만은 가쁜 숨을 놀아쉬며 그제서야 언플레이어블을 선언하고 4타째 만에 공을 그린에 올린 뒤, 투 퍼트하여 치욕의 트리플 보기[56]를 기록하며 완전히 무너졌었다.

오늘 민철의 티샷도 악성 혹을 그리며 갈대밭 속으로 사라져 버리고 말았다. 갤러리들이 안타까운 듯 괴성을 질렀다. 몇몇 여성 갤러리들은 아예 두 손으로 얼굴을 가렸다. 차마 못 볼 것을 보았다는 듯이.

수십 명의 갤러리들이 공을 찾으러 뛰어 갔다.

이미 핀에서 4야드 지점에 공을 붙여 놓아 버디 찬스를 맞이한 타이거의 얼굴은 얼핏 보면 무표정하였으나 입술 양끝이 씰룩씰룩거리는 것으로 보아 표정 관리에 힘들어함이 역력하였다.

타이거도 어제 허준만이 같은 장소에서 트리플 보기를 범하였음을 익히 알고 있었다. 민철이 아무리 선방해도 최소한 더블 보기는 틀림없다. 이 홀에서만 최소한 3~4타 차는 벌어질 것이다. 그러면 그대로 우승으로 이어진다. 대망의 더블 그랜드슬램이 바로 코앞으로 다가오고 있다. 이 상황에서 아무나 뽑을 수 있는 견적을 타이거가 못 뽑을 리 없었다.

타이거의 무표정한 얼굴 속 깊숙한 곳에서는 또 하나의 다른

---

56) 트리플 보기(tripple bogey) : 파(par)보다 3점 많이 친 점수.

타이거가 온갖 잔머리를 굴려 대며 더블 그랜드슬램의 견적을
뽑고 있었다.

캐디가 건네주는 퍼터를 들고 장갑을 벗으며 그린을 향해 걸
어가던 타이거가 힐끗 민철의 표정을 훔쳐보았다. 타이거는 민
철의 표정이 자신보다 더 무표정함을 보고 순간적으로 두려움을
느꼈으나 별 대안이 없을 것이라고 애써 자위했다.

TV 카메라에 잡힌 상황은 어제 허준만의 그것보다 더욱 참혹
하였다. 허준만의 공은 그래도 TV 카메라에 잡히기나 하였다.
그러나 민철의 공은 아무리 카메라의 위치를 이리저리 바꾸어
보아도 시청자 눈에는 보이지 않았다.

억센 갈대 뿌리와 뿌리 사이에 박힌 공은 민철과 인접한 경기
위원 눈에만 보일 뿐이었다. 공을 찾아낸 것이 기적이라 할 정
도였다. 더구나 공의 위치는 언덕 내리막 중간 지점이어서 민철
이 어드레스하기도 불편하였다.

민철의 주변을 에워 싼 갤러리들의 표정도 어두웠다. 어제 허
준만의 치욕적 사태를 목격했기에 더욱 그러하였다.

공을 찾아 준 중년의 남자 갤러리가 민철 옆에서 '언플레이어
블을 선언해요'라고 안타까운 주문을 하였다.

골프 전문 TV인 〈TV골프〉의 중계 아나운서도 드롭[57]할 지역
이 마땅치 않지만 그래도 언플레이어블을 선언해야 점수를 최대
한 아낄 수 있지 않겠느냐고 누구나 할 수 있는 말을 하였다.

---

57) 드롭(drop) : 치기 불가능한 공을 집어 팔을 뻗어 어깨 높이로 혹은 등 뒤로 떨어
　　뜨리는 것.

이에 중계 해설자는 저 억센 갈대 뿌리에 맞서 강공을 펼친다면 두 번, 세 번에도 빠져 나올 수 없을 것이라고 맞장구를 쳤나.

민철은 침착하게 공이 숨어 있는 길대빝 주변과 그린까지를 왔다 갔다 하였다. 공이 위치한 언덕에서 허리를 잔뜩 굽히고 오른 발을 갈대숲에 묻은 채 맨손으로 가벼운 스윙 동작을 해 보았다.

왼 쪽으로 보이는 그린 에지58)까지의 거리는 내리막으로 20야드. 핀은 그린 에지에서 7야드 지점에 바짝 붙어 있었고, 핀을 지나서는 그린의 내리막 경사가 하도 심하여 상황을 더 어렵게 만들고 있었다.

더구나 공 위치에서 그린 방향으로 갈대숲이 18야드 정도까지 이어져 있어서 공을 떨어뜨려야 하는 지역은 갈대숲이 끝나는 지점에서 그린 에지까지 2야드 밖에 여유가 없었다. 만일 공이 그 2야드 지점을 지나쳐 그린에 직접 떨어지면 핀을 금방 지나쳐 내리막 경사를 따라 한없이 굴러갈 것이 틀림없었다.

〈TV골프〉의 중계 아나운서는 김민철 선수가 강공을 펼치려 한다고, 그것은 파멸로 가는 지름길이라고 호들갑을 떨었다.

실제로 민철은 언플레이어블은 생각지도 않았다는 듯이 골프백에서 웨지59) 하나를 쓱 꺼내더니 어드레스를 취한 뒤 가벼운

---

58) 그린 에지(green edge) : 그린 주변이나 가장자리 끝 지점.
59) 웨지(wedge) : 아이언 골프채의 일종으로 헤드가 무겁고 페이스의 각도가 큰 골프채.

왜글60)을 해보며 스윙할 자세를 취하였다.

〈TV골프〉의 중계 해설자는 만일 김민철 선수가 강공을 펼친다 해도 억센 갈대 뿌리와 줄기를 뚫고 나오려면 엄청나게 강한 스윙을 하여야 하는데 저렇게 약한 스윙으로는 어림도 없다고 제법 걱정하는 코멘트를 하였다.

민철이 자세를 취하고 샷을 하는 짧은 시간 동안 갤러리들은 두 번 경악하였다. 허리까지만 다다르는 부드러운 3분의 1 백스윙과 팔로우 스윙에 한 번, 그러한 스윙에 이어 실타래처럼 빨려 나와 포물선을 그리는 하얀 공을 보고 한 번.

공은 반 타원형의 포물선을 그리고 떠올라 갈대숲 끝과 그린 에지 사이의 2야드 지점 잔디 위에 정확히 떨어져 다소 탄력이 죽더니 그때부터 적당한 속도로 굴러 핀을 2야드 정도 지나친 지점에 멈추어 섰다.

민철은 공이 멈추어 서는 것을 보고 어프로치 웨지61)를 골프백에 던져 넣었다.

그 어프로치 웨지 중 갈대 뿌리와 줄기에 닿는 솔62) 부분이 흡사 낫처럼 날카롭게 연마되어 있는 것을 아무도 눈치채지 못하였다. 그 정도 날카로움이라면 갈대 뿌리 아니라 나무 등걸도 한 칼에 베어버릴 수 있을 정도였다.

---

60) 왜글(waggle) : 스윙의 느낌을 파악하기 위해 클럽 헤드를 좌우로 조금씩 흔드는 샷하기 전의 예비동작.
61) 어프로치 웨지(approach wedge) : 그린 가까이에서 핀을 향해 모아칠 때 사용하는 아이언 골프채.
62) 솔(sole) : 골프채의 바닥 면.

순식간에 휘둘렀으므로 TV 카메라도 잡지 못하였다. 이 웨지가 민철이 두 달 전에 방콕의 단골 골프샵에 의뢰해 특수 제작한 것임은 더더구나 누구도 알지 못하였다.

이 샷은 경기 후 이 날의 베스트 샷으로 선정되었다.

민철은 장갑을 벗으며 그린으로 다가가면서 속으로 '경수, 고맙네. 이 번 샷은 분명 자네가 해낸 거야. 고마워.'라고 중얼거렸다.

이 샷으로 누구보다도 충격을 받은 사람은 바로 타이거였다. 이를 증명이라도 하듯 그는 4야드의 짧은 버디 퍼트를 놓치고 말았고, 민철은 가볍게 파 퍼팅을 성공시켜 타이거와의 2타 차는 그대로 유지되었다.

12번 홀은 타이거와 김민철 모두 나란히 버디, 13번 홀은 나란히 파를 기록함으로써 팽팽한 접전은 계속되었다.

이제 남은 홀은 몇 개 되지 않는데 타이거는 좀처럼 무너지지 않았다. 홀이 지나갈수록 2타 차의 위력은 더욱 돋보였다.

13번 홀에서 민철의 버디 퍼팅이 아슬아슬하게 홀컵을 튕겨 나올 때, 타이거의 만만치 않은 거리의 파퍼팅이 홀컵으로 빨려 들어갈 때 터지는 갤러리들의 탄식어린 소리가 이를 증명하고 있었다.

14번 파4홀.

민철에게 다시 위기가 찾아 왔다.

이 홀은 거리가 짧고 별 장애도 없어서 버디를 낚을 가능성이 많은 이른바 서비스 홀이었다.

페어웨이 왼쪽에 위치한 벙커가 약간 문제가 되지만 티그라운드에서 330야드 거리에 위치하고 있었으므로 빠질 염려가 거의 없었다. 실제로 민철은 사흘 동안 벙커에서 20야드 못미친 거리에 공을 떨어뜨리고 그린까지 80야드를 공략하였었다.

그런데 오늘은 공이 드라이버 중심의 스위트 스폿63)에 정확히 맞은데다가 약간의 드로64)까지 걸려 20야드를 더 날아가 벙커에 빠지고 만 것이었다.

그린까지 남은 거리는 약 60야드.

벙커샷 거리로는 프로들도 제일 싫어하는 거리다. 그린 사이드 벙커는 모래를 가볍게 떠내면 되고, 100야드가 넘는 페어웨이 벙커샷은 공을 직접 맞히는 샷을 하면 되므로 오히려 벙커샷이 편할 수도 있다.

그러나 60~70야드 벙커샷은 모래를 떠내는 비율과 공을 직접 맞히는 비율을 잘 안배하여야 하므로 거리 측정이 더욱 어려워진다. 햇빛에 반사되어 번쩍거리는 벙커 속의 공을 물끄러미 쳐다보던 민철은 가만히 눈을 감았다.

파타야 해변을 떠난 쾌속 보트가 20여 분을 달려가자 멀리서 토피 섬이 다가왔다.

까무잡잡한 피부의 선장은 관광객들이 하선하는 선착장을 좌

---

63) 스위트 스폿(sweet spot) : 골프채 페이스의 중심점.
64) 드로(draw) : 일단 오른쪽으로 나간 후 떨어지려고 할 때 왼쪽으로 휘어지는 탄도
　　를 그리는 타구.

로 돌아 5분여를 더 가더니 한적한 해변가에 민철을 내려 주었다. 출발 전부터 두둑한 팁을 받은 선장은 예의 사람 좋아 보이는 웃음을 지으며 바위 우측을 바로 끼고 돌면 조그마한 카티지 (시골 별장)가 보일 거라고 친절하게 일러주고 돌아갔다. 그는 3일 뒤에 다시 민철을 데리러 올 것이었다.

민철이 어제 로얄팜 골프 클럽의 헤드 코치 미스터 웡에게 경수가 보내 준 인터넷 동영상을 보여 주며 상의하자 그는 즉시 토피 섬의 이곳 인적없는 카티지를 추천해 주었던 것이다.

경수는 고맙게도 며칠전 US오픈의 격전지가 될 월드코리아 C·C 18개 홀 전경을 디지털 동영상 카메라로 찍어 이메일을 통해 민철에게 전송해 주었다. 쉽사리 귀국하지 못하는 민철에게 월드코리아 C·C의 동영상 사진은 구세주와도 같았다.

경수가 처음 보낸 동영상은 대부분 18개 홀을 전체적으로 조망하는 것이었다. 1차 동영상을 면밀히 관찰한 민철은 경수에게 홀 별로 위치를 특정하여 좀 더 구체적으로 촬영하여 보내 달라고 부탁하였다. 특히 벙커의 모래와 11번 홀 그린 좌측의 갈대숲을 집중 촬영할 것을 주문하였다. 경수는 충실히 임무를 수행해 주었다.

2차 동영상에 비치는 갈대숲은 한 번 빠지면 언플레이어블을 선언해도 드롭할 곳이 없어 보였다. 요행히 공이 튀어 나와도 갈대숲 언덕 아래 쪽 화단에 떨어지면 그곳에서도 영락없이 언플레이어블을 선언해야 할 지경이었다.

민철은 즉시 단골 골프샵에 솔 부분을 날카롭게 갈아 낸 낫같이 생긴 웨지 제작을 의뢰하였다. 억센 갈대 뿌리는 낫만이 절단이 가능할 것이기 때문이었다.

또한 경수가 찍어 보낸 1차 동영상 속의 벙커 모래는 멀리서 보아도 무척 부드러워 보였다. 황토색 흙이 섞인 모래가 아니라 해변에서 날아온 자연의 모래인듯 싶었다. 2차 동영상에서 모래의 질이 확연히 드러났다. 동영상 속에서 경수는 한 손에 모래를 담뿍 들고 있다가 서서히 뿌렸다. 직선으로 하강하는 모래보다 좌우로 날아가는 모래 입자가 더 많았다. 그만큼 입자가 미세하고 부드럽다는 증거였다. 부드러운 모래와 뻑뻑한 모래, 그리고 벙커샷의 강도가 확연히 달라야 한다. 웡 코치는 동영상 속에서 경수가 뿌리는 모래를 보고 토피 섬의 모래가 그와 똑같다고 힌트를 주었다.

경수는 그밖에도 홀마다 OB 말뚝, 러프, 워터해저드 등 장애물 위치는 물론 페어웨이의 굴곡, 심지어는 스프링클러 위치까지 자세히 촬영해 주었고, 숨가쁜 목소리로 일일이 지형 설명까지 곁들여 주었다. 촬영하는 경수 근처에는 그의 친구들이 머리 올리러 온 놈이 공은 안 치고 왠 비디오 촬영이냐고 낄낄거리며 카메라 앞에서 혀를 낼름하는 모습까지 담겨 있었다.

민철은 동영상물을 수없이 반복하여 보고 또 보았다. 이틀이 지나자 월드코리아 C·C의 모든 홀 구석구석이 머리 속에 각인되어졌다. 굳이 프로암 대회에 참가할 이유도 없어졌다. 그것도 구걸하면서까지.

토피 섬 빈 카티지에 여장을 푼 민철은 그곳에서 혼자 3일을 묵으며 해변 모래밭에서 집중적으로 벙커샷을 연습하였다.

토피 섬 해변의 모래는 동영상에서 보았던 월드코리아 C·C의 모래와 똑같이 부드럽고 미세하였다. 수만 년간 조개와 자갈이 마모된 결정체이리라.

카티지는 민철이 보트에서 내려 절벽을 돌아 나가자 바로 그 자리에 있었다. 그곳에서 맞은 편 절벽까지 병목을 이루고 그 안은 바닷물이 들어와 아늑한 만灣을 형성하고 있었다.

카티지 앞 모래밭에서 바다 건너 맞은 편 절벽 밑 해변까지는 약 50야드. 해변이 연결되다가 끝나는 지점까지는 약 80야드. 이곳에서 민철은 3일간 수없이 벙커샷을 때렸다. 50야드에서 80야드까지 50야드, 55야드, 60야드, 65야드로 5야드 간격을 두고 연습하였다.

카티지 쪽에서 공을 모두 때리고 나면 낡은 거룻배를 저어 맞은 편 해변으로 가서 모래에 떨어진 상태 그대로 이번에는 카티지 쪽을 향해 공을 때렸다.

민철이 토피 섬을 떠날 때쯤 50야드에서 80야드까지, 5야드 씩 7개 단위로 끊어서 공을 안착시키는 확률이 90%를 넘어섰다.

민철은 눈을 번쩍 떠 현실로 돌아왔다.

그 곳은 토피 섬 카티지 앞 해변이 아니라 월드코리아 C·C 14번 홀 벙커 속이었다.

그린까지의 거리는 60야드. 수없이 때려 본 거리였다. 60야드 거리는 7개 단위 중 가장 높은 95%의 확률을 기록했었다. 거기다 모래의 질도 어쩌면 그리도 똑같은가.

민철이 샌드웨지65)를 부드럽게 테이크 백66)하는 순간, 그는 다시 토피 섬의 해변가에 서 있었다.

폭발한 모래 파편이 공중에 운무雲霧처럼 흩뿌려졌다.

마지막 모래 입자까지 바닷물에 잠겨 서서히 침잠沈潛되어 갈 즈음 민철의 귀에는 폭발하듯 터지는 갤러리들의 함성이 들려왔다.

아직 눈앞에 날리는 마지막 모래 먼지를 손으로 치우는 순간 민철은 홀컵 앞에 떨어진 공이 한 번 바운드되더니 그대로 홀컵 안으로 사라져 버리는 것을 똑똑히 볼 수 있었다.

벙커를 벗어나 열광하는 갤러리들에 둘러 싸여 그린을 향하는 민철의 눈에는 다시 한번 토피 섬이 어른거렸다.

카티지 앞 바다 속에 돌출된 바위에 앉아 멍하니 바라 본 절벽과 절벽 사이의 넓은 바다는 가까운 쪽부터 연두색, 초록색, 암록색의 단층을 이루고 있었다.

나는 지금 어디에 있는가? 연두의 바다인가? 초록의 바다인가? 아니면 암록의 바다인가?

민철은 이 홀에서 대망大望의 이글을 잡고 파에 그친 타이거와 드디어 동타同打를 이루었다.

15번 홀은 타이거와 민철 모두 파를 기록. 팽팽한 접전은 그 끝을 알 수 없었다.

---

65) 샌드 웨지(sand wedge) : 벙커 모래에서 치는 골프채. 약자는 SW.
66) 테이크 백(take-back) : 백스윙시 골프채를 뒤로 끄는 것.

16번 파4홀.

드라이버 샷을 하고 페어웨이를 걸어가던 민철은 갑자기 심한 피로감을 느꼈나. 이제 지질 때도 되었다. 5년 만에 출전하는 4라운드 정규 대회인지라 비록 3개월간 하드 트레이닝을 하였다 하더라도 체력이 바닥날 때도 되었다. 이제 나머지 3개 홀은 정신력으로 버텨야 한다.

민철은 엄습해 오는 피로감과 다리가 후들거리는 무력감을 애써 감추며 정신을 집중하고자 눈에 힘을 주며 깜빡거렸다.

민철은 두 번째 샷을 다운스윙하면서 왼쪽 다리가 다소 삐끗하며 풀어지는 것을 느꼈다. 그 영향으로 공은 약간 슬라이스를 내며 핀에서 멀어지더니 그린 우측 끝에 떨어졌다.

민철은 두 번째 샷을 미스했다는 자책감에 사로잡혀 있다가 퍼팅 순간에도 극도로 긴장됨을 느꼈다. 민철은 순간적으로 어드레스를 풀고 심호흡을 한 뒤 퍼팅 라인을 다시 살피고 어드레스 자세로 들어갔다. 그러나 퍼터를 잡은 오른 팔에 약간의 경련이 이는 것을 의식하면서 순간적으로 거리감을 잃었다. 터무니없이 짧은 버디 퍼트에 이어 파퍼팅도 실패하고 말았다.

오늘 첫 보기[67]를 기록하는 순간이었다. 민철은 급격한 체력 저하를 염려하면서도 타이거가 같은 홀에서 그린 벙커샷을 미스해 함께 보기를 범한 것이 큰 위안이 되었다.

이 홀까지 두 선수 모두 11언더파 동타.

남아 있는 두 개 홀이 운명처럼 다가오고 있었다.

---

67) 보기(bogey) : 파(par)보다 1점 많이 친 타수.

황 회장의 음모

서울중앙지법 청사 계단을 5층부터 1층까지 단숨에 뛰어 내려와 다급히 주차장으로 향하던 경수는 계단 밑에서 발이 삐끗하면서 하마터면 들고 있던 서류 봉투를 놓칠 뻔하였다. 자신이 생각해도 너무 서두르고 있었다. 방금 끝난 조정 재판은 생각만 해도 끔찍하여 쉽사리 뇌리를 떠나지 않았다.

쌍방 당사자와 소송대리인들이 참석한 조정기일은 처음부터 난항이었다. 아니 그동안 십수차례 변론기일 때 법정에서 보여준 당사자들의 골수에 박힌 감정의 응어리를 생각하면 조정이 성립되기는 애초부터 글러먹은 사건이었다. 경수는 왜 이런 사건을 조정에 회부하였는지 담당 판사가 야속할 따름이었다. 아니나 다를까, 당사자들은 감정을 자제치 못하고 판사 앞에서조차 고성과 삿대질이었다.

그러나 판사는 이를 제지하기는커녕 오히려 그러한 분위기를 즐기는 듯 방치하더니, 당사자들끼리 다툼이 잠잠해질 때 쯤이면 지루하게 화해를 종용하곤 하였다. 그러면서 30분, 40분이 지나갔다.

경수의 머리 속에는 온통 월드코리아 C·C 뿐이었다. 조정실에 올라오기 전 변호사 대기실 TV에서 언뜻 본 스코어는 타이거 9언더파, 민철 7언더파로 2타 차였다. 그동안 민철이 얼마나 따라붙었나? 아니면……?

아예 조정기일 연기신청을 할 걸 그랬나? 까다로운 의뢰인에 까다로운 판사라, 연기신청을 포기한 것이 은근히 후회되었다.

결국 그렇게 조정은 속절없이 결렬되었다.

그들의 의사를 확인하는데 5분이면 족할 시간이 1시간이나 질질 끌어졌다. 당사자들의 감정의 골이 더욱 깊어 진 것을 확인한 것이 소득이라면 소득이었다.

경수는 당사자들이 엘리베이터 앞에서도 삿대질하는 것을 보고 엘리베이터 타기를 포기하고 계단을 통해 뛰어 내려 왔다.

경수는 승용차의 시동을 건 뒤 급히 라디오 버튼을 눌렀다. 중계하는 아나운서는 골프장의 기온과 습도가 경기하기에 적합하다느니, 갤러리들이 이렇게 운집한 것은 한국 골프 사상 처음이라느니 하는 쓸데없는 소리나 지껄이고 정작 타이거와 민철이 몇 번 홀에서 몇 타를 기록하고 있는 지에 대하여는 언급이 없었다. 그러더니 갑자기 청량음료 광고로 넘어가 버렸다.

다급해진 경수는 법원 정문을 벗어나면서 핸드폰에 부착된 이어폰을 꽂고 연주의 핸드폰 단축다이얼 3번을 길게 눌렀다. 신호음인 박강성의 '장난감 병정'이 거의 한 순배 돌 즈음에서야 연주의 숨가쁜 소리가 흘러나왔다.

"오빠? 경수 오빠? 미안해. 벨을 진동으로 바꿔 놓아 늦었어."

"어찌 됐어? 몇 번 홀이야? 아니 몇 타 차야?"

경수는 남부터미널 앞에서 깜빡이를 켜지 않고 급히 좌로 차선을 변경하다가 뒷차와 부딪칠 뻔하였다. 경수는 그 와중에서도 오른 손을 들어 뒷차 운전자에게 사과 표시를 하였다.

"오빠. 이 함성 들려? 방금 민철 씨가 최고의 샷을 했어. 어제 허준만 프로가 트리플 보기를 했던 그 갈대숲을 한 번에 빠져나와 핀에 붙였어."

연주의 목소리는 흥분을 감추지 못하겠다는 듯 가늘게 떨리기까지 하였다. 핸드폰 속에서는 '민철!' '민철!'을 연호連呼하는 갤러리들의 함성이 계속 흘러 나왔다.

"몇 타 차냐니까?"

"응, 계속 두타 차야. 그리고 11번 홀이야. 민철 씨 잘하고 있어. 그런데 오빠 어디야?"

경수는 연주가 민철을 언제부터 '민철 씨'라 호칭하였는지 갑자기 기억이 나지 않았다.

민철이 입국하던 날 민철이 연주를 '연주 씨'라 호칭하였던 것도 다시 마음에 걸렸다. 민철의 입국 3일 전 연주와 마지막으로 통화하였는데 당시 힘없던 연주의 목소리는 간 곳이 없고 발랄한 원래의 모습으로 돌아와 있었다. 그런데 그것이 민철로 인한 것이라고 생각하니 기분이 별로 흔쾌하지는 않았다. 경수는 애써 머리를 좌우로 흔들어 상념을 지우려 했다.

"응. 나 이제 막 고속도로에 들어섰어. 민철이에겐 내가 곧 도착한다고 해. 아니 하지마. 공연히 방해될라."

"오빠. 민철 씨는 내가 따라 다니는 것을 몰라. 괜히 신경쓸까봐 아는 체 안 했어."

"알았어."

민철은 핸드폰을 닫고 가속 페달을 힘을 주어 밟았다. 다행히 고속도로가 한산해서 빨리 달리면 두세 홀은 볼 수 있을 것 같았다.

경수가 영동고속도로로 갈아 탈 무렵 핸드폰 벨이 울렸다.

경수는 연주이겠거니 하며 얼른 이어폰을 귀에 꽂았다. 그러나 이어폰에서 흘러나오는 목소리는 연주가 아닌 남자의 목소리였다.

"황 변호사님 계신가요?"

굵고 점잖은 톤의 목소리. 어딘가 귀에 익었다.

"네. 접니다만, 누구신지……?"

"아. 황 변호사? 나요, 이중석."

이중석. 서울중앙지검 특수부의 이중석 검사.

그는 경수의 대학 3년 선배였다. 경수가 법대에 입학하던 해 이중석은 이미 재학 중 사법시험에 합격한 수재였다. 이중석은 경수의 사법시험 준비에 많은 도움을 주었고, 경수가 사법연수원을 수료하면서 법원을 지망하겠다고 하자 경수와 같은 논리정치論理精緻한 법이론가가 검찰에도 필요하다며 검찰행을 적극 권유하기도 할 정도로 친분있게 지내온 사람이었다.

그런데 경수가 변호사로 변신하고 난 뒤에는 두 사람의 업무가 업무인지라 자주 만날 수 없었고, 기껏해야 1년에 한두 번 대학 법조동문회에서나 만나 안부를 묻는 정도였다. 그런데 그가 왜 갑자기 전화를 했을까?

"아, 이 선배. 오랜만입니다. 그런데 무슨 일로⋯⋯?"

"황 변호사. 인사는 나중에 하기로 하고 급한 용건부터 말하지. 잘 들어."

"급한 용건이라뇨?"

"세성그룹 황영달 회장이 숙부되시지?"

"네. 그런데요?"

"황 회장의 행선지를 아나?"

"오늘이 US오픈 마지막날이라 월드코리아 C·C에 가셨을 텐데요."

"아니 거기엔 없어. 가지 않았어. 수사관들을 보냈는데 없어."

"수사관이요? 이 선배. 지금 수사관을 보냈다고 했나요?"

경수의 목소리가 다급해졌다.

"음, 음, 그러니까 그게⋯⋯."

이중석 검사도 말하기가 무척 거북한 듯 더듬거렸다.

경수는 이 검사로부터 전후 사정을 듣고 머리가 어질어질하였다. 충격을 받으면 하늘이 노랗게 보인다더니 실제 차창 밖 푸른 하늘이 노란색으로 다가왔다. 경수는 차를 급히 우측 노견에 댄 뒤 노란 하늘을 보면서 방금 전 이중석 검사의 말을 하나하나 그대로 되새겨 보았다.

　황 회장은 지금 긴급 수배 중이라는 것이었다. 이미 출국 금지 조치도 내려졌다고 했다. 혐의는 분식회계, 불법 비자금 조성, 회사 공금 횡령, 은행 조회서 등 사문서 위소교사……. 또 몇 가지 더 있었는데 경수는 더 이상 기억이 나지 않았다.

　검찰청 특수부는 세성그룹의 불순한 자금 이동의 꼬리를 잡고 수개월을 내사해 왔는데 US오픈 유치 발표 후 세성그룹과 황 회장의 막대한 비용 지출을 역추적하는 과정에서 단서를 포착하였다는 것이다.

　황 회장이 지출한 US오픈 비용은 그와같이 분식회계를 통하여 조성한 비자금, 세성그룹 계열사들이 유상증자를 빙자하여 개미 주주들로부터 울궈낸 주식납입금 횡령 등을 토대로 마련되었다는 것이다. 계열사 보유 주식의 상당 부분도 이미 담보설정이 되었다고 했다.

　"그럼 이 선배, 회장님은 왜 그렇게 무리하면서까지 US오픈을 유치하였지요?"

　경수는 이중석 검사에게 묻는 자기 목소리가 심하게 떨리고 있음을 느꼈다.

　"아직 더 조사해 보아야겠지만 현재로서 우리는 황 회장의 쇼라고 생각해. 벤처 모두가 어려운데 세성그룹 혼자만 예외일 순 없어. 특히 황 회장은 무차별 기업 사냥을 하면서 많은 돈이 필요했어. 그 많은 현금을 비축해 놓았다는 것은 불가능해. 아무리 우량기업이라도 그렇게는 못 해. 다 불법으로 조성한 거야.

세성그룹이 공중 분해되는 것은 시간 문제였어. 누구보다도 황 회장이 잘 알고 있었지. 그동안 버텨온 건 다 분식회계와 이를 공모하여 눈 감아 준 회계법인 덕분이었지.

US오픈의 유치, 쇼는 계속 진행 중이었지. US오픈의 유치로 세성그룹은 세계에 알려지게 되지. 대회 유치로 막대한 광고 수입도 챙기고, 세성그룹 계열사의 브랜드 가치 상승으로 코스닥, 나스닥에 상장된 기업의 주가도 같이 상승하게 되지. 실제 유치 발표 이후 세성그룹 계열사 주가는 대부분 상승하였어. 어떤 기업은 2~3배 뛰기도 하였지. 주가란 다 그런 것 아닌가. 실적이 무슨 소용 있나. 황 회장의 주가 조작 혐의도 강도 높게 조사될 걸세. 황 회장은 결정적인 순간에 담보 잡히고도 남아 있는 주식을 처분하려 한 것 같아. 그 이후는 뻔하지 않은가? 해외 송금, 해외 도피지."

잠시 뜸을 들인 이 검사는 다시 말을 이어 갔다.

그의 한마디 한마디가 경수에게는 비수와도 같았다.

"내가 이런 정보까지 황 변호사에게 말하는 건 그렇네만, 우리 특수부 의견은 이렇네. 황 회장이 US오픈 유치로 벌어들인 돈을 그룹 회생에 사용한다면 정상 참작이 될 수도 있겠지. 그러나 지금으로서는 전혀 그럴 의도가 아닌 것 같네. 우리가 지금까지 조사한 황 회장의 행적에 의하면…… 더구나……."

이 검사는 다시 뜸을 들였다.

"더구나, 뭐죠?"

"더구나 황 회장은 횡령한 돈 중 일부를, 일부라지만 대단한 거액이네. 도박에 걸었네. 과연 황 회장답더군. US오픈에 한 판 승부를 걸었어. 그런 황 회장이 그룹을 살리려 할 리가 없지."

경수는 황 회장의 비열함에 심한 분노를 느꼈다. 숙부라는 신분에 따른 측은함이 일순 떠오르다가 그대로 강한 배신감에 묻혀 버리고 말았다.

이 검사에 의하면 황 회장과 분식회계를 공모한 회계법인 대표자가 어제 체포되었고, 오늘 새벽에는 황 회장 비리의 손발 노릇을 해 온 세성그룹 경리이사 박헌준이 강남 어느 룸살롱에서 술에 덜 깬 상태에서 긴급 체포되었다는 것이다.

이 검사는 숙부 일로 심려가 클 것이지만 황 회장의 행방을 알면 그에게 자수하도록 권유해 달라며 말을 맺었다.

경수는 망연자실 핸들에 얼굴을 파묻고 그렇게 엎드려 있었다. 시동은 그대로 켜져 있었으나 승용차 기어는 아직 P에 꽂혀 있었다.

'…… 그래도 그렇지. 횡령한 돈으로 도박까지……. 그 엄청난 돈을…….'

순간 경수는 불에 댄 듯 순식간에 핸들에서 얼굴을 떼내었다.

'그런데, 이 검사가 방금 회장님이 어디에 돈을 걸었다고 했지?'

경수는 짧은 시간에 하도 많은 쇼킹한 정보를 들어서 몇몇 대목은 잘 정리가 되지 않았다.

'그래, 영국의 무슨 도박회사에? 타이거에게 걸었다고? 아니

허준만에게? 뭐라고 하였지? 무언가 비웃는 듯하였는데, 민족주
의를 자처하던 황 회장이 허준만에게 건다고 큰소리치더니, 알
고 보니 타이거에게 걸었다고……? 맞아, 타이거야. 올 베팅하
였다고 하였어. 그러면…….'

경수는 비로소 정신이 번쩍 들었다.

"안 돼! 안 돼!"

경수는 소스라치게 소리치며 승용차 기어를 D로 거칠게 내리
고 패달을 밟았다. 동시에 핸드폰의 단축다이얼 3번을 눌렀다.

속도 계기판은 이미 100km를 넘어 섰는데 연주는 아직 응답하
지 않고 있다. 경수는 이마에 식은땀이 맺히는 것을 느꼈다.

황 회장의 치밀함, 한번 작정하면 결코 포기하지 않는 집념,
그 집요함. 이는 경수도 익히 알고 있었다.

타이거에 대한 거액 올 베팅. 타이거가 패하면 그 거액은 휴
지조각이 되어 버린다. 타이거가 우승하면 몇 배로 되돌아온다.
그 돈을 재기의 밑천으로 삼을 수도 있고, 설령 몇 년 감옥 생
활하다 나온 뒤에는 평생 유유자적悠悠自適하며 살아가도 될 정도
다 그 돈은. 그 갈림길에서의 선택을 타이거에게 맡겨 놓을 사
람이 아니다. 황 회장은. 그는 분명히 스스로 선택할 것이다.

경수는 민철이 위험에 처할 것이라고 직감하였다.

황 회장은 US오픈 우승자를 그 스스로 선택할 것이다. 물론
타이거로…….

타수가 현저히 벌어져 있다면 모르나 박빙의 승부라면, 그것

도 몇 홀 남지 않았다면……. 황 회장은 서서히 작업을 시작할 것임이 틀림없다.

타이거의 우승. 황 회장에게는 최후의 희망이요. 재기의 발판일 것이다.

11번 홀이 두 타차라고 했지? 아. 지금은 13번 홀인가. 14번 홀인가. 연주! 연주! 제발 빨리 좀 받아. 빨리!

"오빠. 해냈어. 민철 씨가 해냈어. 이글이야. 이글."

찢어질 듯한 연주의 목소리가 이어폰 밖으로 흘러 나왔다.

이글? 그러면 두 타나 줄였다는 것 아닌가?

"연주. 그러면 몇 타 차야?"

"오빠. 동타에요. 동타. 처음으로 동타를 이루었어. 기적이야. 벙커샷이 그대로 홀컵으로 들어갔어. 난 몰라……."

흥분한 연주는 울먹이기까지 하였다.

동타라고? 같은 점수라고? 지금까지 앞서가던 타이거가 동타를 허용했다고? 그러면 이제 타이거가 쫓기는 입장인가? 역전될지도 모른다?

"연주, 몇 번 홀이지?"

"14번 홀에서야. 이글은……. 지금은 15번 홀로 가고 있어."

"안 돼!"

경수는 자기도 모르게 고함을 질렀다.

"오빠. 무슨 소리야? 왜 그래? 뭐라고 그랬어?"

"연주! 지금부터 내 말 잘 들어. 민철이를 보호해야 돼! 아니, 주변을 살펴 봐! 혹시……."

경수의 더듬거리는 말을 누가 들어도 두서頭序가 없었다. 경수
스스로도 그렇게 느꼈다. 경수는 입술에 침을 바르며 애서 침착
해지려 하였다. 그리고 이중석 검사로부터 들은 이야기를 요약
하여 연주에게 들려주었다.

"뭐라고? 오빠! 그러면 황 회장이 타이거를 우승시키려고 민
철 씨를 해코지할 거란 말이야?"

"충분히 그럴 분이야. 회장님도 이제 막다른 골목에 와 있음을
알 테니까. 그 분 성격에 일을 저지르고도 남아. 더구나 민철을
이래저래 증오해 왔어. 더구나 민철은 지금 상승세를 타고 있
고, 타이거는 쫓기고 있잖아. 회장님도 어디선가 중계방송을 보
면서 누군가를 조종하고 있을 거야. 막아야 해."

"어떻게 해? 오빠! 오빤 어디야?"

놀란 연주도 경황이 없었다.

"이제 용인 톨게이트가 1km 남았어. 연주! 연주가 막아야 해.
빨리 주변을 살펴 봐. 수상한 사람이 있는지. 민철이에게 접근
하려는 사람을 조심해. 내가 도착할 때까지."

14번 홀 그린 옆에 서서 핸드폰 뚜껑을 닫은 연주는 재빨리
주위를 둘러보았다.

타이거는 갤러리들에 둘러싸여 막 15번 홀에 도착해 있었고,
민철은 이미 15번 홀 티그라운드 위에 올라가 잔 풀을 뜯어 바
람의 방향을 가늠하고 있었다.

연주는 갤러리들의 인파를 헤치고 최대한 15번 홀에 가까이
다가갔다. 그리고 티그라운드 주변에 운집해 있는 갤러리들을

살폈다.

누굴 어떻게 잡아내란 말인가? 연주의 눈에는 경기진행요원이 지정한 라인을 넘으려고 애쓰는 갤러리들이 눈에 들어 왔다. 40대 중년 부부가 다정히 대화를 나누고 있었다. 그 옆에는 초등학생 정도 되는 아이가 엄마 손을 잡고 칭얼거리고 있었다. 그 오른쪽에는 밀짚모자를 화사하게 맞추어 쓴 50대 여성 갤러리들이 무언가 재미있다는 듯 재잘거리고 있었다. 왼쪽으로 눈을 돌리자 아마추어 골프선수 쯤으로 보이는 젊은이들이 앉을 자리를 찾으려 잔디를 고르고 있었다. 대부분 평범한 인상들이었다.

진행요원 뒤쪽으로도 수백 명의 갤러리들이 앞쪽으로 나오지 못해 아우성들이었고, 자리를 잡지 못한 일부 갤러리들은 소나무 숲을 따라 그린 쪽으로 걸어가고 있었다. 방금 전 민철의 이글 장면을 목격한 갤러리들은 아직 그 흥분이 가시지 않는 듯 다들 얼굴이 벌겋게 물들여 진 채 걸어가고 있었다.

누가 어떻게 민철을 해코지한단 말인가? 이 수많은 갤러리들 틈에 숨어 있는 테러리스트가 급작스런 돌발 행동을 한들, 어떻게 막을 수 있단 말인가?

경수 오빠는 민철 씨에게 접근하려는 사람을 조심하라고 했는데, 무엇으로 해치려 할까? 주먹? 발길질? 칼? 아니면 총? 소음 총? 그냥 오물 투척? 그 어느 것이든 연주에게는 끔찍하기만 하였다.

주변을 둘러보느라 눈이 빨개진 연주는 민철이 티샷을 날리는 것도 보지 못하였다.

　용인 톨게이트를 빠져 나와 42번 국도를 달리던 경수는 수신 상태 불량으로 지지거리며 잡음을 내는 라디오를 아예 꺼버렸다.

　경수가 급히 핸드폰을 집어드는 순간 핸드폰 표시창 우측 상단의 배터리 표시등이 막 사라져 버리고 있었다. 혹시나 하여 단축다이얼 3번을 재빨리 눌러 보았으나 역시 아무런 반응이 없었다.

　경수는 핸드폰을 조수석 좌석에 내던져 버렸다. 경기진행을 알 수 없는 경수는 극도의 초조감에 휩싸였다.

　공교롭게도 앞선 차량들이 밀리고 있었다. 평소 같으면 여기서 월드코리아 C·C까지는 차로 불과 5분 거리였다. 길가에 마구 세워 둔 갤러리들의 불법 주차 차량 때문에 차들이 거북이걸음을 하고 있었다.

　경수는 우측 노변의 한 숯불갈비집을 발견하고 차량 행렬을 빠져 나와 식당 앞마당에 차를 세우고 급히 식당 안으로 뛰어 들어 갔다.

　"아주머니. 전화 좀 쓰겠습니다."

　경수는 아무도 없는 홀에 소리를 지르고 카운터에 놓인 전화기를 무작정 들고 연주의 핸드폰 번호를 눌러댔다. 별 이상한 사람 다 보겠다는 듯 주인인 듯한 아주머니가 주방 쪽에서 인상을 쓰고 걸어 나오다 경수가 지갑에서 1,000원 짜리 지폐 한 장을 꺼내 탁자 위에 놓자 금세 표정이 환해지며 어서 어서 통화하라고 손짓하더니 다시 주방 안으로 들어갔다.

"아무 일 없어?"

연주의 '여보세요!'하는 말을 경수가 다급히 가로채며 물었다.

"으…… 응. 괜찮아. 그런데 오빠! 확실해? 누군가 민철 씨를 해칠 거라는 게? 난 노저히 보르셌어. 사람들도 너무 많아. 도저히 찾을 수 없어. 오빠가 빨리 와 줘."

"스코어는?"

"민철 씨가 이제 체력이 달리나 봐. 조금씩 흔들거리는 게 보여. 방금 16번 홀을 마쳤는데 오늘 처음으로 보기를 했어. 터무니없는 스리 퍼팅을 하는 바람에……."

"타이거는?"

"다행히 타이거도 보기를 했어. 지금까지 동타야."

이 때 연주의 말을 듣고 뒤를 돌아보는 순간 경수는 식당 홀 안 쪽에 놓인 TV에서 US오픈이 중계되고 있는 것을 보았다.

민철과 타이거가 17번 홀 티그라운드 위로 올라가고 있는 것이 보였다.

티그라운드로 오르는 나무 계단에 발이 걸렸는지 민철이 삐끗하며 넘어질 뻔하다가 겨우 티그라운드 위로 올라섰다. 중계 카메라가 민철의 얼굴을 클로즈업하였다. 경수는 깜짝 놀랐다. 민철의 표정이 심하게 일그러져 있었기 때문이었다. 얼굴이 미세하게나마 아래위로 흔들거렸다.

경수가 좀 더 자세히 보려는 순간 카메라는 그 위치를 천천히 이동하더니 민철 옆에 서 있는 캐디를 거쳐 그 옆에 서 있는 타이거를 다시 클로즈업하려고 하였다.

그 때. 바로 그 때, 경수는 경악하였다. 갑자기 심장 박동이 빨라졌다. 카메라가 민철에게서 타이거 쪽으로 이동하는 순간 경수는 그 사이에 서 있는 민철의 캐디 혁대 가운데에 부착된 버클을 보았다. 바람이 약하게 불면서 민철의 캐디가 걸치고 있는 캐디 전용 웃옷이 바람에 날리면서 혁대 버클이 노출된 순간을 놓치지 않은 것이다.

그 버클에는 한반도 지도가 양각陽刻되어 있었고 그 양각 부분 위에는 'SGA'라 똑똑히 새겨져 있었다. 세성그룹 산하 프로골프 구단 SGA의 문양이 틀림없었다.

황 회장은 SGA를 창설하면서 평소 지론으로 삼던 한반도 중심론을 골프 사업에도 그대로 적용하려 하였다. 구단 소속 선수들이 사용하는 모든 골프 용품에 'SGA' 표시와 한반도 지도가 새겨진 문양을 사용하였다.

저 민철의 캐디는 SGA 구단 소속 선수가 틀림없었다. 왜 SGA 선수가 민철의 캐디를? 경수는 다급하게 연주에게 말했다.

"연주! 민철이 캐디가 어제까지 여자이지 않았나?"

"네. 그랬어요. 전속 캐디가 없는 민철 씨는 월드코리아 C·C 캐디 중 가장 노련한 캐디를 택하였지요. 물론 여자였어요."

"그런데 저 남자 캐디는. 어떻게……?"

"글쎄요 오빠! 그건 나도……."

"이봐, 연주! 황 회장의 음모야. 바로 저 캐디야. 저 놈이야. SGA 선수야. 버클을 살펴 봐. SGA 버클을 달고 있어."

이 때 경수는 민철의 캐디가 생수통을 몇 차례 위 아래로 흔들더니 민철에게 건네주는 것을 TV를 통해 보았다. 물통을 흔들다니…….

"연주! 잡아, 저 놈이야. 생수통에 무언가 탔어. 그 선부터 계속 먹여 왔어. 그래서 민철이 흔들리고 있는 거야. 빨리! 빨리 잡아!"

핸드폰을 닫은 연주는 어디에서 그런 용기가 났는지 경기 진행요원의 제지를 뿌리치고 티그라운드 위로 뛰어 올라갔다.

"민철 씨! 안 돼요!"

연주의 애절한 외침을 아는지 모르는지 민철은 이미 생수통을 입에 댄 뒤 몇 모금 마시고 다시 캐디에게 건네고 있었다.

연주는 불문곡직 캐디의 손에서 생수통을 낚아채며 날카롭게 소리 질렀다.

"당신 무슨 짓을 하고 있는 거야? 여기에 뭘 탄 거야?"

SGA 소속 선수, 박태봉은 연주의 급작스런 다그침에 당황하여 뒤로 비실비실 물러나더니 그대로 티그라운드를 뛰어 내려 갤러리들 사이로 사라졌다.

당황하긴 민철도 마찬가지였다.

"아니 연주 씨! 여긴 웬 일로?"

민철은 연주를 만난 반가움과 캐디가 사라져 버린 놀라움이 함께 교차하여 무척 당황스러워 하였다.

"민철 씨! 물을 언제 또 마셨어요?"

연주는 민철과 인사를 나눌 틈도 없이 물었다.

"아까 이글을 하고 나서요."

"저 캐디는 누구예요? 오늘 바뀌었잖아요?"

"음, 오늘 아침에. 골프장 측에서 어제까지의 캐디가 몸이 아파 못 나왔다며, 골프장 소속 유망한 아마추어 선수를 캐디로 배정해 준다기에……"

그렇다. 경수 오빠 말이 맞았다.

민철이 14번 홀에서 이글을 하며 타이거와 동타를 이루자 즉시 황 회장의 작전이 개시된 것이었다.

15번 홀부터 민철이 급속도로 무너져 내린 이유를 이제야 알 것 같았다. 음료수에는 무언가 강력한 수면 작용을 하는 약품이 녹여져 있을 것이다.

16번 홀에서 황 회장 원대로 민철이 보기를 하였으나 타이거도 어처구니없게 같이 보기를 하자 방금 2차 작전 지령을 내렸던 것이 분명하였다. 캐디가 핸드폰 음을 진동 모드로 해 놓았다면 민철 모르게 얼마든지 통화할 수 있었을 것이다.

연주는 아직도 영문을 몰라 하는 민철에게 저간의 황 회장의 음모를 잽싸게 설명해 주었다.

"아. 그래서 그런지, 음, 캐디가 자꾸 누군가와 핸드폰 연락을 하였어요. 그게 바로……"

"그래요. 민철 씨! 이제 두 홀 남았어요. 힘을 내야 해요. 민철 씨는 버틸 수 있어요. 반드시 버텨야 해요. 지금부터 제가 캐디를 맡겠어요."

연주는 박태봉이 달아나면서 던져 놓은 민철의 골프백을 들어 어깨에 짊어졌다. 연약한 연주의 어깨가 휘청거렸다.

17번 파4홀.

민철의 드라이버 샷이 약간의 슬라이스를 냈으나 다행히 우측의 비교적 얕은 러프에 놓여 있었다. 그린까지 시야는 틔어 있었으나 그린 앞에 놓인 워터해저드가 문제였다.

더구나 민철의 상태는 갈수록 악화되어가는 듯하였다. 태국의 열대 우림雨林에서 다져진 체력으로 겨우 버티고 있었다. 억지로 눈을 떴다 감았다 하며 졸음을 쫓으려는 필사의 노력을 하는 민철의 그 처절함을 본 연주는 눈을 감았다.

'민철 씨! 조금만 더. 조금만 더 참으세요.'

연주의 기도를 비웃기라도 하듯 공은 혹을 그리며 날아가 해저드에 높은 포말을 그리며 빠져 버렸다.

이제 어쩔 수 없이 1벌타를 먹었으니 어떻게 해서라도 네 번째 샷을 핀에 붙여 단 한 번 퍼트하여 보기로 막아야 한다. 더블 보기면 더 이상 역전의 기회는 없다.

연주는 힘없이 걸어가는 민철의 옆에 바짝 붙었다. 어깨에 둘러 맨 골프백을 다시 한번 추슬렀다. 오른쪽 어깨가 벌써부터 저려왔다.

"민철 씨! MP3를 꺼내세요."

"예?"

"민철 씨 왼쪽 바지 주머니에 들어 있잖아요."

"아니 연주 씨! 그걸 어떻게……?"

"1번 홀부터 민철 씨 경기를 보아 왔어요. 민철 씨가 부담될까 봐 인사를 못 드렸지만요. 민철 씨가 위기에 처할 때마다 MP3를 틀고 듣는 것을 보았어요."

"연주 씨에게 돌려 드려야 하는데, 기회가 없어서……."

"아니에요. 그것은 로얄팜에서부터 민철 씨 것이에요. 제가 잃어버리고 두고 온 것이 아니라. 민철 씨를 응원하는 최소한의 제 마음이었어요."

민철은 주섬주섬 바지 주머니에서 MP3를 꺼내 이어폰을 귀에 꽂았다.

"민철 씨. 1번을 트세요. 저는 〈블루 나이트〉를 경수 오빠에게서 배웠어요. 그 곡이 민철 씨에게 의미가 있다는 것을 며칠 전에 경수 오빠로부터 들었어요."

민철의 귀에는 여느 때처럼 〈블루 나이트〉의 감미로운 기타와 키보드 선율의 전주前奏가 들려 왔다. 그 속에 연주의 목소리도 코러스처럼 섞여 있었다.

"민철 씨! 생각하세요. 민철 씨가 사랑한 팟퐁의 밤거리를, 그리고 로얄팜의 그 밀실을. 민철 씨는 광장을 떠나 밀실로 숨어 버렸지만 결코 광장을 잊지 못했어요. 민철 씨는 혐오하듯 골프계를 떠났지만 골프에 대한 사랑마저 버릴 순 없었어요. 〈블루 나이트〉를 들어 보면 알아요. 팟퐁의 밤, 로얄팜의 밤은 모두 푸른색이었지요. 그 푸른 밤하늘에 촘촘히 박힌 별을 보며 민철 씨는 외로움을 잊었어요. 골프는 민철 씨의 유일한 사랑이잖아요. 이제 광장이 저긴데, 분수가 보이지 않나요? 여기서 돌아갈

순 없잖아요? 힘을, 힘을 내셔야 해요."

〈블루 나이트〉는 계속 잔잔히 울리고 있었다.

연주가 말한 '얼굴 위의 별들과 함께 내가 외로울 때, 당신은 내 유일한 사랑이있소.'라는 내목이 시금처럼 애설하게 들린 적이 없었다.

민철은 졸음을 쫓아내려고 애써 눈을 부릅뜨며 속으로 중얼거렸다.

'연주 씨! 연주 씨는 내 마음을 알지요? 알면서 그러는 거지요? 가사 내용 중 '당신은 내 유일한 사랑이었소. You are the one I love'의 '당신'은 바로 연주 씨라는 것을. 알고 있는 거지요? 그래요. 그 전에는 골프였어요. '당신'은 골프였지요. 정말로 골프를 사랑했어요. 〈블루 나이트〉도 그렇게 들었고, 그렇게 불렀어요. 그러나 로얄팜 이후의 '당신'은 바로 연주 씨예요. 연주 씨가 그렇게 바꾸어 놓았잖아요…….'

해저드 옆에 서서 네 번째 샷을 친 민철은 비록 온 몸은 땀으로 젖었으나 한결 마음이 가볍고 편안함을 느꼈다. 공은 핀 옆 10cm거리에 붙었다.

기도하듯 두 손을 맞잡은 연주의 눈가에도 촉촉한 이슬이 맺혔다.

이어폰에서는 〈블루 나이트〉의 마지막 소절이 반복되고 있었다.

'꿈속에서 당신 목소리를 들을 때면…… 내 사랑은 어느 때 보다도 강해진다오…….'

　민철의 절묘한 샷을 본 연주의 눈가에도 촉촉한 이슬이 맺혔다. 민철의 고통과 환희를 흡사 자신이 겪는 양 감정의 이입을 느꼈다. 연주는 또 느꼈다. 민철이 느끼는 〈블루 나이트〉의 주인공은 바로 연주 자신이라는 것을.

　17번 홀을 보기로 마무리한 민철은 파를 기록한 타이거에 다시 1타 뒤진 채 마지막 홀을 맞이하고 있었다.

펀드 매니저의 결단

뉴욕 월가街의 한 고층 빌딩 34층에 위치한 맨해튼 투자신탁회사의 사무실.

존 그레엄은 회전의자에 앉아 눈이 벌겋게 충혈 된 채 책상에 놓인 컴퓨터 모니터와 그 옆에 놓여 있는 TV 수상기를 번갈아 쳐다보고 있었다.

뉴욕의 현재 시각은 새벽 1시 15분이지만 존의 손목시계는 오후 2시 15분을 가리키고 있었다. 존은 5시간 전에 이미 시계침을 한국시간에 맞춰 돌려놓았다.

모니터에는 지금 열리고 있는 한국의 주식시장 시세판이 떠 있었고, TV에서는 타이거가 멋진 샷을 날렸다고 떠들어대는 CNN 아나운서의 흥분된 목소리가 흘러나오고 있었다.

모니터 시세판에는 오직 세성그룹의 8개 계열기업의 시세만이 관심 종목으로 조합되어 있었다.

모니터에 비치는 주식시세는 시시각각으로 변하고 있었으나 전체적으로는 약보합권에 머물고 있었다.

어제까지 8일 연속 상승한 것에 비하면 이례적이었다. 한국의 투자자들이 이를 가파른 상승 끝에 오는 견조한 조정이라고 볼 만하였다. 추가 상승을 위한 숨고르기라고 판단할 만 하였다. 상승시에 매수 기회를 놓친 한국의 기관 투자가들과 개미 투자자들은 조정을 기다렸다는 듯이 매물이 나오는 족족 집어 삼켰다.

존은 뉴욕 증권거래소가 파장한 뒤에도 퇴근하지 않고 한국 증시가 개장하는 것을 기다려 지속적으로 세성그룹 계열사 주식을 내다 팔았다. 한국의 투자자들이 눈치채지 못하도록 조금씩 조금씩. 오를 만하면 팔고, 오를 만하면 팔고 하여 주가를 하루 종일 약보합권에 머물게 하였다.

존은 책상 우측에 놓인 전화기 3대를 통해 한국내 미국계 증권회사의 중개인들에게 수시로 매도 지시를 내렸다. 중개인 중에는 추가 상승이 틀림없으니 매도를 자제하는 게 어떠냐고 권유하는 자도 있었고, 쩨쩨하게 그 정도 먹고 이익실현하느냐고 혀를 끌끌 차는 자도 있었으나 이를 무시한 채 줄기차게 매도 지시를 내렸다.

존은 어제 오전 세성그룹 부회장 서태완으로부터 세성그룹에 관한 정보를 듣고 일순 충격을 받았으나 곧 냉정을 되찾았다. 한국 증시 개장 직후 한국의 주식 브로커 몇 명에게 넌지시 세성그룹에 관한 정보를 문의하였으나 아무런 이상 징후를 발견하지 못하였다. 오히려 대부분의 브로커들은 US오픈이 끝나면 세성그룹 수가가 한 단계 레벌 업 될 것이라며 자금 여유가 있으면 추가 매수하라고 권하기까지 하였다.

30년간 뉴욕 증권가에서 잔뼈가 굵은 존의 동물적 감각이 발동하였다. 서태완의 말을 곧이곧대로 믿을 수 없었지만 그렇다고 완전히 무시할 수도 없었다.

주식은 위험관리가 최고다.

존이 관리하는 펀드도 지난 10여 일간 꾸준히 세성그룹 주식을 사모았으나 고가高價에 매수한 비율이 높아 지금 판다면 이익은커녕 3~4% 정도 손실을 각오해야 한다. 그러나 할 수 없었다. 손절매損絶賣 시기를 늦추다 일이 터지면 10%, 아니 그 이상의 손실은 불을 보듯 뻔하다. 그 여파로 펀드 전체의 수익률이 하락하면 큰손들이 즉시 빠져 나갈 것이고, 펀드의 운명은 겉잡을 수 없는 방향으로 흘러가고 말 것이다. 그간 쌓아 놓은 존의 명성 역시 일거에 실추해 버릴 것도 자명하다.

존은 침을 꿀꺽 삼켰다. 침은 목젖에 두 번 걸렸다 겨우 식도로 넘어갔다. 노련한 펀드매니저 존도 믿는 구석이 있었다. 이 와중에도 런던의 래드브룩스 도박회사에 문의한 결과 황 회장이 타이거에 500만 파운드라는 엄청난 돈을 베팅하였다는 서태완의 말은 사실임이 확인되었다.

만일 타이거가 우승하여 그 돈이 몇 배로 불어난다면 세성그룹의 재정난도 해결될지 모른다. 다만, 황 회장의 비리가 한국

검찰에 의해 얼마나 밝혀질지, 그 여파가 어느 정도일지, 나아가 도박에서 번 돈을 황 회장이 그룹 회생에 사용할지 여부에 대하여는 존도 자신이 없었다. 그리고 무엇보다도 이를 확인할 시간 여유가 없었다.

그러나 타이거가 우승을 놓친다면? 그럴 리가 없겠지만, 그때는 끝장이다. 500만 파운드가 휴지 조각이 되는데 황 회장도 버텨낼 재간이 없을 것이다.

존은 결단을 내렸다.

존은 US오픈 결과에 관계없이 한국 주식시장의 장중에 세성그룹 보유 주식의 절반을 팔기로 결정하였다. 나머지 주식의 처분은 타이거의 우승 여부에 따라 결정할 것이다. 타이거 우승이면 보유. 그렇지 않으면 즉시 전량 매도.

만일 타이거 우승으로 주가가 상승하면 손절매한 절반에 대한 본전 생각이 간절하겠지만 그 반대의 경우를 생각하면 위험관리가 최선이었다.

견적은 나왔다. 최악의 경우라도 4~5% 손절매면 펀드 전체에 큰 타격은 없을 것이다. 큰 손들로부터 책임 추궁도 없을 것이다.

존은 정보를 흘려준 서태완이 그렇게 고마울 수가 없었다. 세성테크를 한국 최초로 나스닥 시장에 상장하기 위하여 홍콩, 런던 등에서 기업설명회를 가진 뒤 뉴욕에 온 서태완에게 이러저러한 조언을 해 주어 친분을 쌓아 둔 게 얼마나 다행인지 몰랐다. 세성테크의 나스닥 상장이 결정된 뒤 서태완은 존을 붙들고 어린애처럼 울며 고마워하였다.

 úú세성그룹의 일등 공신 서태완이 어쩐 일로 황 회장의 비리를 자신에게 제보하는 신세가 되었는지 그것을 물어 보지 못한 것이 은근히 후회되있다.

이런 고급 정보를 제공 받았으면 후일 적당히 사례하는 것이 이 바닥의 관례였다. 서태완도 흥분한 가운데서도 은근히 그것을 원하는 눈치가 아니었던가. 그러나 어쩔 수 없다. 수익이 나야 사례고 뭐고 있는 것이지, 손절매한 판에 어느 구석에서 사례비를 빼 낸 단 말인가. 내 코가 석 자인데.

존이 응시하고 있는 주식 시세판에는 개미군단이 외국계 증권사들의 매도 이유를 아직도 눈치채지 못한 듯 막대한 매수 잔량을 쌓아 놓고 있었다.

존이 우측으로 눈을 돌리자 TV 안에서는 타이거와 한국의 김민철인가 하는 무명 선수가 마지막 18번 홀 티샷을 날린 뒤 페어웨이로 걸어가고 있었고, 김민철 옆에는 웬 연약해 보이는 여자가 골프백을 매고 종종걸음으로 달리며 오히려 민철을 재촉하고 있는 것이 보였다.

다시 광장에서 밀실로

550야드면 파5홀 치고는 짧은 편이었다.

민철은 공을 앞에 두고 망연히 앞을 바라보았다. 눈앞에는 넓은 호수같이 워터해저드가 펼쳐져 있고, 해저드가 끝나는 기슭부터 좌우로 길게 벙커가 포진하고 있었다. 5야드 정도의 벙커 폭 끝에 비로소 그린 에지가 매달려 있었다.

민철은 우측으로 시야를 옮겼다. 페어웨이가 우측으로 펼쳐지다가 150야드 지점에서 좌로 휘어져 그린까지 이어져 있었다.

직접 투온을 시도하면 호수와 모래밭을 일거에 뛰어 넘어야 한다. 투온 시도가 겁나면 우측 페어웨이가 휘어진 지점 어딘가에 공을 떨어뜨려 스리온을 시도해야 한다. 어딘가에 숨어 있을 코스 설계자가 야릇한 미소를 지으며 택일을 강요하고 있는 듯하였다.

민철은 이 마지막 홀에서 첫째 날은 강한 맞바람 때문에 우측으로 레이업하여 파. 둘째 날은 투온을 시도하여 워터해저드는 넘겼으나 벙커에 빠뜨려 역시 파. 셋째 날인 어제는 투온에 성공하여 버디를 잡았다.

타이거는 어떠한가? 첫째 날은 레이업하여 파. 둘째 날은 투온 성공으로 버디. 어제는 투온에 성공하였으나 퍼팅 거리가 워낙 멀어 3퍼트로 파를 기록하였다.

지난 사흘간의 18번 홀 성적은 타이거나 민철 모두 1언더파를 기록하였으나 투온 성공은 타이거가 1회 더 많았다. 결국 두 사람 모두 바람이 심하였던 첫째 날을 제외하고는 모두 투온을 시도한 셈이었다.

타이거에 드라이버 거리가 5야드 뒤진 민철에게 선택의 시간은 시시각각으로 다가오고 있었다.

민철은 점점 정신이 혼몽해졌다.

갤러리들은 민철이 뜸을 들이자 '투-온! 투-온!'하고 외치며 선택을 강요하고 있었다.

연주는 뜸을 들이는 민철이 갑갑하기만 하였다. 민철의 몸은 점점 망가지고 있는데, 시간이 없는데, 무엇을 망설이는지…….

이제 전략은 단 하나. 투온 뿐이다.

민철의 경기 스타일도 원래 그러하였다. 로얄팜에서 프로는 경우에 따라 유연성이 있어야 하지 않느냐는 연주의 충고에 민철은 코스 설계자의 의도에 맞서는데 진정한 프로 정신이 있다고 반박하였다. 그리고 그는 그것을 즐겨 왔다고까지 하였다.

그렇다. 바로 그 때가 지금이다. 민철 씨! 그냥 투온하세요. 투온하여야 해요. 무얼 망설여요?

민철이 골프백에 기대어 망연한 눈빛으로 연주에게 물었다.

1999년도 브리티시 오픈 마지막 날 챔피언 조로 나선 프랑스 선수 장 데발드가 마지막 파 4홀 세컨드 샷을 어떻게 하였는가를.

연주는 재빨리 대답하였다.

2위에 3타나 앞서 우승이 확실하였던 장 데발드는 개울과 러프와 벙커를 넘기는 투온을 시도하다 공을 관중석 팬스를 맞춰 개울에 빠뜨리고, 네 번째 샷도 그린 사이드 벙커에 빠뜨린 뒤 더블 보기를 기록하는 바람에 연장전으로 밀려 폴 로리에게 우승컵을 헌납했다고.

연주의 말을 들은 민철이 낮은 소리로 중얼거렸다.

"경기 후, 장 데발드는 응원한 팬들에게 '죄송해요. 다음에 기회가 오면 웨지로 레이업할게요.'라며 용서를 빌었지요."

잠시 심호흡을 한 민철이 연주에게 다시 물었다.

2001년도 메이저 대회 중 하나인 미국 PGA 챔피언십 마지막 날 마지막 파 4홀에서 데이비드 톰스가 어떻게 하였는가를.

시간이 없음을 안 연주가 빠르게 대답하였다.

2위 미켈슨에 1타 앞선 톰스는 그린 앞의 개울을 직접 공략하지 않고 개울 앞까지 레이업한 뒤 스리온 원 퍼트 작전을 구사하였다고. 미켈슨이 투온하여 파에 그치는 것을 확인한 톰스가 침착히 3m 파 퍼팅을 성공하여 우승하였다고.

갤러리들의 '투-온! 투-온!'하는 소리가 더욱 거세게 들려 왔다.

민철이 다시 물었다.

레이업하였어야 할 장 데발드나 레이업한 톰스는 분명히 마지막 홀 선두였는지.

연주는 당연히 그렇다고 하였다. 레이업은 점수를 앞선 자가 안전을 위하여 시도하는 것이므로 1타를 뒤진 민철 씨는 지금 레이업이 아닌 강공을 시도해야 한다고 당연한 말을 덧붙였다.

잠시 그린을 노려보며 고개를 끄덕이던 민철은 연주에게 말하였다.

"5번을 주세요."

그 말을 들은 연주는 펄쩍 뛰며 만류하였다.

"5번 우드는 짧아요. 둘째 날, 셋째 날 모두 3번 우드를 잡지 않았어요?"

민철은 다시 외쳤다.

"5번 아이언!"

연주는 그제서야 민철의 의도를 알아 차렸다. 연주가 놀라서 말렸으나 시간이 없었다.

민철은 5번 아이언으로 침착히 우측 페어웨이 쪽으로 레이업하여 그린 앞 60야드 지점에 공을 떨어뜨려 놓았다.

갤러리들의 탄식이 흘러나왔다. 게중에는 야유 소리도 섞여 있었다.

10m 떨어진 곳에서 은근히 민철의 작전을 탐색하던 타이거는

민철이 결국 레이업을 시도하자 예상치 못했다는 듯이 흠칫 놀라며 감정의 동요를 일으켰다.

- 1타 뒤졌으면서 투온이 아닌 레이업을 시도하다니…….

- 내 공이 디보트[68] 자국에 빠져 3번 우드를 제대로 사용할 수 없다는 것을 눈치챘나?

- 세계 랭킹 1위인 내가 무명 선수를 따라 레이업할 수는 없지 않은가?

- 내가 따라서 레이업할 것을 예상하였을 것인데, 이 경우 김민철은 나의 세 번째 어프로치 샷이나 퍼팅의 실수를 확신한다는 것인가? 이 건 기분이 좀 나쁜데…….

- 만에 하나 투온을 시도하다 워터해저드에 빠져도 최소한 연장은 갈 것 아닌가?

- 무엇보다도 수많은 갤러리들과 전세계 골프 팬들이 투온을 외치며 이 한 방에 끝내 주기를 고대하고 있지 않은가. 그런데 어제 투온 후 스리 퍼트한 것이 은근히 마음에 걸린다. 김민철은 이것이 재현되기를 기다리고 있는 것일까?

- 브리티시 오픈에서 장 데발드가 강공을 취하다가 우승을 놓쳤어도 나는 그를 칭송하였고, PGA 챔피언십에서 레이업하여 우승한 톰스를 나는 줄기차게 비난해 오지 않았던가.

- 김민철은 그것까지 알고 나의 강공을 유도하는 것인가? 무명인 그가 그런 것까지 알기야 하겠는가?

- 어쨌든 나는 이 홀에서 3일 중, 2일을 투온에 성공하지 않았

---

68) 디보트(divot) : 골프채에 맞아 떨어져 나간 풀 흙덩이.

던가.

　- 김민철은 왜 투온을 포기하였지? 2위에 만족한다는 것인가?
그래 메이저 첫 출전에 2위가 어딘가.

　- 그는 지쳐서 기력이 없어 보이기도 하고 어찌보면 태연해 보
이기도 하고.

　- 그는 왜 레이업한 것일까?

　- 시간은 자꾸만 흐르는데.

　마침내 타이거는 골프백에서 3번 우드를 꺼내 들었다.

　갤러리들의 환호성이 울렸다. 3번 우드로 몇 번 연습 스윙을
하면서 타이거가 슬쩍 김민철을 훔쳐보았다.

　그는 방금 친 5번 아이언을 지팡이 삼아 기댄 채 오른 발을
접고 왼 팔을 허리에 올린 채 무심한 듯 멀리 그린을 바라보고
있었다.

　3번 우드를 다운 스윙하여 갈 즈음 타이거의 눈에는 약간 파
여진 디보트 자국이 선명하게 다가오고 있었다. 디보트, 디보
트……. 이를 뇌리에서 지우지 못하고 있는 순간, 3번 우드의
헤드는 이미 공의 머리를 때리고 있었다. 공은 호수를 건너갔으
나 머리에 맞은 값을 하느라 거리가 다소 줄며 호수와 벙커 사
이의 언덕 기슭에 맞더니 힘없이 굴러 물속으로 사라지고 말았
다.

　타이거는 알 수 없는 신음 소리를 내뱉으며 3번 우드를 거꾸
로 들어 그립 부분을 골프백에 내려치더니 백 안에 거칠게 내려

꽂았다. 골프백의 바닥을 치고 튀어 나온 3번 우드가 비스듬히 입구에 걸려 있는 것을 본 타이거는 다시 한번 채를 손으로 쳐서 백 속에 쑤셔 넣었다. 갤러리들은 타이거의 얼굴이 벌겋게 상기되어 있는 모습을 나흘 경기 중 지금에서야 처음으로 볼 수 있었다.

민철은 60야드 전방에서 가볍게 스리 온하여 3m 버디 퍼팅을 남겨 두었다.

타이거는 그린 20야드 전방에서 네 번째로 그린에 올린 뒤 공을 핀 4m에 붙여 놓았다.

민철의 교활한 작전에 놀아났다는 자괴감에 평상심을 잃은 타이거는 파퍼팅마저 놓치고 보기를 기록하였다.

그러나 민철의 버디 퍼팅도 만만치 않았다. 민철은 태국 치앙마이 C·C 5번 홀 그린을 떠올렸다. 경수가 보내준 동영상에 비치는 월드코리아 C·C 18번 홀 그린은 언뜻 보기에도 경사가 심하였다. 왼쪽으로 경사가 있다 싶으면 어느덧 공은 오른쪽으로 휘었다. 동영상 화면에서 경수는 퍼팅을 한 뒤 심각한 표정으로 이 18번 홀 그린 중 특히 우측 끝 부분의 S자 경사를 조심하라고 민철에게 신신당부를 하였다.

치앙마이 C·C의 5번 홀 그린 경사가 경수가 당부한 부분의 경사와 거의 유사하였다. 민철은 치앙마이 C·C에서 수없는 S자 커브의 퍼팅을 연습하였다.

이제 공은 바로 경수가 경고했던 바로 그 마魔의 S자 내리막 커브의 시발점에 놓여 있었다. 이제 단 하나의 퍼트만 남겨 두

190

고 있다.

　성공이면 대망의 역전 우승. 파만 해도 연장은 간다. 그러나 홀컵을 지나치면 한없이 굴러내려 갈 것이어서 파도 장담 못한다.　만일 홀컵에 못미치면 내리막 퍼트는 오르막 퍼트보다 더 장담 못한다. 보기를 하면 그것으로 끝이다.

　민철은 순간적으로 홀인이 안 되더라도 파라도 할 수 있게 안전한 퍼팅을 할까 생각하였다. 더욱 충혈된 민철의 눈에는 S자 퍼팅 라인이 둘로 보였다, 셋으로 보였다 하였다.

　민철의 속내를 알고 있다는 듯이 뒤로 다가와 퍼팅 라인을 봐주던 연주가 낮은, 그러나 단호한 어조로 속삭였다.

　"민철 씨! 이제 파는 아무 의미가 없어요."

　언뜻 다리가 꼬이는 느낌을 받은 민철은 정신이 혼몽한 가운데에서도, '그래 연장은 안 돼. 더 이상 못 버티겠어. 여기서 끝내야 돼.'라고 속으로 중얼거렸다.

　S자 커브임에는 틀림없으나 4분의 3은 훅 라이[69], 4분의 1은 슬라이스 라이였다. 훅 쪽 경사가 슬라이스 쪽 경사보다 심하므로 공이 서 있는 자리에서 홀컵 약 2m 좌측을 겨냥해야 할 것 같았다. 연주도 동의하였다. 홀컵에서 2m나 좌측이 목표라면 대단한 경사다. 이제 믿을 수밖에 없다. 치앙마이 C·C 5번 홀 그린의 S자 커브도 2m 좌측을 겨냥해야 홀컵에 근접하였었다.

　민철의 우측 퍼팅 선상에 무릎을 굽히고 민철의 어드레스 자세를 살피던 연주는 민철이 몇 번 연습 스윙을 한 뒤 이제 마지

---

69) 라이(lie) : 친 공이 떨어져 있는 자리나 상태.

막 퍼트를 위해 공 뒤에 퍼터를 가져다 놓는 것을 확인하자 자리를 떴다.

이제 치기만 하면 된다. 공 뒤로 3cm, 치고 난 뒤 앞으로 3cm만 퍼터가 이동하면 공은 천천히 부드럽게 경사를 타고 내려갈 것이다.

좌측으로 휘는 포물을 그리며 굴러간 공은 홀컵 1m 앞에서 급히 우측으로 더 휘어 홀컵을 약간 지나치는 듯하다가 다시 왼쪽으로 30cm를 굴러 그대로 홀컵으로 사라질 것이다.

퍼터가 공에 맞는 강도強度는 부드럽게 뒤로 3cm, 앞으로 3cm가 틀림없다. 문제는 홀컵 좌측 2m가 어느 정도 오차를 허용하느냐다. 홀컵의 직경이 10.8cm이므로 약간의 허용오차는 분명 존재한다. 홀컵 가운데로 정확히 들어가던, 좌우 끝을 핥고 들어가던 들어가기만 하면 되므로 10.8cm의 오차는 허용된다. 이것이 기계가 아닌 인간이 범할 수 있는 최선의 오차 범위이다. 허용 오차 범위를 넘는 것은 운명에 맡길 일이다.

십수 명의 경기요원들은 '조용히'라고 적힌 팻말을 일제히 들어 올렸고, 그린 주변을 에워 싼 수천 명의 갤러리들은 숨을 죽인 채 침조차 제대로 넘기지 못하고 어드레스를 취한 민철을 응시하였다.

연주는 다시 한 번 민철의 퍼터를 바라보았다.

홀컵 좌측 2m지점을 정확히 직각으로 겨냥하고 있었다.

연주는 자기도 모르게 눈을 감았다가 떴다. 순간 연주는 경악하였다. 자기의 눈을 의심하였다. '안 돼!'라는 비명이 목젖까지 뚫고 올라오는 것을 억지로 참았다. 아니 본능적으로 손으로 입을 막았다.

홀컵 좌측 2m 지점을 직각으로 겨누던 퍼터의 왼쪽 가장자리가 서서히 앞 쪽으로 움직이고 있었다. 퍼터의 오른 쪽 가상자리는 당연히 뒤쪽으로 움직이고 있었고.

움직이던 퍼터가 멈추었을 때 퍼터는 정확히 홀컵 좌측 20cm 지점과 직각을 이루고 있었다. 잠시 숨을 가다듬은 퍼터는 이제는 뒤로 천천히 10cm 이동하더니 강하게 공을 친 뒤 앞으로 10cm나 이동하였다. 민철의 머리는 아직 공이 있던 그 자리에 머물러 있었다.

이제는 갤러리들이 경악할 순서였다.

그러나 경악의 순간은 짧았다.

좌우 어떤 경사도 타지 않은 채 거의 직선으로 빠르게 흘러 내려 간 공은 순간적으로 홀컵 뒷벽을 때리며 튕겨 오르더니 수직으로 하강하며 홀컵 안으로 자취를 감추고 다시는 떠오르지 않았다. 공이 홀컵 바닥에 떨어지며 내는 금속성의 쨍그랑 소리는 그 어느 때보다도 요란하였다.

홀컵 좌측 2m 겨냥, S자 커브를 정교하게 타고 내려간 공이 천천히 굴러 내려 홀컵에 도달할 때까지 약 7초간의 희열을 맛보고자 한 갤러리들의 꿈이 산산조각 나는 순간이었다. 공은 0.7초 만에 홀컵에 도달하고 만 것이었다.

US오픈의 새 챔피언이 탄생하는 순간이기도 하였다.

민철은 연주에게 기대어 스코어 카드에 사인한 뒤 그대로 연주 품에 쓰러지고 말았다. 갤러리들 숲을 헤치고 달려온 경수가 받쳐주지 않았다면 연주도 민철을 땅바닥에 놓쳐 버렸을 것이었다.

TV 중계 아나운서와 해설자는 새로운 US오픈 챔피언이 탄생하는 현장에 함께 한 영광을 가졌노라고 입에 거품을 물었다.

수년 만에 투어에 복귀한 김민철 선수가 극도로 긴장한 채 경기를 이끌어 오다가 긴장이 풀어져 쓰러졌는데 곧 일어설 것이라고 제법 아는 체를 하였다.

그 순간 TV 화면 아래쪽을 우에서 좌로 이동하며 비치는 그날의 주식시세 상황표는 세성그룹 전 계열사 주가가 일제히 하한가로 추락하고 있음을 보여 주고 있었다. 수백만 주株 또는 수천만 주의 하한가 매도 물량에 매수물량이 한 주도 없다는 것은 그 하한가가 최소한 일주일은 지속될 것이라는 것을 어지간한 주식 투자자라면 경험으로 알 수 있을 것이었다.

다음날 오전 10시.

민철이 입원한 영동 세브란스 병원으로 차를 몰고가던 연주는 핸드폰에서 메시지 도착을 알리는 벨 소리를 듣고 급히 핸드폰을 열어 보았다.

화면에는 민철이 보낸 메시지가 떠 있었다.

'연주 씨.

회사에 전화해 번호를 물어 보았어요.

그동안 너무 고마웠어요.

오랜만에 서 보는 광장은 역시 너무나 치열한 생존의 장場이더군요.

그 처절힘을 맛보았으니 이제 다시 밀실로 돌아가렵니다.

자유의 나라에서 조그마한 나만의 광장을 만들어 보려구요.

경수는 당신과 너무 잘 어울리더군요.

당신을 깊이 사랑하고 있고요.

주신 선물 MP3는 감사히 받겠습니다.

병원 침대 머리맡에 조그만 답례를 두고 왔어요.

제가 팟퐁의 3류 밴드에 맞추어 부른 〈블루 나이트〉와 〈25 미니츠〉 CD입니다.

가끔 로얄팜에서 함께 바라 본 남지나해를 생각할 겁니다.

더 이상 감정을 숨길 수 없음을 양해해 주세요.

당신을 잊지 못할 겁니다. 영원히……

그럼 안녕히…….'

연주는 인천공항을 향해 급히 차를 돌렸다. 쓸데없는 짓인 줄 알면서도.

핸들을 잡은 그녀의 손 위로 촉촉이 이슬이 쌓이더니 그대로 흘러 내렸다. 울먹거리는 입술 사이로 삐져나온 매력적인 덧니도 보일 듯 말 듯 하였다.

인천공항 출국장 3번 게이트 앞 대합실 가운데에 설치된 TV

에서는 US오픈 특집방송이 방영되고 있었다. 진행 아나운서는 어제의 흥분이 가시지 않는 듯 18번 홀에서 민철이 버디를 잡는 장면을 연이어 보도하고 있었다. 경사를 무시한 강한 퍼팅에 올 베팅한 김민철 선수의 강심장이 기적을 만들어 냈다고 해설자도 같이 떠들어 대고 있었다.

대합실 대기 의자에 모자를 깊숙이 눌러쓰고 앉아 TV를 보고 있던 민철은 조그만 슈트케이스를 들고 일어나 3번 게이트 앞으로 다가갔다. 싱가포르행 비행기에 탑승할 손님은 준비하시라는 안내방송이 흘러나오고 있었다.

보르네오 섬 북단의 말레이시아 령領, 사라와크 주州의 주도州都, 쿠칭. 싱가포르를 거친 민철의 최종 목적지는 남지나해와 맞닿은 아름다운 해변 도시 쿠칭이었다.

민철은 그곳에서 새로운 인생을 시작코자 하였다. 그만의 밀실에 들어 앉아. 그 곳이 지루하면 조그마한 광장을 만들어 가끔 바람을 쏘이기로 하였다.

귀에 MP3 플레이어의 이어폰을 꽂고 막 플레이 버튼을 누르려는 민철의 귀에는 김민철 선수가 우승 상금 300만불 전액을 유소년 골프육성 기금에 기부했다고 전하는 아나운서의 감격어린 목소리가 들려왔다.

그러나 이어서 전해지는 US오픈의 유치자 세성그룹의 황영달 회장이 각종 비리에 연루되어 긴급 체포되었다는 뉴스특보는 이어폰에서 흘러나오는 〈블루 나이트〉의 감미로운 키보드 선율에 묻혀 민철은 들을 수 없었다.

《소설 US오픈》

　서희준은 꼼짝하지 않고 그 자리에 앉아 A4 용지 300매 분량
을 꼬박 읽어 내려갔다.

　희준이 처음 자리에 앉자마자 새 담뱃갑을 뜯은 듯한데 담뱃
갑 속에는 어느덧 두서너 개피만이 달랑거리고 있었다.

　재떨이에는 애꿎은 담배 잔해들만 반토막이 되어 수북이 쌓여
있었다. 희준은 담배를 다 피우는 법이 없었다. 담배가 반 정도
타들어 가면 거의 습관적으로 담배를 재떨이에 비벼 껐다.

　희준의 표정도 변화무쌍하였다. 얼굴을 잠시 찡그리는 듯하다
가는 어느 순간엔가는 웃음기가 서렸고 곧이어 뽀얗게 뿜어 오
르는 담배 연기 속에 비치는 그의 얼굴은 무표정 바로 그것이었
다.

　그렇게 2시간이 흘렀다.

　희준의 맞은편에 다소 불안한 표정으로 앉아 있던 강태식은

설마 희준이 저렇게 줄담배를 피워댈 줄은 몰랐다. 그 전에도 희준이 담배를 피우는 것을 보기는 하였으나 저 정도는 아니었다. 이미 9년 전 마누라의 등쌀에 못이겨 금연을 한 태식은 솔직히 희준이 뿜어대는 매연煤煙을 견딜 수가 없었다. 늦은 오후의 카페 안쪽의 구석자리라 손님들의 발길이 뜸한 것이 그나마 다행이었다.

태식의 자리 앞 탁자에는 담배 대신 커피잔이 놓여 있었다. 벌써 세 번째 잔이었다. 카페 여종업원이 커피잔을 가져다 놓을 때마다 희준이 뿜어대는 담배 연기에 인상을 쓰곤 하였으나 희준은 아랑곳하지 않았다.

태식은 그래도 서너 번 화장실에라도 들락거렸는데 희준은 꼼짝 않고 그대로 앉아 있었다. 용도폐기된 줄 알았던 담배의 시신屍身에서 다시 불꽃이 피어오를 때 이를 다시 비벼 끄는 것이 그나마 태식이 희준을 도와주기 위하여 한 유일한 일이었다.

하긴 희준이 답답함을 깨듯 중간에 두어 번 태식에게 묻기는 했다.

"US오픈은 USGA가 주관하나?"

"응. US오픈만은 PGA가 아닌 USGA가 주관해."

희준은 머리를 끄덕였다.

구력 15년의 싱글 골퍼인 희준도 그것은 금시초문인 듯했다. 태식은 희준과 라운딩을 한 적이 언제였던가 아득하기만 하였다. 하긴 태식이 고등학교 동기동창 골프모임인 '이구회' – 고등학교 졸업회수가 29회라 그렇게 이름 붙였다 – 를 탈회한 지도 4

년이 넘었으니 라운딩은커녕 희준을 만난 지도 언제였던가 싶었
다.

희준은 한참을 더 읽더니 A4 용지를 앞뒤로 뒤적이며 또 한
번 물었다.

"날이 낫처럼 생긴 웨지를 사용해도 룰 위반이 아닌가?"

"그건 나도 잘 모르겠어. 그런데, 어차피 소설이니까."

희준이 고개를 갸우뚱 하였다. 선수들이 시합에 사용하는 골
프채에 일정한 규격이 있어야 될 것 같기도 하고, 어차피 14개
숫자만 채우면 되지 그 규격이나 모양이야 아무러면 어떠랴 싶
기도 한 모양이었다. 이는 태식이 초안을 쓰면서 가졌던 의문과
동일한 것이기도 하였다.

A4 용지 마지막 장을 넘긴 희준은 담뱃갑에서 마지막 남은 한
개비 담배를 꺼내 불을 당긴 뒤 맛좋게 빨아 들였다.

"자네가 쓴 게 맞나?"

희준은 언젠가 그랬던 것처럼 그렇게 물었다.

"아, 그럼 내가 쓰지 누가 써?"

태식도 그때 그랬던 것처럼 그렇게 대답하였다.

희준은 담배연기로 동그라미를 만들어 뿜어대며 눈을 감고 있
었다.

태식은 희준이 남지나해의 파도가 부서지는 쿠칭의 앞바다를
회상하고 있는 것이 틀림없다고 생각했다.

이십여 년 전, 해외여행이 자유화되면서 태식과 희준은 부부
동반으로 말레이시아의 쿠칭으로 여행을 다녀 온 적이 있었다.

그들 부부는 모두 해외여행이 처음이었는지라 쿠칭의 이국적 정취에 흠뻑 빠졌고, 특히 희준은 여행을 다녀 온 뒤로도 한 달간을 환상적인 여행의 후유증에 시달렸었다. 야심한 밤, 남지나해의 부서지는 파도를 바라보며 해변가 비치파라솔에 앉아 매실주에 취하여 불러 댄 '해변의 여인'이 아득히 회상되는지 희준은 조용히 눈을 감고 있었다.

소설의 마지막 부분, 김민철이 또 다른 자유를 찾아 나선 곳 — 쿠칭, 그 대목을 읽고 희준은 오래간만에 과거를 회상하였다.

희준은 잠시 눈을 떠 담배연기에 파묻혀 있는 태식의 초조한 얼굴을 보면서 파란만장한 그의 지난날을 떠올리지 않을 수 없었다. 희준은 쿠칭의 기억보다 더 멀리 과거 여행을 떠나고 있었다.

태식의 고교시절 문예반에서의 왕성한 활동, 태식의 문학적 소양이 일찍이 빛을 발해 대학 재학 중 신춘문예로 등단……. 그러나 안타깝게도 그 이후 연이은 실패로 인한 의기소침……. 그러나 그런 와중에도 태식은 끊임없이 무언가 쓰긴 써 왔다.

태식은 작품을 완성할 때마다 출판사를 운영하는 희준에게 가지고 와 출판을 부탁하였다. 희준은 태식이 가지고 온 소설 원고를 대충 읽어 보고 좋은 말로 위로하며 돌려보내기도 여러번이었다. 그중에 딱 두 번 출판한 적이 있었는데 아니나 다를까 모두 참담한 결과였다.

이제 50줄에 접어선 태식도 출판의 꿈, 성공한 작가의 꿈을 접었는지 3년 전부터인가, 연락이 없었다.

희준이 어쩌다 동창회에 나가면 태식이 어느 시사잡지사에서 편집일을 보고 있다고 지나가는 말로 들을 수 있을 뿐이었다. 그런데 오늘 오후 태식이 그야말로 3년 만에 갑자기 나타난 것이다. 그것도 여느 때처럼 소설 원고 한 뭉치를 들고.

"그래. 어떤가? 이번에도 안 되겠나?"

태식의 목소리에는 여느 때처럼 힘이 없었다.

"내가 자네 원고를 끝까지 읽은 적이 있었나?"

희준이 되물었다.

"아니, 대개 적당히 몇 장 읽다 말곤 했지. 자넨 앞 뒤 몇 장만 대충 읽어 보면 이미 전체를 안다고 했어. 내가 다 읽지도 않고 퇴자를 놓으면 어떻게 하느냐고 서운해 하면 이렇게 예를 들었지. 음식을 다 먹어 보아야 맛을 아느냐고……."

"솔직히 어떨 때는 몇 장 읽다가 사무실에 가서 읽겠다고 하곤 읽지도 않은 채 며칠 뒤 자네에게 안 되겠다고 연락하기도 하였지."

"그런데 지금은……?"

태식의 목소리에는 힘이 좀 들어가고 있었다.

그리고 보니 희준이 앉은 자리에서 쉬지 않고 원고를 읽어 내려 간 것은 지금이 처음이었다.

"단도직입적으로 말하지. 출판하세."

태식은 희준의 이러한 말을 20여 년 만에 처음 들어 보는 듯

하였다. 그리고 그로부터 그렇게 듣고 싶던 바로 그 말이었다.

"음, US오픈 골프 대회의 한국 유치, 민족주의자를 가장한 벤처 재벌의 기망극과 그 허망한 몰락, 벤처 재벌과의 무의식적한 판 승부, 친구의 애인과의 사랑, 자유에 대한 갈구渴求……. 스포츠 소설이 갖출 수 있는 요건을 대부분 갖추고 있어. 골프를 소재로 한 최초의 소설일 거야."

희준의 목소리는 어느덧 가늘게 떨리고 있었다.

태식은 희준의 말에 고무되어 희준보다 더 떨리는 목소리로 말했다.

"그런데 갑작스레 쓰느라……. 주인공 김민철과 박연주의 연애 스토리가 좀 약하지 않은가?"

"응, 그건 그래. 그런데 그건 좀 보완하면 돼."

"제목은 어떤가? 나는 주인공 김민철이 토피 섬에서 바다를 바라볼 때 느끼는 깊은 바다의 색인 암록색을 힌트로 '암록색 심연暗綠色 深淵'으로 할까도 생각했는데……."

"아니. 그냥 이대로가 좋아."

희준은 A4 용지 표면에 쓰인 고딕체의 짙고 굵은 활자를 가리켰다.

"《소설 US오픈》, 이대로가 좋아. 직설적이잖아?"

희준은 재떨이에서 그 중 길게 늘어져 누워 있는 시신 한 개를 꺼내 입에 물고 라이터를 갔다 댔다. 시커멓게 연소된 막대에서 빨간 불꽃이 피어올랐다.

희준은 생각했다.

이 재생된 불꽃처럼 태식도 활활 재기의 불꽃을 피워내기를…….

태식은 멍하니 찻잔 바닥에 눌러 붙어 있는 식은 커피를 억지로 목젖 넘어로 넘기고 있었다.

《소설 US오픈》은 확실히 그 전 작품과는 달랐다. 그 동안의 태식의 작품 스타일에 비추어 보면 그것은 파격이라고 할 만 하였다. 희준이 염려하는 점이 있다면 소설의 소재가 골프라는 데 있었다. 골프가 점점 대중화되어 가고 있다고는 하나 독자들까지 그 대중화를 이해해 줄 것인가하는 것은 의문이었다.

또 한 가지 걱정은 민족주의자인 황영달 회장이 일거에 사기꾼으로 전락하는 상황에 대하여 독자들이 어떻게 반응하느냐였다. 소설 속에 내재된 흥미의 일환으로 받아들이면 다행이지만 아무리 글로벌 시대라지만 아직도 민족주의를 주창, 옹호하는 독자들도 상당수 존재하고 있음이 현실임에 비추어 이도 트집 잡으려면 못잡을 바 없었기 때문이었다.

출판을 앞두고 염려되는 그런 몇 가지 장애는 있었으나 태식이 종전 스타일을 접고 새로운 스타일을 추구한 것은 그야말로 가상하다고 할 만하였다.

태식의 종전 작품 속에는 무언가 둔중한 메시지가 담겨 있었다. 태식은 의도적으로 소설 속에 무언가 자신의 메시지를 넣으려고 하였다. 실패를 거듭할수록 더욱 그러한 경향은 강해져 갔다. 자신의 실패를 인정하지 않으려는 듯 그 메시지는 더욱 훈계조로 변하여 갔다. 그때마다 독자들은 점점 그에게서 떠났다. 희준이 출판해 준 마지막 작품 《유혹의 그림자》는 제목처럼 선정적인 주제도 아니었고, 그렇다고 본격적인 스릴러물도 아니었다. 애매한 주제에 지루한 사건의 전개, 거기에 지나친 사회 고발의 강조 등등, 그 계도성 전개에 붙어 있는 독자가 있다면 오히려 이상할 정도였다.

희준은 오랫동안 출판업에 종사한 경험을 토대로 태식에게 좀 더 재미있는 극의 전개를 요구하였다. 그러나 태식은 자신의 고집을 꺾으려 하지 않았다. 자신은 전혀 변개하지 않은 채 독자들이 변하여 자신에게 따라 와 주기를 기대했다.

그런데 그런 태식이 드디어 변한 것이다. 만시지탄의 감이 없지 않았으나 희준은 태식의 변화를 확인하는데 2시간을 꼬박 투자하여도 아깝지가 않았다.

희준은 여러 상념 속에 출판 작업을 서둘렀다. 희준이 태식으로부터 원고를 넘겨받은 뒤 15일 만에 《소설 US오픈》은 전국 서점가에 배포되기 시작했다.

태식은 여느 때처럼 을지로에 있는 시사잡지사 편집국, 자신의 데스크 앞에 앉아 멍하니 창 밖을 내다보고 있었다. 창밖에는 대형 백화점 지하주차장으로 향하는 차량 행렬이 꼬리를 물고 서행하고 있었고, 주차요원들의 호각소리가 이곳까지 들려오고 있었다.

태식은 그 주차 행렬과 저 멀리 남산 타워를 바라다 보기가 지겨울 때 쯤이면 가끔 고개를 숙여 손에 쥐어져 있는 한 권의 책을 들여다보곤 하였다. 책 겉표지를 먼지를 닦듯이 쓱쓱 문질러 보기도 하였다.

실로 5년 민의 출간이었다.

책 표지 하단에 '강태식 지음'이라는 문구가 선명하게 다가왔다. 30년 전에 출간된 중편 《삐에로의 꿈》에 새겨졌던 그 이름보다 더욱 선명하게 다가왔다.

표지는 제목 안쪽으로 절벽이 마주한 해변가 골프 코스로 디자인되어 있었다. 이곳이 주인공 김민철의 밀실을 상징함은 책을 다 읽은 독자는 금방 알아차릴 것이다. 어떻게 교묘하게 디자인하였는지 맞은 편 절벽 밑에서 부서지는 파도가 하얀 포말을 만들어 내는 품이 소설 내용을 그대로 각색해 놓은 듯하였다.

태식은 이 번 출간이 마지막이 되길 빌었다.

더 이상 이런 기회는 오지 않을 듯싶었다. 더 이상 쓸 여력도 없었다. 소설 《광장》의 서문에서처럼 분수가 터지는 광장에서 우람한 합창에 한 몫 끼고 싶었다. 소설의 주인공 김민철처럼 그렇게 한 번만이라도 광장에 서 보고 싶었다.

태식의 상념은 요란한 컬러 화음의 핸드폰 소리에 그만 깨지고 말았다.

핸드폰에서는 희준의 다급한 목소리가 흘러 나왔다.

"TV 보고 있나?"

"아니……?"

“그럼 빨리 TV를 틀어. 긴급 뉴스를 봐. 빨리.”

태식은 재빨리 5m거리의 회의실로 뛰어 들어가 TV 리모콘을 눌렀다. 긴급 뉴스가 보도되고 있었다.

TV 화면 하단에는 〈긴급 뉴스. 미호그룹 US오픈 유치〉라 자막이 새겨져 있었다.

중계 아나운서는 미호그룹 회의실에서 생방송 중이라며 미호그룹 구조조정본부장 이기호의 발표문을 요약하여 낭독하고 있었다.

〈금년도 US오픈 골프 대회는 한국에서 개최된다. 그 스폰서는 미호그룹이다. 출전하는 한국 선수로는 미호그룹 추천 1명, 미국 USGA 추천 1명이다. 미 PGA에서 활약 중인 한국 선수는 예선을 통과해야 출전이 가능하다.〉

대략 이런 내용이었다.

아나운서는 US오픈 100년 역사상 미국 밖에서 대회가 개최되는 것은 이 번이 처음이라며 유치를 성사시킨 미호그룹의 진의에 대하여 이러쿵저러쿵 추측이 난무하고 있다고 흥분하여 보도하고 있었다.

태식의 핸드폰이 다시 울렸다.

“태식. 보고 있나?”

“응.”

“《소설 US오픈》이 발간된 지 이제 겨우 이틀 밖에 되지 않았어. 미호그룹이 소설을 읽고 이틀 만에 US오픈을 유치한다는 것은 불가능이야.”

희준의 목소리는 여느 때와 다르게 떨리고 있었다.

태식은 그 떨림의 의미를 의심에 바탕에 둔 추궁追窮의 서곡으로 해석했다. 아니나 다를까.

"태식아. 서운해 하시 말고 내 말 잘 들어."

"응!"

태식의 목소리는 희준과 달리 침착하였다.

"소설의 소재를 미호에게서 얻었니?"

"아니."

태식의 대답은 간결하였으나 단호했다.

"만일, 만일 말이다. 워낙 일치되는 게 많아 그러는데, 우연이 아니라면, 미호가 소설의 소재를 미리 알고 그에 맞추어 유치 작업을 추진하였다는 것인데……, 소설 집필 과정에서 그 내용을 누군가에게 이야기 한 적이 있었나?"

태식은 잠시 뜸을 들이더니 역시 단호하게 대답하였다.

"아니, 그런 적 없었어."

"흠, 그렇다면 다행인데……. 소설 출간 겨우 이틀이면 미호 측도 소설을 보지 않았다고 사람들은 생각할 거야. 그걸 이용해 미호 측은 소설과는 전혀 무관하게 계획을 세워 왔다고 잡아 뗄 거야."

"나는 누구에게도 소설의 아이디어를 말 한 적이 없어. 그리고 미호 쪽에 아는 사람은 더더구나 아무도 없어. 그런데 서 사장! 이번 미호의 발표가 소설 판매에 어떤 영향을 줄까?"

"글쎄. 나도 워낙 황망해서 가늠할 수가 없어. 다만, 미호가 자기들의 아이디어를 도용하였다며 법적으로 문제를 제기할까봐 그게 염려돼."

"법적인 문제 제기라면……?"

"뭐 이를테면 서적 출판금지나 배포금지 가처분 신청 같은 거겠지. 저 쪽은 거대 대기업이고 우리는 중소 출판사에 불과한데……. 또 자네는 무명작가 아닌가?"

"법원이 그런 결정을 내려 줄까?"

"미호가 입증하기 나름이겠지. 유능한 변호사를 선임해 공격해 온다면……?"

태식은 희준의 말에서 점점 힘이 빠져나가고 있음을 느낄 수 있었다.

비열한 선전포고

　미호그룹이 US오픈 골프 대회를 유치하였다는 소식은 연일 대서특필되었다. 그런데 출간된 지 이틀밖에 지나지 않은 《소설 US오픈》의 내용이 미호그룹의 US오픈 유치의 그것과 유사하다는 보도도 연일 지속되면서 소설은 출간 1주일 만에 일약 베스트셀러 대열에 올랐다.

　미호그룹이 US오픈 유치를 발표한 후 출전할 한국 선수 명단이 발표되면서 소설은 더욱 날개 돋친 듯 팔려 나갔다.

　미호그룹이 지명한 선수는 미호가 스폰서인 한국 상금랭킹 1위 심재환 프로이고, 미국 USGA가 지명한 선수는 APGA 투어70)에서 활동하고 있는 손동섭 프로이다.

　손동섭 선수는 주로 APGA 투어에서 활약하면서 1년에 한 두 차례 국내 무대에 출전해 온 그야말로 무명선수였다. APGA 상

---

70) APGA(Asian PGA) 투어 : 아시아프로골프협회가 주관하는 순회 경기.

금 랭킹도 100위권 밖에 머물고 있었다.

심재환과 소설 속의 허준만, 둘 다 대그룹사가 지명한 상금 랭킹 1위의 대선수들이다.

손동섭과 소설 속의 김민철은 묘하게도 비슷하게 둘 다 국내 골프계에서는 잊혀져 간 무명 선수들이었다.

출전 선수 명단이 발표되면서 언론은 소설과 현실을 자꾸만 비교하여 보도하였다. 소설과 현실, 과연 우연의 일치인지. 아니면 어느 한 쪽이 다른 쪽의 아이디어를 도용한 것인지.

언론은 별 할 일이 없는 듯 《소설 US오픈》의 내용 전개와 현실의 전개 과정을 상세히 비교 분석하며 심지어는 장래 예측 보도까지 서슴없이 내놓았다.

과연 무명의 손동섭 선수가 소설대로 컷을 통과하여 우승까지 이룰 수 있을 것인지, 소설은 어디까지나 소설이므로 우승까지 작위作爲할 수는 없을 것이라는 등, 추측 기사가 난무하였다. 그러한 추측 기사는 당연히 소설 판매에 기여하는 바 지대至大하였다.

냄비 끓는 듯한 언론의 보도는 골프를 알든 모르든, 독자들의 흥미를 자아내기에 충분하였다.

희준은 미호그룹의 반응이 어떠할 것인가 노심초사하는 일방, 밀려드는 주문에 쾌재를 불렀다. 벌써 4판, 5판을 찍어 내고 있었다.

이제 태식은 고생 끝이다. 평생 염원하던 베스트셀러 작가가 된 것이다. 희준도 《소설 US오픈》 출간사로 출판계에서 중견 출판업자로 거듭나면서 그 위치를 공고히 하게 될 것이 틀림없었다.

그런데 알 수 없는 건 미호그룹의 태도였다. 누가 누구의 아이디어를 도용하였는가에 대하여 연일 내서득필되고 있는 사이에 미호그룹은 어떠한 의견도 내놓지 않고 있었다.

한국 굴지의 대기업 집단인 미호그룹이 무명작가와 대항하는 것이 껄끄러워 그러는 것이라는 언론의 분석에도 대응하지 않았다.

미호의 태도가 미온적일수록 언론과 독자들은 궁금증이 증폭되어 가는 듯하였다. 건드리면 반응이 있어야 하는데 별무반응이니 답답한 건 건드리는 쪽이다. 결론이 나지 않으니 건드리는 쪽은 자꾸 건드리고 싶어진다. 그러니 독자에게는 재미있는 게임이 계속하여 진행되는 격이었다.

그 궁금증의 증폭에 비례해 소설의 판매 부수도 늘어만 갔다. 희준은 7판, 8판을 찍어 내면서 일손이 달려 비명을 지를 정도였다.

미호가 입을 연 것은 한 일간지가 '미호가 소설로부터 아이디어를 도용하여 US오픈을 유치하였기 때문에 입을 다물고 있는 것'이라고 노골적인 보도를 내보낸 직후였다. 더 이상 방치하였다간 그룹의 이미지에 심대한 손상이 갈 것이라고 판단하였던 것 같았다.

그러나 그룹 관계자가 TV 기자와 전화 인터뷰한 내용에 의하

면 '미호는 누구로부터 아이디어를 도용하지 않고 오래 전부터
계획에 의해 US오픈을 유치를 추진해 왔으므로 오해없기 바란
다.'는 원론적인 답변이 전부였다.

그러한 미온적인 미호그룹의 해명은 이미 이러저러한 보도에
맛들인 언론의 추측성 보도를 멈추게 할 수는 없었다.

한 소설을 둘러싼 거대 그룹과 소설 작가간의 진실게임은 해
외로까지 전파되었는지 미국 올란도의 한 출판사가 《소설 US오
픈》의 판권을 따내 영문판 《소설 US오픈》을 출간키로 했다고
발표하기에 이르렀다.

자신의 애마愛馬 레간자를 운전하여 막 반포대교를 진입하려던
임진희는 회사로부터 걸려온 핸드폰을 받았다. 편집부장이었다.

"임 기자. 어디야?"

"이제 막 반포대교로 들어가고 있어요."

"빨리 돌아 서. 남대문으로 가."

편집부장 목소리는 무척 다급해 보였다.

"왜요? 부장님! 지금 겨우 심재환 프로와 인터뷰 약속 시간을
잡아 놓았단 말예요."

"안 돼! 다음으로 미뤄! 미호그룹이 중대 발표가 있대. 빨리
가 봐."

임진희는 할 수 없이 올림픽대로를 타고 남대문로를 향해 방
향을 틀었다.

가는 도중 심재환 프로에게 핸드폰으로 전화하여 미안하다는

말을 십수 번도 더하였다. 그럴 수밖에 없는 게 약속을 어긴 데 대하여 심재환 프로는 좀처럼 양해해 주지 않았기 때문이었다. 그는 바쁜 연습 시간을 쪼개 〈TV G〉를 위해 시간을 냈는데 이렇게 일방석으로 약속을 취소하면 어떻게 하느냐며 노골적으로 짜증을 냈다. 그 짜증 속에는 〈TV G〉가 공중파 방송이 아닌 골프전문 케이블 방송이라고 무시함이 배어 있었다.

전화를 끊은 임진희도 은근히 짜증이 났다. 심재환 프로가 만일 공중파 방송과의 인터뷰라면 이렇듯 신경질을 냈을 리가 없었다.

임진희는 3년 전, 공중파 TV방송국 스포츠 전문기자 시험에 응시하였다가 낙방하고 골프전문 케이블 방송인 〈TV G〉에 겨우 입사하였던 괴로운 기억을 떠올렸다.

남대문로에 있는 미호그룹 본사 건물 8층 대회의실.

미호. 30년간 국내 10대 재벌 명단에서 탈락된 적이 없었고, 5년 전에는 드디어 5대 재벌에 진입하여 재계 정상을 호시탐탐 엿보고 있는 굴지의 대기업집단이다.

임진희가 회견장으로 들어서는 순간 미호그룹 구조조정본부장 이기호가 막 기자회견문을 낭독하고 있었다.

이기호는 미호그룹 오너인 그룹 회장의 장남이었다. 그룹 창업자인 회장이 고령으로 일선에서 물러난지라 미호그룹의 사실상 오너는 이기호였다.

이기호는 미국 유학에서 돌아오자마자 그룹 승계를 위해 기획조정실장 자리를 맡았으나 곧이어 터진 외환 위기 직후 정부의 재벌개혁 원칙에 따라 기획조정실이 폐지되면서 잠시 회사를 떠나 있었다.

그러다가 그룹 차원에서 구조조정을 위한 기구인 구조조정본부가 발족되면서 그 본부장으로 화려하게 복귀하였다. 정부는 구조조정본부의 해체를 검토한다고도 하였으나 재계는 참모조직이 필요하다는 이유로 그 존치를 주장하며 사실상 종전의 기획조정실이나 회장실의 역할을 수행하고 있었다.

이기호는 재계 원로인 부친을 명목상 그룹 회장으로 모셔 놓고 구조조정본부장이라는 직함하에 사실상 전권을 행사하고 있었다.

이기호의 회견 내용은 한마디로 《소설 US오픈》의 저자와 출판사를 상대로 소설 출판금지 및 배포금지 가처분신청서를 서울중앙지법에 제출하였다는 것이었다.

대그룹으로서 무명작가와 중소 출판사를 일일이 상대할 수 없어 대응을 자제해 왔으나 출판사측이 진실을 호도糊塗하고 있어서 그룹의 명예를 위하여 부득이하게 조치를 취하지 않을 수 없었다는 것이며 이러한 소송 제기는 그룹의 입장에서는 최소한의 자구책이라고 덧붙였다.

이어지는 기자들의 질문에는 이기호 옆에 배석한 미호그룹의 고문변호사 장성태가 답변하였다.

장 변호사는 미호그룹은 수년 전부터 US오픈 골프 대회를 유치하기 위한 내부 계획을 세우고 미국 USGA와 접촉해 왔다고

밝혔다. 장 변호사 스스로 2년간 십수 차례 USGA 본부를 방문했다고도 하였다.

USGA 측은 애초 미국 밖에서의 대회 개최는 어불성설이라고 일축하였으나 당시 다소 소원해진 힌미관계를 복원힐 수 있는 좋은 기회일 수도 있다는 미국 정부 인사들의 협조 덕에 성사될 수 있었다고 하였다.

그 밖에 한국 선수 추천 등, 구체적인 내용은 USGA와의 협의하에 이루어졌을 뿐, 그 어느 누구로부터 자문이나 힌트를 받은 바 없었다고 하였다.

《소설 US오픈》은 미호그룹이 US오픈 개최를 발표한 후 언론 보도를 보고 읽어 보았는데, 대회 유치 과정이나 한국 선수 추천 등, 서두 부분은 미호그룹의 유치 계획을 미리 알고 그에 터잡아 집필된 것이 틀림없고, 결코 우연일 수 없다고 하였다.

기자들이 어떠한 법적 근거로 출판금지 가처분 신청을 하였느냐고 묻자 장성태는 잠시 머뭇거리더니 회사기밀 누설과 그룹에 대한 명예훼손이라고 하였다.

임진희는 맨 뒷줄에 앉아 장성태의 말을 메모하다가 고개를 갸웃거리며 번쩍 손을 들고 질문하였다.

"US오픈에 대한 관심이 고조되고 있어서 오히려 그룹에 도움이 될 것 같은데 무엇이 명예훼손이라는 것인가요?"

이 질문에 장성태는 작가 측이, '미호가 진실을 밝히지 않고 침묵하는 것은 곧 작가의 아이디어를 도용한 것'이라는 메시지를 보낸 것이므로 분명히 명예훼손이 된다고 하였다.

임진희는 장성태의 대답을 노트에 재빨리 메모하면서 그의 대답이 이해될 듯 말 듯하였다. 그녀는 방송국으로 돌아가 명예훼손에 관한 형사 판례를 검색해야 할 것을 생각하니 벌써부터 머리가 지끈거려 왔다.

이어서 기자들이 작가가 회사 기밀을 유출시킨 증거가 있느냐고 묻자 장성태는 그것은 재판 과정에서 법원에 제출할 것이라며 무척 자신 있어 하며 회견을 마쳤다.

미호그룹이 작가 강태식과 출판사를 상대로 《소설 US오픈》 출판금지 및 배포금지 가처분신청을 하였다는 보도가 나가자 세간은 다시 들끓기 시작했다.

드디어 미호가 칼을 빼들었다. 과연 작가가 미호의 기밀을 빼내 소설의 소재로 삼았는가? 미호는 그 증거를 가지고 있다고 하였다. 작가 강태식은 미호에 어떻게 대응할 것인가?

언론의 추측 기사는 불에 기름을 부은 격이었다. 소설은 더욱더 팔려 나갔다. 법원의 출판금지 가처분 결정이 내려지면 사서 볼 수가 없을 것이기 때문이었다. 독자들은 출판금지된 후 서적 대여점에 줄 서서 빌려 보기보다는 몇 푼 주고라도 미리 사 보는 게 낫다고 판단하였을 것이다.

다급해진 사람은 독자뿐이 아니었다. 미호그룹의 가처분 신청 보도를 보자마자 희준은 다급하게 태식에게 전화를 걸었다.

"이 봐! 태식이. 보도 봤지? 미호는 기밀 유출의 증거가 있다고 했어. 어떻게 된 거야?"

태식은 여느 때처럼 침착하였다.

“염려 말아. 절대 그런 일은 없어. 그들은 그냥 큰소리치는 거야. 나를 믿어.”

“이제 드디어 법정으로 가고 말았어. 지금까지는 잘 돼 왔는데, 이제부터가 문제야.”

“그런데 서 사장. 나도 그동안 곰곰이 생각해 봤는데, 과연 이것이 우연의 일치인지, 아니면 미호에서 내 아이디어를 나도 모르게 빼간 건지 모르겠어. 그런데 말이야…….”

태식은 뜸을 들였다.

희준은 답답해 죽겠다는 듯 소리쳤다.

“아. 그런데 어떻다는 거야?”

“음. 나도 집필을 하면서 그 내용을 누구에게도 말한 적이 없어. 그건 자네도 잘 알지 않나. 말해 봤자 맞장구 쳐주는 사람도 없고. 괜히 쓸데없는 내용이라고 핀잔이나 받을까봐……. 이미 오래 전부터 그랬어.”

그리고 보니 태식은 집필 내용을 미리 희준에게 상의하기는커녕 완성된 원고마저 아무런 언급없이 덜컥 희준에게 던져 주고 가버린 일이 기억났다.

“《소설 US오픈》은 1년 전에 창안해 낸 것이네. 소설 내용이 구상되자마자 이를 초안으로 메모하는데 불과 사흘밖에 걸리지 않았어. 나머지 기간은 그러한 주제가 소설이 될 수 있을까 망설이는데 대부분 소비되었고, 최근 3개월 사이에 살을 붙여 완성하였지.”

“그런데?”

"곰곰이 생각해 보니 초안 메모가 끝난 뒤 가족들과 저녁 먹는 자리에서 그 내용을 이야기한 적이 있어."

"뭐라고? 가족들에게 이야기했다고? 아니 자넨 그동안 아무에게도 이야기하지 않았다면서?"

"가족들은 전혀 고려 대상에 넣지를 않았어. 가족들에게 했던 것은 정말이지 잊고 있었네. 그런데 그 날은 초고가 너무 쉽게 완성되어 기분이 좋았었어. 횟집에서 반주를 많이 마셔 꽤 취했었지."

"그 자리에 누가 있었지?"

"가족들뿐이었어. 마누라와 딸 둘."

"어떠한 반응이었지?"

"자네도 알다시피 마누라는 이제 내가 소설을 쓴다는 것에 대해 지긋지긋해 해. 오래 전부터 내가 하는 소설 이야기는 귀담아 들은 적이 없고, 내 소설은 읽지도 않네. 그날은 내가 오래간만에 소설 이야기를 하였는데도 아직도 미련을 못 버렸냐며 핀잔을 주었어. 그래도 나는 취중에 떠들어댔지."

"애들은?"

"큰 놈, 인숙이 말이야? 그 놈은 제 엄마랑 마찬가지야. 내 말은 으레 술 취해 떠드는 소리로만 알고 신경도 쓰지 않는 듯했어. 내 말은 듣지 않고 제 엄마에게 대학 전공이 맘에 들지 않는다며 투정부리다가 제 엄마에게 야단을 맞았지."

"작은 놈은? 그 놈 이름이……?"

"응. 민정이지. 그 녀석이 오히려 내 이야기에 관심을 보이더라고. '아빠 재미있다'하며 맞장구를 쳐 주었어. 어린 마음에도 실패만 하는 아빠가 안쓰러워 보였나 봐."

"민성이가 고등학생인가?"

"아니 이제 중학교 3학년이야. 그 땐 2학년이었시."

"중학생이라……."

희준은 큰 단서를 놓친 듯 아쉬워하였다.

중학생인 민정이가 누군가에게 소설 내용을 발설하고 그것을 미호가 이용하였다. 있을 수 없는 일이었다.

"그런데, 좀 이상한 일이 벌어졌네."

"무슨……?"

희준은 정색하며 태식의 말에 귀를 기울였다.

"그렇게 가족 회식을 하고 며칠 지난 저녁 무렵에 나는 애들 방에 컴퓨터가 켜져 있는 것을 보고, 그날 주식 시세나 알아볼까 하고 컴퓨터 앞에 앉았네. 큰딸 애가 컴퓨터를 하다가 전화를 받으러 거실로 나가면서 켜 놓은 것인데 모니터에는 큰 애가 친구들과 이메일을 주고받은 흔적이 있더라구. 나는 주식 홈트레이딩으로 화면을 바꾸려다가 큰 놈이 누구와 이메일을 주고받는지 알아보려고, 왜 아빠로서 호기심이 있지 않나? 그래서 검색을 해 보았지."

"그랬더니?"

희준이 재촉하였다.

"인숙이가 남자 친구에게 보낸 이메일에 이런 내용이 있었어. '우리 아빠 참 불쌍해. 소설을 썼다하면 팔리지도 않고. 엊그제

도 무슨 US오픈 골프시합을 주제로 한 소설을 구상했다고 하셨
는데 말도 안 되는 내용이야. 대그룹이 US오픈을 한국에 유치
했다나? 그 그룹이 추천한 선수와 미국이 추천한 무명 선수가
한국 대표로 출전하는데, 그 무명 선수가 우승하는 내용이래.
말도 안 돼. 그런 소설이 팔리겠어? 이제 우리 아빠도 다 되셨
어. 아이디어가 그 것밖에 안 되시나 봐.' 그런 내용이었네."

"큰놈이 처음에는 들은 척도 안했다며?"

"겉으로는 무심한 척하며 뚫린 귓구멍으로 다 듣고 있었던 게
지. 제 아빠가 걱정이 돼서……."

"흠, 그런데 그게 어떻게?"

"나도 하도 이상해서 얼마 전 미호가 US오픈 유치를 발표한
뒤 슬쩍 큰놈에게 물어보았네. 작년에 사귀던 남자 친구 아직도
사귀냐고. 그랬더니 미팅에서 만나 몇 번 만나 보았을 뿐 그 뒤
에는 그만 두었다더군. 요즘 애들 다 그렇지 않나? 쉽게 만나
쉽게 헤어지고……."

"그래, 그 남자 친구가 무엇하는 앤지 물어 보지 않았나?"

"어느 학교에 다니느냐고 물었지. 그랬더니 학생이 아니고 직
장인이었다더군."

"어느 직장이래?"

희준의 목소리가 확실히 커졌다.

"미호전자 기획실."

"미호전자? 흠, 이름은?"

"김창식."

"됐어. 이제 알겠어. 바로 그거야. 미호전자는 미호그룹의 주력사야. 이기호는 미호전자의 대표이사도 겸하고 있어. 그 놈을 통해 흘러 들어간 거야. 기기시부터 긱색됐어. 그린데도 비열하게 선수를 치다니……"

희준의 목소리에는 힘이 들어가 있었다.

"이메일 사본해 두었나?"

"물론이지."

"자, 이제 우리가 반격할 차례야."

희준은 다음 날, 유력 언론사 몇 군데에 전화하여 인터뷰를 요청하려고 하였으나 그럴 필요가 없었다. 기자들이 먼저 출판사로 들이닥쳤기 때문이었다.

기자들은 전날 오후 미호그룹이 법원에 가처분신청서를 접수한 데 대하여 작가 측의 의견을 집중 질문하였다.

희준은 기자들에게 강태식의 큰딸과 미호전자에 근무하는 김창식이 주고받은 이메일 사본을 공개하면서 이것을 법원에 증거로 제출할 것이며 재판 과정에서 김창식을 증인으로 신청하겠다고 발표하였다.

희준은 덧붙여 이번 재판을 통하여 미호그룹의 아이디어 도용과 이를 호도하려하는 야비함이 한꺼번에 밝혀질 것이라고 호언하였다.

희준의 대응이 언론을 통해 발표되면서 소설의 저자와 출판사, 미호그룹의 법정 공방이 치열해 질 것이라는 예상 평도 함께 보도되었다.

그런 와중에 US오픈 개막일은 이제 며칠 뒤로 다가오고 있었
다.

은밀한 메시지

아부다비 발發 아시아나 항공 OZ 758기가 도착하였다는 신호
가 전광판에 주기적으로 반짝거렸다.

임진희는 7번 출구 쪽으로 몰려가는 기자들에 휩쓸려 함께 달
려갔다. 잠시 후, 7번 출구에서는 카메라 플래시 세례 속에 다
소 굳은 표정의 청년이 걸어 나오고 있었다. 임진희는 손동섭
프로의 얼굴이 사진에서 보는 것보다 훨씬 그을려 있다고 생각
했다. 태양이 작열하는 열대 사막에서의 치열한 4라운드가 남겨
준 훈장이리라. 그래서 그런지 가뜩이나 마른 체격이 더욱 말라
보였다. 검게 그을린 얼굴은 20대 후반의 나이보다 몇 살은 족
히 더 들어 보이게 하였다.

손동섭은 아랍 에미리트의 두바이에서 열렸던 두바이 데저트
클래식에 출전한 뒤 아부다비에 체류하다 US오픈 출전을 위해
이제 막 귀국한 것이다.

동남아 일대를 주무대로 아시안 투어에서 활약하던 손동섭은 금년 초에 운좋게도 EPGA 투어[71] 대회인 두바이 데저트 클래식에 초청받은데다가 컷까지 통과한 후, 25위를 마크하여 상당히 고무되어 있을 것이었다.

거기에다 망외(望外)의 US오픈까지 초빙받았으니 입이 함박 벌어질 만도 한데 저렇게 굳은 표정이니 원래부터 무뚝뚝한 사람이거나 아니면 표정 관리하고 있는 것이라고 임진희는 짐작하였다.

기자들이 손동섭 주변을 에워싸고 질문 공세를 퍼붓는 바람에 손동섭의 골프채를 실은 카트가 좀처럼 앞으로 나아가지 못했다.

"손동섭 프로! US오픈에 출전하는 소감 한 마디 해주시죠."

"운이 좋아 지명된 듯합니다. 최선을 다 할 뿐입니다."

손동섭은 담담하게 대답하였다.

"세계 톱 랭커들이 대거 출전한 두바이 대회에서도 최근 들어 가장 좋은 성적을 거두었는데 비결이 있었다면?"

"별다른 비결은 없습니다. 두바이에 한 달 전 미리 들어가 사막 기후에 적응한 것이 비결이라면 비결이겠죠."

"손 프로가 미국 USGA에 의해 지명된 이유를 아시나요?"

"글쎄요. 저도 통보를 받고 알았을 뿐, 저도 그것을 모르겠습니다. 기자님들이 아시면 좀 알려 주시지요. 저도 그게 궁금합니다."

---

71) EPGA(European PGA) 투어 : 유럽프로골프협회가 주관하는 순회경기.

손동섭의 말 속에는 무명이면서 US오픈에 초빙된 당혹감과 면구스러움이 배어 있었다.

US오픈, 전 세계 아마추어, 프로를 망라한 골퍼들의 꿈의 무대 아닌가?

금년도 대회는 사상 최고의 경쟁률 100 : 1을 기록하였다고 보도되었다. 세계 58개국의 9,000명 가까운 골퍼들이 US오픈에 출전 신청을 냈는데 본선 진출자는 156명에 불과하고, 그 중 64명만이 예선 면제를 받기 때문에 예선 경쟁률은 간단히 100 : 1로 계산되어 버린다. 그 어마어마한 경쟁을 면제받았으니 손동섭이 어찌 소회素懷가 없을 것인가.

손동섭은 공항 청사를 빠져 나와 마중 나온 친구의 승용차 트렁크에 골프채를 실으려 허리를 굽히고 있었다.

그곳까지 따라 나온 임진희는 인터뷰 시간이 얼마 남지 않은 것을 알고 재빨리 몇 마디 질문을 던졌다.

"《소설 US오픈》은 읽어 보셨나요?"

모든 기자들의 귀와 카메라가 손동섭의 입을 주시하고 있었다.

"아니요. 읽어 본 적이 없습니다."

"그럼, 그런 소설에 대하여 들어 본 적은 있습니까?"

"네. 그런 소설이 국내에서 인기가 높다는 것을 아부다비 교민 사회에서 들어 본 적은 있었어요. 그런데 도대체 어떤 내용이기에……?"

짐을 트렁크에 다 실은 손동섭은 이제 본격적으로 인터뷰에

응하겠다는 듯이 차 옆 인도에 서서 오히려 임진희에게 질문을 던졌다. 도착 당시보다 한결 여유 있어 보였다.

"한 무명 프로 선수가 한국에서 개최되는 US오픈에 미국 측으로부터 지명되어 참가한 뒤 우승까지 한다는 줄거리지요."

"아! 그래요? 그것 참 괜찮은 줄거리군요."

손동섭과 임진희를 둘러 싼 기자들이 손동섭의 간결한 조크에 '와' 하고 웃음을 터뜨렸다.

"소설의 주인공이 된 기분은 어떠신가요?"

"이야기 듣고 나니, 저도 그런 소설의 주인공이 되고 싶은데요? 정말 좋은 기분입니다. 여러분들이 환대도 해 주시고……."

"손 프로님도 소설처럼 우승할 자신이 있으신가요?"

"음, 어려운 질문을 하시는군요. 모두가 도와주신다면 가능하겠지요."

"소설의 작가나 주최 측이나 미국 USGA 측에 하고 싶은 말이 있을 것 같군요?"

"네, US오픈은 전 세계 골퍼들의 꿈의 무대입니다. 저에게 돌아온 이러한 행운이 어느 누구 한 사람 덕분이라고 생각하지 않습니다. 모두에게 감사드리고, 아울러 그 분들이 끝까지 저를 격려해 주실 것으로 믿습니다."

기자들은 손동섭의 겸양에 고개를 끄덕거리며 메모하기에 바빴다. 카메라 기자들은 연신 손동섭의 얼굴을 클로즈업하였다.

임진희는 차에 오르려는 손동섭에게 마지막 질문을 던졌다.

"상금액도 역대 대회 중 최고인데 우승하면 그 상금을 어디에 사용하실지 생각해 보셨나요?"

"하, 하, 너무 빠른 질문이시네요. 음, 제가 만일 우승한다면, 그건 저 혼자 한 게 아니잖아요. 우승의 과실은 함께 나누어야 겠지요. 굴러온 행운을 독차지하면 큰 벌을 받을 지도 모르지요."

손동섭은 알쏭달쏭한 말을 남기고 차 안으로 사라졌다.

장성태는 급히 법무팀 사무실로 들어서며 여비서에게 지시했다.

"미스 박, 본부장님 계신가 알아 봐 줘요."

"방금 전에 본부장실에서 변호사님 찾는 전화가 왔으니 계실 겁니다."

"알았어요."

장성태는 일어서서 인사하는 법무팀 직원들에게 대충 손을 들어 답례하고 칸막이가 된 자신의 방으로 들어갔다.

장성태는 서초동 법원 청사 앞에 자신의 사무실이 있었으나 미호그룹 본관 법무팀 사무실 내에도 방이 있었다.

미호그룹의 이기호 구조조정본부장은 자신의 고교 5년 후배인 장성태를 미국 유학 중에 만나 자별하게 지내왔다. 당시 이기호는 뉴욕 주립대학 MBA 과정에 적籍을 두고 있었고, 장성태는 서울에서 변호사 개업 중 유학와서 같은 대학을 다니고 있었다. 이기호가 귀국한 뒤 장성태도 뉴욕주 변호사 자격을 취득한 뒤 귀국하였다.

그 후로도 가깝게 지내오다가 이기호가 미호그룹의 실세가 된 뒤 장성태에게 아예 미호그룹에 입사하여 전담 변호사로 일해 줄 것을 제의하였으나 장성태는 아직은 다양한 법률 경험을 쌓고 싶다며 바깥에서 미호를 돕겠다고 하였다. 이기호는 아쉬웠으나 장성태를 고문변호사로 위촉한 뒤 사옥 내 법무팀 사무실에 방을 한 칸 내주어 일이 있을 때 수시로 방문하여 법무팀을 지도하도록 배려하였다.

장성태는 가방에서 조그만 서류 봉투를 꺼내 들고 황급히 법무팀 사무실을 나와 엘리베이터에 올랐다.

장성태는 봉투 안의 비디오테이프를 가만히 만져 보았다. 이기호 본부장도 자신과 의견이 같을지 궁금하였다.

장성태가 본부장실 문을 열고 들어서자 소파에 앉아 있던 이기호는 기다렸다는 듯이 말문을 열었다.

"이봐! 장 변호사! 그 가처분 소송 건 말이야. 이제 그만……."

"선배님! 그건 잠시 후에 이야기 나누시고요. 우선 이거부터……."

장성태는 공식석상에서는 이기호를 깍듯이 본부장님이라 호칭하지만, 둘만이 있을 때에는 그냥 편하게 '선배님'이라 호칭해 왔다. 유학 시절부터 입에 밴 탓이었다.

장성태는 이기호의 말을 끊고 소파 맞은편에 놓인 TV 세트에 부착된 VCR에 가지고 온 비디오테이프를 꽂았다.

"이 사람아! 그게 뭐야?"

"선배님! 어제 저녁 TV 뉴스 보셨나요?"

"내가 TV 볼 틈이 어디 있나? 어제는 USGA 회장단 접대하느라 술이 고주망태가 되었어."

"선배님! 이건 어제 손동섭이가 귀국하면서 공항에서 인터뷰한 것을 녹화한 겁니다. 오늘 TV 방송국에 근무하는 친구에게 부탁해서 떠 왔습니다."

"손동섭이가 어쨌길래?"

"무언가 낌새가 이상합니다. 우선 한 번 들어 보시고……."

장성태는 VCR 작동 버튼을 누르고 소파에 앉았다.

두 사람은 꼼짝하지 않고 화면을 응시하였다. 2분쯤 경과한 후 인터뷰가 끝났다.

"손동섭이 처음에는 점잖은 척하더니, 말이 많은 친구구만. 그런데 뭐가 어쨌다는 건가?"

"선배님! 저 친구 말을 다시 한 번 들어 보십시오. 무언가 눈치를 챈 것 같기도 하고, 저희에게 메시지를 보내는 것 같기도 하고……."

"응? 어떤 대목이……?"

이기호도 이젠 정색을 하고 리와인드되는 화면을 바라다보았다.

"특히 뒷부분 여기자와의 인터뷰 내용을 주의해 들어 보세요."

다시 2분이 지났다.

이기호가 말문을 열었다.

"'모두가 도와준다면 우승이 가능하다?' 이 부분인가?"

"네. 얼핏 들으면 겸양의 소린데, 조금 생각해 보면 단체 경기
도 아닌 1인 경기인 골프 대회의 우승을 누군가에게 도와달라고
한다는 게……."

"또, 그 다음 부분도……."

"네. 다음에 '이러한 행운은 누구 한 사람 덕분이 아니다. 모두
에게 감사드린다.' 이것도 그냥 겸양떠는 소리인 것 같지만 조금
은 찜찜합니다. 무언가 알고 있는 듯한 뉘앙스이기도 하고…….
또, 곧바로 이렇게 말하잖아요. '그 분들이 끝까지 저를 격려해
줄 것으로 믿는다.' 이상하잖아요?"

이기호는 직접 리모콘을 들어 테이프를 앞으로 돌리며 말했
다.

"마지막 부분도 그 연장이로군. '우승의 과실을 함께 나누어야
한다.' 또 뭐야. '굴러 온 행운을 독차지하면 큰 벌을 받는다.'
모두 알쏭달쏭한 말 뿐이잖아."

"네. 이 것들을 요약하면 '이번 일을 기획한 자들에게 감사드
린다. US오픈으로 인한 과실을 함께 나누자. 그리고 우승도 할
수 있도록 도와달라.' 이런 해석도 가능하지 않겠습니까?"

"장 변호사. 그렇긴 하지만 그건 지나친 기우杞憂 아닐까? 저
친구는 어제서야 아부다비에서 입국하였다면서? 동남아를 무대
로 떠돌아다니며 겨우 입에 풀칠하던 친구가 무얼 알겠나? 장
변호사! 자네 이 번 일로 너무 신경을 쓴 거 아냐?"

이기호는 손동섭 건은 장성태의 과민에서 비롯되는 것이라고
믿고 싶은 듯 아예 그리로 몰고 가고 있었다.

"장 변호사! 대회가 끝나면 어디 여행이라도 다녀 와. 저 유럽 쪽이나…… 자네는 좀 쉬어야 해."

장성태는 진정 자신의 기우이기를 빌었다.

대회가 다가올수록 신경이 날카로워짐을 스스로도 느낄 수 있었다. 그래. 나에게 지금 필요한 것은 휴식이야. 그 달콤한 휴식. 그것은 내 손 안에 있어. 6일만, 6일만 지나면.

장성태의 상념은 이기호의 말 한 마디에 깨지고 말았다.

"그나저나 가처분 소송 건은 어떻게 됐어? 오늘 취하하는 거야?"

"네! 오늘 오후에 취하서를 접수시키겠습니다."

"그래. 너무 오래 끌어도 안 좋아. 소기의 목적은 달성했잖아? 대회 2일 전에 취하하면 됐어. 그래. 언론 보도 자료에는 US오픈이라는 대사를 앞두고 출판사와 다투는 것이 모양새가 좋지 않아 그랬다고 해. 보도 자료는 간단할수록 좋아. 그래야 꼬투리 잡힐 일이 줄어들어."

"네, 잘 알겠습니다."

"그리고 대회 준비는 차질 없이 진행되고 있겠지?"

"네. 별다른 일 없습니다. 그런데 선배님……."

"왜. 무슨 할 말이 있나?"

"대회 진행과 관련된 것인데요. 대회가 열리는 코스 곳곳에 폐쇄회로 카메라를 설치하는게 어떨까 해서요. 대회가 열리면 세계 스포츠계와 정계 거물들이 골프 코스를 방문할텐데, 만에 하나 불상사를 예방하기 위해서라도……."

"그게 자네 의견인가?"

장성태는 이기호의 말투가 심상치 않음을 느꼈다.

"네. 제가 한국골프협회에 제의했더니 좋은 아이디어이긴 한데 자기들은 예산이 없다면서 저희에게 지원을 요청해 왔습니다."

"장 변호사. 폐쇄회로 카메라를 설치한 골프장이 세상천지 어디에 있나? 대회 중에는 사복 경찰관들이 경비를 설 것 아닌가. 할 일이 태산이니 쓸데없는 곳에 돈 쓸 생각 말고 사소한 일에는 신경 끄게. 알겠나?"

장성태는 본전도 찾지 못하고 머쓱하여 물러날 수밖에 없었다.

오늘 외부 방송 녹화 스케줄이 없는 임진희는 하루 종일 방송국 녹화실에 앉아 어제 저녁 뉴스에 방송된 손동섭 프로의 인터뷰 장면을 돌려보고 또 돌려보았다.

무언가 잡힐 듯 잡힐 듯하면서 가닥이 잡히지 않았다. 나중에는 머리가 띵하여 손동섭이 어떠한 순서로 말했는지 혼동이 될 지경이었다.

'모두가 도와주신다면 가능하겠지요?'

'우승할 자신이 있나요'라는 질문은 사실 가당치도 않다. 초일류급 선수에게도 매우 조심스럽게 질문하여야 할 항목이다. 물론 우승 후보 0순위니, 어쩌니 보도할 수는 있으나 직접 대놓고 질문하기란 질문하거나 대답하는 측 모두에게 면구스럽기 때문이다.

　그래도 혹시하여 물어는 보았으나 그냥 웃어넘기거나 ‘컷만 통과해도 어딥니까?’라는 답변이 나오는 것이 통상적인데, 손동섭은 그러실 않았다. 아시안 투어 100위권 밖의 선수가 메이저 중 메이지 US오픈에 운좋게 잠가하면서 우승에 대한 강렬한 의지를 보이고 있는 것이다. ‘모두가 도와주신다면…….’ 이라고 단서는 달았지만.

　이건 또 어떠한가. ‘굴러온 행운을 독차지하면 큰 벌을 받는다?’ 이건 자신에게 권고하며 근신하는 형식을 빌렸으나, 누군가 타인의 입장에서라면 충분히 경고라 할 만하다. ‘과실을 독차지 하면 안 되고, 함께 나누자?’ 충분히 그렇게 해석될 만하지 않는가?

　임진희는 머리가 지끈지끈해지자 인터뷰 내용의 해석을 잠시 보류하고 이번에는 손동섭의 과거 전적을 검색해 보았다.

　아마추어 시절에는 대학 골프의 강자로 군림하였으나 프로에 데뷔하여서는 웬일인지 힘을 쓰지 못하고 매년 상금 랭킹 최하위권에 처져 있었다. 결국 국내 무대에서의 활동을 접고 신천지를 개척해 나간다고 모색한 것이 아시안 투어였던 듯하였다. 물론 아시안 투어에서의 성적도 별무신통이었지만.

　임진희는 검색을 해 나가는 도중 손동섭에 대한 재미있는 기사 몇 가지를 발견하였다.

　손동섭은 데뷔 2년째 되는 해, 동해오픈 대회에 참가해 스코어 카드를 허위로 기재한 혐의로 징계를 당한 적이 있었다. 당시 손동섭은 파3홀에서 보기를 하여 스코어 카드에 4라고 적어야 할 것을 3이라고 기재하였다. 손동섭은 순간적인 착각이었다고 변명하였으나 받아들여지지 않았다. 당시 보도는 1타 차로 컷오프 위기에 몰린 손동섭이 치졸한 무리수를 두었다고 비난하였다.

겨우 징계가 풀린 몇 달 뒤 가을에 열린 프로 최강 매치 플레이 대회에서 손동섭은 게임 종반에 접어들어 패색이 짙어졌다. 그때 상대 선수의 드라이버 샷이 소나무숲 속 러프에 빠지자 이를 찾아 주는 척 러프에 먼저 들어가 공이 좋은 자리에 놓여 있는 것을 발견하고 발로 툭 차 더 깊은 러프 속으로 보냈다가 적발이 되었다. 당시 인근에 있던 갤러리에게 들켰던 것이다. 갤러리의 증언도 만만치 않았으나 손동섭의 결백 주장도 거세어 결국 이 건은 유야무야 되었다.

이런 것들이 복합적으로 작용하여 손동섭은 국내에 설 땅을 잃고 아시안 투어로 무대를 바꾸었는지도 몰랐다.

손동섭의 아시안 투어 성적은 전혀 검색되지 않았다. 그도 그럴 것이 별 인상적인 성적을 거둔 적이 없었기 때문이었다. 그리고 보니 최근 열린 두바이 데저트 클래식에서의 25위 성적은 괄목할 만한 것이었다. 그것도 세계 톱 랭커 다수가 참가한 대회에서. 손동섭이 아무리 무명이라고 해도 일발 필도의 숨겨진 실력은 있는 모양이라고 임진희는 생각했다.

임진희는 USGA가 손동섭을 지명한 이유가 궁금했다. 소설처럼 한국 선수가 우승하는 것이 두려워 어정쩡한 무명 선수를 고르다 보니 그렇게 된 것일까? 아니면 소설과 대비시키기 위해 오직 무명 선수만 골랐던 것일까? 임진희는 순간 아차하였다. USGA는 소설 내용을 모를 텐데 내가 괜히 오버하고 있구나 하고.

손동섭은 소실을 읽은 적이 없다고 하였다. 그러면 십중팔구 〈블루 나이트〉나 〈25 미니츠〉도 들어 본 적이 없을 것이다. 그에게 선물을 보낼까?

은근히 그의 반응을 엿볼 수도 있을 것이고, 운좋게 그야말로 운좋게 손동섭이 우승한다면 소설처럼 골프TV 여기자와 챔피언과의 로맨스까지 겹쳐 독자들은 한꺼번에 소설이 현실화되는 흥미를 맛보게 될 것이다.

임진희는 어느덧 US오픈 챔피언의 애인이 되어 수많은 갤러리들의 환호 속에 함께 하는 꿈속으로 빠져 들어 갔다.

미라보 다리 아래 세느 강은 흐르고

　1번 홀 티그라운드로 다가 가고 있던 손동섭은 다소 긴장됨을 느꼈다. US오픈의 격전장. 이 곳에서 5년 전, 한 번 라운딩해 본 적이 있다고는 하나 당시는 정규 대회가 아니었으므로 단 하루만 라운딩하였고, 그래서 코스 사정을 안다고 할 수 없었다.

　더구나 방금 클럽 하우스에서 들은 정보에 의하면 오늘 프로암 대회의 동반자는 여자 아마추어 2명이라고 하였다. 여자들은 대부분 라운딩 중에도 수다를 많이 떤다. 프로암이 으레 그런 것이고, 아마추어에 대한 서비스 차원에서 벌어지는 대회이지만 손동섭은 코스가 거의 생소하기 때문에 심각하게 코스 상태를 살펴 볼 마지막 기회인데 수다쟁이 여자 아마추어들과 라운딩하다 보면 아무래도 신경이 분산될 것이다. 손동섭은 이 점을 염려하였다.

　아니나 다를까?

1번 티그라운드에 가까이 다가서자 벌써부터 여자들의 재잘대는 소리가 들려왔다. 경기위원이 손동섭을 여자들에게 소개하자 엄려하던 수다가 개시되있다.

"어머! 안녕하세요? 생각했던 것 보다 말라 보이시네요.?"

짧은 분홍색 치마를 입은 여자가 먼저 말을 걸었다.

"아이 언니는. 뭐가 말라 보인다는 거야? 딱 좋으신데. 안녕하세요?"

흰 색 바지를 입은 여자가 선글라스를 모자 위로 벗어 올리며 손동섭에게 인사하였다.

두 여자는 얼핏 보아도 대단한 미인들이었다. 게다가 어디선가 많이 보던 얼굴들이었다.

손동섭이 고개를 갸우뚱하자 경기위원이 궁금증을 풀어 주었다.

"손 프로! 잘 아시지요? 유명한 TV 탤런트 김주희 씨와 이미련 씨."

김주희와 이미련. 모를 리가 있는가. 한 때 안방극장을 주름잡던 쌍두마차였다. 한 때라고 했지만 불과 몇 년 전이었다. 하도 스타들의 부침이 심하고 신인들이 득세하는 통에 인기의 유효기간이 짧아져서 그렇지 불과 얼마 전까지만 해도 TV 드라마의 주인공을 독차지하던 미인들이고, 요즘도 전성기 때만은 못해도 만만치 않은 인기를 유지하고 있었다.

손동섭은 여자 아마추어 2명이 배정되었다고 하여 어떤 나이든 - 50대 중반 정도의 - 사모님들인 줄 알고 있다가 20대 후반의

미인들이 나타나자 깜짝 놀랐다. 그는 오랫동안 고국을 떠나 있어도 인터넷이나 비디오테이프를 통해 국내 드라마를 시청하였기에 김주희와 이미련이 결코 낯설지 않았다.

그 중 김주희는 이혼을 발표하는 기자회견장에서 눈물을 흘뿌린 게 불과 한 달 전인데, 언제 그랬냐 싶게 골프장에서 호호거리고 있는 것을 보니 망각이 좋기는 좋은 모양이다. 아니 청년 실업가였던 남편으로부터 거액의 위자료를 받아 기분이 금방 좋아진 것인지도 모른다.

어쨌든 손동섭은 50대 사모님들하고 라운딩하는 것 보다야 백배 낫겠지라고 생각하고 라운딩을 시작했으나 이것이 착각이었음을 깨닫는데에는 많은 홀이 필요하지 않았다.

김주희는 걸핏하면 원 포인트 레슨을 요구하였다.

"손 프로님. 저는요, 다운 스윙을 할 때 하체를 잘 버티지 못하겠어요. 뭐가 잘못 되었지요?"

손동섭이 왼쪽 허벅지 안쪽을 버텨주라고 가르쳐 주자 김주희는 허벅지 안쪽이면 구체적으로 어느 부위냐면서 짚어 주기를 바랬다. 손동섭이 허벅지를 내놓은 김주희에게 가까이 다가가자 농염한 향수 냄새가 코를 찔러 일순 정신이 어질어질하였다.

이미련은 어떤가. 그녀는 손동섭에게 바짝 붙어 다니면서 쓸데없는 것들을 물어 그를 귀찮게 하였다.

"프로님은 외국 생활을 하시니 좋으시겠다아."

"음."

"아시안 투어에서 활동하시면 홍콩, 마카오, 말레이시아 같은 동남아 구경은 실컷 하셨겠네요."

"아. 예, 그게……."

"그런데 국내를 놔두고 왜 외국에서 프로 생활을 하세요?"

이미련은 급기야 손동섭의 아픈 곳까지 찌르고 나오면서도 그게 상대에게 아픈 곳인지 어쩐지도 모르는 것 같았다.

"어머! 얘는 별걸 다 물어. 해외 투어가 상금이 더 많아서 그러시겠지. 안 그래요?"

옆에서 김주희가 손동섭의 체면을 세워 주겠다는 듯 변호하고 나왔다.

"그래, 언니! 그럴 것 같애! 얼마 전, 국내 프로선수하고 라운딩한 적이 있었잖아. 근데, 상금이 너무 적은가 봐. 투어 상금만으로는 생활이 안 되어 레슨을 할 수밖에 없다고 했어. 우승은 하는 사람만 하잖아."

"우리 쪽 사정하고 똑같지 뭐. 안 그래?"

김주희가 맞장구치자 이미련은 우스워 죽겠다는 듯이 깔깔댔다.

"사정이 똑같다니요?"

손동섭이 의아하다는 듯 묻자 두 사람은 아무것도 아니라며 손사래를 쳤다.

"……"

"아이, 언니! 어때. 말씀드려. 어차피 다 아는 얘긴데 뭐. 손프로님 궁금하게 해 드리면 원 포인트 레슨도 안 해 주실라……"

"그럴까? 뭐 갤러리들도 없고. 캐디 언니들도 저만큼 오고……. 그게 무슨 말이냐 하면요. 프로 선수들이 상금이 적어 레슨으로 부업한다는 얘기는 우리 연예인들이 출연료만으로는 생활이 안 되어 알바한다는 것과 같은 거예요."

"무슨 알바를?"

손동섭은 순간적으로 짐작되는 바가 있었으나 짐짓 모르는 척 되물었다.

"아이 잘 아시면서, 살롱에 나가서 용돈이나 번다는 거죠 뭐, 다 그렇다는 건 아니에요. 게중에는……."

짐작한 대로다. 연예인들이 살롱에 나가 알바를 하면서 용돈을 번다? 손동섭은 가끔 연예계 가십으로 나오는 그러한 기사를 본 적이 있었다. 물론 연예인의 실명實名은 감춰진 채 영문 이니셜로 처리가 되어 프라이버시는 지켜 주고 있었지만.

그러고 보니 얼마 전, 김주희가 떠들썩하게 이혼한 이유가 겉으로는 성격 차이니, 두 사람의 생활 패턴 차이니 하는 등 점잖게 표현되었으나 한 연예 잡지에 김주희의 결혼 전 살롱 출입 전력이 남편에게 발각되어서였다고 보도된 것이 기억났다. 그래도 그녀들이 아무리 라운딩 중이라 해도 제 입으로 살롱 출입 전력을 털어 놓는 것을 보니 손동섭을 우습게보았거나 아니면 그녀들이 푼수거나 둘 중에 하나임은 틀림없었다. 손동섭은 기왕 우습게(?) 보인 김에 얻어 낼 수 정보는 최대한 빼내고 싶었다.

"수입은 괜찮았나요?"

손동섭이 정색하고 물으니 그가 그녀들의 생활을 진지하게 고민해 주는 것 같기도 하여 제법 그럴 듯 한 질문 같았다.

"뭐, 수입이야, 대충 용돈은……."

손동섭이 이렇게 직설적으로 물어 올 줄은 몰랐던 듯 이미련이 말끝을 흐렸다.

"나가시는 데가 어디세요?"

손동섭은 기왕 푼수들이니 어떠랴 싶어 더욱 노골적으로 물어 보았다.

"그거야, 다 옛날 애긴데……."

"얘! 다 말해 버려. 뭐 페어웨이에서 떠드는 소리 누가 듣기야 하겠어? 들으면 어때? 알만한 사람은 다 아는 애긴데 뭐."

김주희가 더 푼수인지 화끈하게 이미련을 재촉했다.

"지금은 없어졌지요. 너무 소문이 나면서……. 청담동의 〈미라보〉라면 강남 최고의 살롱이었어요."

'〈미라보〉?'

손동섭은 얼핏 〈미라보〉가 어디에 있는 강江 이름인지, 다리 이름인지 혼동이 되었다. 학창 시절에 읊었던 어떤 시구詩句에 나온 것 같기도 하고.

손동섭이 혼동하고 있거나 말거나 그녀들은 계속 재잘거렸다.

"프로님! 우리가 어떻게 프로암 대회에 나왔는지 궁금하지 않으세요?"

김주희가 눈을 빤히 치켜뜨고 손동섭에게 물었다.

"……."

　대개 프로암은 주최 측이 대회에 공헌한 그 지역 아마추어 유지들을 초빙하여 프로들과 라운딩할 기회를 주선하는 대회이다. 프로들은 아마추어 골퍼에 대한 서비스 차원에서 기꺼이 동반 라운딩을 한다. 손동섭은 그녀들도 주최 측에 유력한 아는 사람이 있어 그랬거니 생각할 뿐이었다.

　"미호 측에 부탁했지요. 미호. US오픈을 유치한 최고 스폰서 아니에요?"

　"미호의 누구에게?"

　손동섭은 그저 간단한 말 꼬리만 연결하였다. 그러기만 해도 그녀들이 알아서 주절거릴 것을 알기 때문이었다.

　"장성태 변호사님 아세요? 이번 대회 유치에 막후에서 공을 세웠다던데요. 미호그룹 실세 이기호 본부장님의 최측근 참모시고요. 그 분한테 부탁했더니 흔쾌히 자리를 빼 주시던데요?"

　장성태 변호사에게 부탁하여 프로암 자리를 빼내었다? 그러면 장성태는 어찌 알게 되었는가?

　"호호. 〈미라보〉 최고 고객이었지요. 아니 실제 고객은 이기호 본부장님이었지요. 그 분이 손님 접대할 때 장 변호사님은 따라오셨을 뿐이었어요. 벌써 5~6년 전 얘기예요."

　손동섭은 순간 정신이 버쩍 들었다. 이게 무슨 소린가? 정리가 잘 되지 않았다.

　장 변호사는 〈미라보〉의 고객이었다. 이기호를 따라 왔지만 어쨌든. 또, 〈미라보〉는 강남 최고의 룸살롱이었다. 일류 연예인들이 접대하던, 그리고 청담동에…… 그러면?

〈세느〉는 무언가? 청담동 주택가에 있다고 했던가? 그리고 성형수술한 탤런트들이 아닌가? 탤런트 얼굴로 성형수술을 했나? 사극과 멜로 드라마의 최고의 히로인이라고 했나?

"저, 〈미라보〉가 청담동에 있다고 했나요?"

손동섭의 목소리는 다소 떨리고 있었으나 그녀들은 전혀 눈치 챌 수가 없었다. 그가 하도 진중하게 물어 보았기 때문이었다.

"네. 청담동 주택가에 있었어요. 주택을 개조해서. 정계, 재계의 거물급 인사들이 드나들었지요. 그런데 주민들이 진정서를 내서 신문에 주택 사진까지 나는 바람에 폐쇄됐지요."

손동섭에게 한 가지 수수께끼가 풀리는 순간이었다. 김주희의 도움으로.

그는 두 번째 수수께끼를 풀기 위하여 질문을 던졌다.

"당시 두 분은 인기가 좋으셨겠네요?"

이번에는 이미련이 수수께끼를 푸는데 결정적으로 도움을 주었다.

"그럼요. 이 언니는 그 때 방송된 사극에서 왕의 총애를 받는 후궁으로 나와 최고의 인기를 끌었지요."

"너는 어떻고? 얘는, 수목 드라마였지? 주부들 눈물깨나 뽑아 냈지요. 불치의 병을 앓는 비련의 여주인공 역으로……."

〈세느〉의 그녀들은 어떠한가? 그녀들도 사극과 멜로드라마의 히로인들이었나? 아닌가? 손동섭은 기억이 가물가물하였다.

〈미라보〉와 〈세느〉.

〈미라보〉는 파리의 세느 강江 위에 놓여진 수십 개 다리 중

하나 아닌가. 이제 서서히 기억이 난다. 손동섭은 20세기 초의 유명한 시인 아폴리네르의 아름다운 시詩 〈미라보 다리〉의 첫 구절이 오락가락하였다.

'미라보 다리 아래 세느 강은 흐르고…….' 뭐, 그렇게 시작되는 시였다. 그 다음은 전혀 생각이 나지 않았다.

미라보와 세느. 파리에서는 필연적 연관성이 있는데 강남 주택가에서는 어떠한 연관이 있는가? 우연인가? 아니면 필연인가?

손동섭은 이제 막 18번 홀을 홀아웃하고 클럽하우스 쪽으로 걸어 나갔다. 오늘 프로암 대회는 나름대로 의미가 있었다.

2언더파. 그만하면 괜찮은 성적이었다. 김주희와 이미련의 수다와 농염질은 향수 내음 속에서 일구어 낸 성적이어서 더욱 값졌다. 이미련은 헤어지면서 대회가 끝나면 오늘 레슨에 대한 보답으로 식사라도 대접하겠다고 노골적으로 유혹하였다. 손동섭은 고맙다고 대충 얼버무렸다.

손동섭이 클럽하우스에 막 들어서자 소파에 앉아 대기하고 있던 기자들이 우르르 몰려오고 있었다.

인천 공항에서 집요하게 질문을 던졌던 그 여기자가 제일 앞장 서 질문을 던졌다.

"이제 개막일이 내일로 다가 왔습니다. 오늘 코스 상태는 어땠습니까?"

"대체로 만족스럽습니다. 이곳에서 5년 전에 한번 라운딩한 적이 있었는데 그 때보다 러프가 길게 세팅되고, 그린도 무척 빨라진 것 같습니다."

임진희는 다른 기자에게 기회를 빼앗길까 봐 연이어서 질문을 쏟아 부었다.

"귀국한 지 이틀째입니다. 《소설 US오픈》은 읽어 보셨나요?"

"네. 어젯밤 단숨에 읽었습니다."

"어떠신가요? 읽으신 감상이……?"

"저는 그 소설을 읽고 작가 선생님을 존경하게 되었습니다. 그런 분이 미호그룹으로부터 소송을 제기당하는 등 고통을 당하셨다는 게 안타까울 뿐입니다."

"소설 중 인상에 남는 부분이 있다면?"

"네. 그 소설이 스릴러물은 아니었습니다마는 작가와 독자 간의 보이지 않는 두뇌 싸움이 볼만 하였습니다."

"작가와 독자의 두뇌 싸움이라뇨?"

임진희는 재빨리 반문하였다.

"작가는 함정을 파놓고 독자를 유혹합니다. 대부분의 독자는 그 함정에 빠지고 말지요. 작가의 의도대로. 작가는 거기서 희열을 느끼지요. 독자도 자신을 함정에 빠뜨린 작가가 그렇게 밉게 느껴지지 않아요. 오히려 거기서 작가와 비슷한 류類의 동반 희열을 느끼지요. 그러나 모든 독자가 다 함정에 빠지지는 않아요. 함정을 눈치 채는 독자도 있지요. 그런 독자는 그것이 함정이라고 확인되는 순간 역시 희열을 느끼지요."

임진희는 이 대목에서 더욱 힘을 내어 질문하였다. 질문을 하

면서 짜릿한 전율조차 느꼈다. '상대가 자신을 이용할 수도 있는
데, 나는 그것을 알면서도 일종의 공범 의식 비슷한 것을 느끼
다니…….'

"손 프로님의 경우는 어떤 경우인가요?"

다른 기자들도 임진희의 단독 인터뷰로 인정하는지 그저 받아
적기에만 바빴다.

"저는 눈치 챈 쪽이지요."

"어떻게?"

"저는 소설의 4분의 1 정도를 읽고 세성그룹의 황 회장이라는
인물이 결코 순수한 민족주의자가 아님을 알았어요. 그의 몰락
도 예감했어요. 그 이후는 이를 확인하는 작업에 불과하였지요.
이미 작가의 함정을 눈치 챈 것이지요. 작가가 모든 독자를 함
정에 빠뜨릴 순 없어요. 누군가는 알기 마련이고요. 작가도 이
정도는 아실 거예요."

손동섭은 여기까지 말하고 라커룸 쪽으로 걸음을 재촉하였다.
마치 할 말을 다 하였다는 듯이. 그는 뒤늦게 말을 걸려는 나머
지 기자들에게 손을 휘저었다.

손동섭은 기자들이 머쓱해 물러나는 사이 라커룸 앞에까지 따
라 온 임진희에게 작은 소리로 물었다.

"호텔 프런트에 소설책을 맡겨 놓은 사람이 당신인가?"

"네? 아니 그걸 어떻게 아셨어요?"

임진희는 짐짓 놀란 표정을 지었다.

"공항에서부터 계속 소설 애기로 도배를 하지 않았소. 오늘까

지."

"역시 프로님은 눈치가 빠르시군요. 그 어려운 소설 내용도 척하면 알아차리듯이……."

"뭐, 아무튼 고맙소. 그리고 CD도 당신이……?"

"그럼요. 같은 봉투에 들어 있었잖아요."

"이유는?"

"이유가 뭐 있겠어요? 머리 식히시라고. 들어보셨나요?"

"음, 어쨌든 고맙소. 그리고……."

"그리고 뭔데요?"

"안까지 따라 올 거요?"

손동섭은 남자 라커룸 앞에 서 있는 임진희에게 그만 헤어지자는 표현을 그런 식으로 하였다.

"아니, 아닙니다. 그럼, 내일 건투를 빌겠습니다."

손동섭은 임진희에게 가볍게 손을 들어 인사하고 라커룸 안으로 사라졌다가 곧 다시 나와 그녀의 등에 대고 한 마디 더 하였다.

"기자 양반! 화면 잘 나오게 해 주시오. 편집하지 않으면 더 좋고요……."

US오픈 첫날.

세계 랭킹 1위 타이거는 예상대로 단독 선두로 나서며 이변을 허락지 않았다. 오늘, 보기없이 버디만 7개를 낚아 내어 7언더 파로 코스 레코드까지 수립하였다.

언론은 타이거가 낯설은 한국의 그린에 빠르게 적응하여 더블 그랜드 슬램에 한 발짝 더 다가섰다고 추켜세웠다.

손동섭은 이븐 파로 중위권에 머물렀다. 또 한 명의 한국 선수인 심재환 프로가 3오버파로 하위권으로 처진 것에 비하면 대단한 선전이었다.

기자들은 《소설 US오픈》을 의식하여서인지 무명의 손동섭을 인터뷰하는데 많은 시간을 할애하였다.

경기 직후 클럽하우스 안에 설치된 임시 프레스센터에서 기자들과 인터뷰하는 손동섭의 표정은 비교적 만족스러운 듯하였다.

한 기자가 물었다.

"손 프로님! 비교적 무난한 출발인 것 같습니다. 오늘은 어떤 작전으로 임하셨습니까?"

"네, 그저 무리하지 말고 내 페이스만 유지하자고 마음먹었습니다. 전반을 1언더파로 마치고 후반으로 넘어 왔는데, 13번 홀이 고비였습니다."

이때 손동섭은 주머니에서 A4 용지 크기의 메모지를 꺼내더니 그 곳에 그려진 그림을 기자들에게 보여 주며 설명하였다.

"드라이버 샷이 슬라이스를 내면서 우측 러프에 빠졌지요. 아시다시피 그 러프는 소나무가 울창하게 심어져 있어서 좌측으로 안전하게 레이업한 후 스리 온 작전으로 나가야 했어요. 그런데 잠시 마魔가 끼었는지 그 좁은 소나무 틈 사이로 그린이 보이더군요. 그린 위에서 코스 설계자가 저를 유혹하고 있었어요. 그 좁은 틈새를 따라 투온을 시도하다 나무를 맞추고 오히려 공은 뒤 쪽으로 떨어졌지요. 다행히 러프는 탈출하였지만 공은 페어웨이와 러프의 경계선 상에 떨어져 있었고, 공 앞 그린 쪽으로는 소나무 가지와 잎이 가로 막고 있어서 도저히 직선으로는 그린에 도달할 수 없는 위치였어요. 저는 그곳에서 나뭇가지를 피해 좌측으로 약 45도 각도로 방향을 잡고 패이드[72] 볼을 쳤는데 공이 우측으로 휘면서 절묘하게 온 그린에 성공하여 2m짜리 파 퍼팅을 성공시킬 수 있었지요. 정말 아찔한 순간이었고, 행운의 순간이기도 하였습니다."

기자들 틈에 섞여 보이지 않던 임진희가 어느 순간 앞으로 나와 손동섭에게 물었다.

"그 메모지를 저희에게 줄 수 없나요?"

손동섭은 임진희에게 메모지를 흔쾌히 건네주며 말했다.

"아! 네, 가져가셔도 좋습니다. 저는 외국 기자들을 위해 따로 사본해 둔 게 있으니까요. 그 메모지는 저에게는 한 편의 소설과도 같았습니다. 참 신문에는 그 상황을 잘 좀 그려 주세요. 소설과도 같은 그 메모지는 비록 초고草稿에 불과하지만 저에게는 중요한 증거가 될 수도 있으니까요."

"무슨 증거가 된다는 것이지요?"

임진희가 취재 노트에서 눈을 떼고 의미심장한 눈초리로 손동섭을 빤히 응시하며 물었다.

"아! 네, 저는 그동안 아시안 투어에서 같이 활약하는 프로들

---

72) 패이드(fade) : 일단 왼쪽으로 나간 후 떨어질 때 쯤이면 오른쪽으로 휘는 탄도를 그리는 의도적인 타구.

로부터 패이드 볼을 치지 못한다고 놀림을 당해 왔는데, 이것은
제가 패이드 볼을 쳤다는 훌륭한 증거가 될 수 있다는 것이지
요."

　같은 시간. 미호그룹 구조조정본부장실.
　장성태는 TV에 비치는 손동섭의 인터뷰 장면을 뚫어져라 보
고 있었다. 그 옆에는 소파에 깊숙이 몸을 누인 이기호가 연신
담배 연기를 뿜어대고 있었다.
　두 사람 다 말이 없었으나 무언가 초조한 기색이 역력하였다.
　인터뷰 장면이 끝나자 장성태는 VCR의 정지 버튼을 누른 뒤
다시 리와인드 버튼을 눌렀다. 잠시 뒤로 돌아가던 테이프는 몇
초 뒤 멈추더니 화면에는 또 다른 손동섭의 인터뷰 장면이 비쳤
다. 바로 어제 프로암 대회를 마치고 가진 인터뷰였다.
　"마지막 장면이었지? 요약한 걸 읽어 봐."
　이기호는 말하고 나서 신경질적으로 담배를 비벼 껐다.
　"네. 어제 내용입니다. '저는 눈치 챈 쪽이지요.' '……모든 사
람을 함정에 빠뜨릴 순 없지요.' '누군가는 알기 마련이에요.'
뭐, 대충 이렇습니다."
　"그놈이 원래는 소설의 극적 반전을 독자가 눈치 챘느니 못 챘
느니 하는 뜻으로 얘기한 건가?"
　"네. 그렇습니다. 외형상으로는."
　"오늘 것을 읽어 봐. 메모했지?"
　"네. 그런데 선배님! 오늘 것이 더 심각합니다. 몇 가지 의미

있는 단어는 '메모지', '사본', '소설', '증거' 등입니다. 그리고 선배님, 화면에 비친 메모지의 로고, 보셨습니까?"

"무슨 로고? 다시 돌려 봐."

장성태는 이미 VCR을 앞으로 돌리고 있었다.

진행 버튼을 누르자 손동섭의 방금 전 인터뷰 장면이 화면에 나타났다. 손동섭은 A4 용지 사이즈의 메모지를 들고 그곳에 그려진 13번 홀 상황을 설명하고 있었고, TV 카메라는 그 메모지에 그려진 러프와 화살표로 표시된 공의 위치를 클로즈업시키고 있었다.

장성태는 순간 리모콘의 정지 버튼을 눌렀다. 화면에 클로즈업된 메모지 우측 하단에는 선명히 타원형 안에 영문 대문자로 'MH'라고 적힌 로고가 비쳤다.

그것은 바로 미호의 영문 이니셜을 따서 디자인된 미호그룹의 로고였다.

"아니 저건 우리 회사의 메모용지 아닌가? 아니 저 놈이 어떻게 저걸 구해서……?"

"선배님! 메모지를 구하는 것은 쉽습니다. 미호 제품 판매장에는 어디든지 저 용지가 있을 테니까요. 아마 경기가 열리는 골프장에도 있을 겁니다. 스폰서로서 미호 직원들이 몇 명 상주하고 있으니 저런 용지 구하는 건 여반장일 겁니다. 제가 염려하는 건 ……."

"그래, 뭐야?"

이기호는 다시 담배 하나를 꺼내 물었다.

"아까 요약해 드린 단어에 '미호의 로고'라는 어휘까지 조합하면 이렇게 됩니다. '소설 초고는 미호의 로고가 찍힌 메모지에 적혀 있는데 그 사본을 보관하고 있다. 그 움직일 수 없는 증거를 보관하고 있다.'"

이기호는 소파에서 벌떡 일어섰다. 어찌나 급하게 일어났던지 담배 불똥이 바지에 떨어져 이를 털어내느라 허겁지겁하였다.

"장 변호사, 소설 초고를 미호 로고가 적힌 용지에 타자해 보냈나?"

"네. 그렇습니다. 그냥 무심코……."

"빨리 강태식에게 전화해서 확인해!"

장성태는 즉시 전화기를 들어 강태식의 핸드폰 번호를 눌렀다.

신호가 떨어졌는지 장성태가 급하게 말했다.

"강 작가님! 아. 네, 제가 가져다드린 소설 초고 있잖습니까? 그 초고는 어디에 두셨지요? 아, 예, 알겠습니다. 그럼 빨리 연락 주세요."

전화를 끊은 장성태는 이기호 쪽을 돌아보며 말했다.

"강태식에 의하면 소설 원고를 워드로 완성한 뒤 출판사에 가져다주면서 초고까지 함께 주었다는군요. 그 초고가 출판사에 있는지 확인한 후 다시 연락을 주겠답니다."

둘 사이엔 잠시 침묵이 흘렀다.

이기호에게나 장성태에게나 그 침묵의 시간은 그 어느 때보다도 길게 느껴졌다.

잠시 후 장성태의 핸드폰 벨이 울렸다.

장성태는 통화를 마치고 이기호에게 말했다.

"출판사 사람에게 확인하니 초고 원본도 그대로 출판사에 보관 중이랍니다. 그 초고를 누군가에게 사본해 준 적도 없고 사장이 특별히 보관해 와서 몰래 사본될 우려는 전혀 없을 거랍니다."

"음, 그러면 다행인데. 장 변호사! 자네나 나나 너무 신경과민 아닌가?"

"저도 그랬으면 좋겠습니다만, 그냥 지나치기엔 너무 찜찜한 구석이 많아서. 선배님! 제가 한 번 손동섭을 떠 보는 게 어떨까요?"

"손동섭이를 직접?"

이기호는 잠시 난감한 표정을 지었다.

"그 길밖에 없을까? 확인해 보는 수밖에? 그런데 조심해야 돼. 이제 첫 라운드 끝났어. 다 된 밥에 재 뿌리지 않게……."

"너무 염려 마십시오."

덫

　손동섭은 물기가 덜 빠진 머리에 흰 타월을 덮어씌운 채 소파 쿠션에 깊숙이 몸을 누였다.

　강남 르네상스 호텔의 스위트룸은 화장실 냄새부터가 달랐다. 비치된 고급 샴푸와 향수는 방금 격전을 치루고 땀으로 범벅이 된 몸을 세정洗淨하는데는 아주 그만이었다.

　방금 샤워를 마치고 가운을 걸친 그의 손에는 코냑 한 잔이 들려 있었다.

　그는 저녁 식사와 함께 주문한 나폴레옹 코냑 1병을 매일 4분의 1씩 비울 작정이었다.

　코냑 4분의 1병이면 평소 손동섭의 주량으로 보아 노곤한 몸을 쉬게 하고 편안한 잠자리로 들게 하는 적당한 양이었다.

　그는 코냑 병의 바닥에서부터 4분의 1 지점을 물끄러미 응시하였다. 그 마지막 4분의 1을 어떠한 상태에서 비울 것인가? 그것은 잠시 후면 밝혀질 것이다.

만일 그의 예측이 틀린다면 이 막대한 호화 호텔 비용은 두바이 데저트 클래식에서 받은 상금으로 대충 때우면 그만일 것이고. 만일 그의 예측이 맞는다면 르네상스 호텔 스위트룸은 인생 역전의 서곡을 울리는 행운의 장소가 될 것이다.

그는 리모콘을 들고 TV를 켰다. TV에서는 US오픈 첫 날 경기가 녹화중계되고 있었다.

그는 오른손으로 코냑 잔의 둥근 엉덩이를 감싸고 목구멍 안으로 조금씩 갈색의 액체를 흘려 넣었다.

그래. 찝찔한 이 맛. 바로 이 맛이야. 코냑의 진수眞髓는.

그가 천천히, 아주 천천히, 서두를 것 없이, 무언가를 느긋하게 기다리는 마음으로 갈색의 액체를 서너 차례 흘려 넣는 순간, 요란스럽게 전화벨이 울렸다.

두 번, 세 번 울리도록 그는 소파에 걸친 몸을 꼼짝도 하지 않았다.

그토록 기다리던 벨이 울리는데도.

그는 초저녁 호텔에 돌아 와 두 번의 전화를 받았다. 한 번은 대회 주최측인 USGA의 한국인 대리인으로부터 내일 손동섭의 티오프 타임이 열한 시 칠 분이고, 동반자는 피지의 흑인 선수와 스페인의 신예 선수라고 전하는 내용이었다.

잠시 후 걸려온 또 한 통의 전화는 동반자 중 스페인 선수가 미국의 노장 선수로 교체되었다는 내용이었다. 모두 아무래도 좋을 전화였다.

이제 더 이상 올 전화는 없었다.

지금 울리고 있는 저 전화 외에는.

손동섭은 벨이 여섯 번째 울리자 비로소 남은 액체를 목에 털어 넣고 수화기를 집어 들었다.

"여보세요! 손동섭 프로님 계십니까?"

처음 들어 보는 목소리이나 별로 낯설게 느껴지지 않았다. 한참만에 연결되니 거기엔 반가움도 배어 있는 듯하였다.

"접니다만, 누구시죠?"

"아! 손 프로님! 쉬시는데 죄송합니다. 저는 미호그룹의 고문 변호사 장성태라고 합니다."

"아! 예. 대회 스폰서인 미호그룹의, 아니 그런데 어쩐 일로……?"

그렇게 기다리고 듣고 싶던 목소리인데 손동섭은 담담하게 대꾸하였다. 그렇게 하기로 하지 않았던가. 결코 환희에 들뜨지 않기로.

"오늘 좋은 성적 축하드립니다. 스폰서 그룹으로서 한국 선수에게도 관심을 보여 드려야 하는데, 심재환 프로와의 관계도 있고 해서……. 양해해 주시기 바랍니다."

"별 말씀을, 출전하게 해 주신 것만 해도 영광인데요. 제가 오히려 먼저 인사를 드렸어야 하는데……."

"무슨 말씀을, 오늘 13번 홀 페이드 샷은 정말 장관이었습니다. 아무런 각도도 없는 곳에서 45도를 휘게 치다니요. 오늘의 데일리 베스트 샷으로 뽑힐 만합니다. 정말 깊은 감동을 받았습니다."

"좋게 봐 주시니 감사합니다."

"경기가 끝난 후의 인터뷰도 잘 보았습니다."

손동섭은 장성태가 절묘하게 목표에 근접해 오고 있다고 느꼈다.

그는 속으로 회심의 미소를 지으며 무심코 코냑 병을 들어 잔에 따르고 있었다. 이미 오늘 목표량을 초과하고 있었다.

"그런데 인터뷰 내용이 쉽지는 않은데, 이해되시던가요?"

손동섭의 선공先攻에 장성태도 최초의 고비라고 느낀 듯 잠시 뜸을 들이다 말을 이었다.

"시청자라면 누구나 이해할 수 있는 내용 아닌가요? 더구나 손 프로님이 워낙 쉽게 그림으로 설명해 주셔서."

"쉽다면 쉽지만, 어렵다면 어렵지요. 멍청한 대중들이 그 행간行間의 뜻을 알기나 할까요? 장 변호사님이라면 모를까."

상대가 또 한 번 뜸을 들인다. 그렇다. 이게 순서다. 손동섭의 촌철살인寸鐵殺人 한 마디에 굳이 말장난할 게재가 아님을 느끼고 있을 거다.

아니나 다를까?

"손 프로! 거두절미합시다. 인터뷰에서 말한 증거, 있습니까?"

이제 두 사람은 탐색전을 끝내고 비로소 육탄전肉彈戰에 접어들었다. 이제 전장戰場은 홍건한 피로 물들 것이다. 과연 누구의 피일까?

손동섭은 코냑 잔을 기울여 잠시 입술을 가져다 대었다.

"…… 없이 그런 말 하겠습니까?"

"어디에서 입수하였지요?"

"장 변호사님 같으면 순순히 털어 놓겠습니까?"

"흠……."

상대는 보나마나 상당히 곤혹스러운 표정임이 틀림없었다.

"장 변호사님! 시간이 별로 없어요. 벌써 첫 날이 지나갔네요. 지난 인터뷰 모두 보셨나요. 저의 입국 날 인터뷰와 어제의 인터뷰를. 변호사님이 적어도 어제는 연락을 주실 줄 알았어요. 첫 번째 메시지는 그렇다 치더라도 세 번째 메시지에 움직이리라고는 별로 생각하지 못했어요."

손동섭은 이제 본격적으로 장성태를 비아냥대며 그에게 대꾸할 틈조차 주지 않았다.

"아! 장 변호사님이 둔하다는 건 아니에요. 제 메시지가 너무 약했나 염려도 했지요. 어쨌든 장 변호사님은 대단하세요. 그 메시지를 모두 이해하시다니……. 그 아둔한 돈벌레 이기호가 해독할 리는 없을 테고. 메세지를 전한 자로서 무한한 자긍自矜과 보람을 느낍니다. 그리고 US오픈이라는 거대한 무대를 펼쳐놓고 이를 막후에서 휘젓는 그 가공할 연출 능력…… 역시 최고이십니다. US오픈, 말이 그렇지, 사실은 미호, USGA, 거기에 강태식까지 끼워놓은 3자 공모에 의한 사기극, 이렇게 말하면 너무 심한가요? 어쨌든 이제 그 막이 서서히 내리려는 순간이군요. 아무도 모르게, 아주 완벽하게. 이 몸, 초대받지 않은 손님만 없다면……."

"흠, 흠, 원하는 게 뭔가?"

이는 이미 덫에 걸린 상대가 할 수 있는 유일한 물음이었다.

"총명하신 장 변호사님께서 이미 알고 계실 텐데요. 이미 본부장님과 액수 협의까지 끝내지 않으셨던가요?"

"음, 결국 돈인가?"

"이런 스토리의 기본 아닌가요. 자, US오픈으로 미호가 얻는 수입의 절반, 어떤가요?"

"안 돼! 너무 많아."

장성태의 목소리가 매우 다급해졌다.

"만일 《소설 US오픈》이 미호와 USGA와의 공모에 의한 자작극임이 폭로되면? 강태식은 조연助演에 불과하니까 말할 가치도 없고요, 그것이 수입의 절반과 바꿀 가치가 있을까요? 당장 미호는 사기 기업으로 거덜나고 말 텐데……."

"그래도 절반은 너무 많아. 손 프로가 모르는 지출이 엄청나."

장성태의 목소리가 반은 사정 조로 바뀌었다.

"좋아요. 30%로 줄이지요. 더 이상은 안 돼요. 화끈하게 합시다. 그러나 분명히 해 둘 것은 US오픈 유치 발표 이후 미호그룹이 거두어들인 광고료 수입, 미호그룹 기업들의 주가 상승분, 소설의 판매 수익금을 모두 합한 금액을 기준으로 해야 합니다. 단 하나라도 누락되어서는 안 됩니다."

"음, 이런 악마 같은 놈! 그래 정말 소설 초고는 가지고 있는 거야?"

장성태는 목젖에서 신음 소리를 뱉어 내며 물었다.

"없습니다. 있을 리가 있나요. 귀국한 지 며칠 되지도 않았고, 출판사에 아는 사람도 없는데 어떻게 그걸 입수할 수 있겠습니까? 불가능하지요."

"그럼 지금까지 증거도 없이 떠들어 댔단 말이야?"

장성태의 목소리에는 방금 전보다는 다소 힘이 들어가 있었으나 의구심이 완전히 가신 것은 아닌 듯하였다.

손동섭에게 휘둘리고 있는 자신이 한없이 초라하게 느껴지고 있었기 때문이리라.

아니나 다를까? 이어지는 손동섭의 단호한 목소리에 장성태는 숨조차 제대로 내쉴 수 없었다.

"증거가 왜 없습니까? 장 변호사님! 최고 성능의 세닉스 보이스펜 녹음기가 돌아가는 소리가 안 들리시는가요? 하긴 이 놈은 워낙 녹음 성능이 좋아 소리를 전혀 내지 않지요. 아니 소리를 다소 낸다고 하더라도 코낙 넘어가는 소리에 묻혀 들릴 리가 없지요. 하. 하. 하."

손동섭은 맛좋게 찝찔한 갈색 액체를 입에 털어 넣고 일부러 쩝쩝거렸다.

"이런 천하에 흡혈귀 같은……."

장성태의 절규도 이어지는 손동섭의 차가운 목소리에 묻혀 버렸다.

"또 있지요. 오늘 인터뷰 방송이 나간 직후 미호그룹 구조조정 본부장실 전화로 적군敵軍인 강태식에게……. 그렇지요. 적군이지요. 바로 엊그제 소송을 취하하였다고 해도 대외적으로는 적군 아닌가요? ……통화한 사실, 직후 강태식이 출판사로 통화한 사실, 그리고 강태식이 다시 미호나 장 변호사님 핸드폰으로 통화하셨나요? 통화한 게 맞나 모르겠네요. 하하하하 조회하면 다 나오지요. 훌륭한 정황 증거가 되고도 남지요.”

“음…….”

“그리고 장 변호사님! 너무 기죽지 마세요. 천하의 US오픈의 유치를 기획하시고, 천하의 베스트셀러 《소설 US오픈》의 진정한 저자답지 않게…….”

“…….”

“왜 궁금하신가요? 제가 눈치챈 경위가? 간단해요, 의외로. 무료함 때문이라고나 할까요? 아시안 투어의 낭인浪人 생활도 이젠 지쳤어요. 미국 PGA 문도 두어 번 두드려 보았으나 내 능력 밖이었어요. 무료함과 무력감은 때로는 다른 분야, 어찌보면 엉뚱한 분야에서 힘을 발휘하지요. 미호가 US오픈 유치를 발표할 때까지도 저는 아무것도 몰랐어요. 제가 USGA 지명 선수로 발표될 때까지도 저는 단지 찾아 온 행운에 감격할 따름이었지요. 그러나 국내에서 《소설 US오픈》이 선풍적인 인기를 끌 즈음부터 내 눈은 총기總氣로 번뜩였지요. 그동안 골프장에서만 굴려 왔던 잔머리를 최대한 굴려 보았지요. 저도 꽤 노력했어요. 뇌세포가 살아 꿈틀거리는 것을 느낄 정도였으니까요.”

손동섭은 숨이 찬 듯 잠시 뜸을 들이다 말을 이어갔다. 장성태는 듣지 않을 수 없었다. 그리고 손동섭이 자랑스럽게 불어

대는 승리의 나팔 소리가 사실 궁금한 사항이기도 하였다.

"아시안 투어에는 미국 PGA의 낙오병들도 상당수 활약하고 있지요. 그 중 몇몇은 저와 상당히 친분 있게 지내 왔어요. 그들이 비록 아시아의 변방을 헤매고 있으나 언젠가는 PGA에 입성하기 위하여 호시탐탐 기회를 엿보고 있고, PGA나 USGA에 지인知人들이 있기 마련이지요. 저는 그들을 통해 USGA의 분위기를 파악했지요. 별로 결정적인 것은 없으나 영문판《소설 US 오픈》의 판매 수익금의 절반이 USGA에 지급되기로 계약되었다는 것을 알아낸 것은 큰 소득이었지요.

저는 뇌세포를 이리저리 이동해 보았지요. 인터넷을 통해 국내 신문을 모두 검색해 보았어요. US오픈 유치 발표 후, 그 막후 공신이 장 변호사님이라는 것은 대강 발표되었지만, 장 변호사님이 핸디캡 3의 싱글 핸디캡퍼로 레드베터의 골프레슨 책도 번역하시고, 가끔 골프 칼럼도 쓰시는 칼럼니스트였다는 것은 잘 알려지지 않았어요. 저도 겨우 어느 일간신문 구석에서나 볼 수 있었지요. 이것은 저에게는 의문을 푸는 주요한 실마리가 되었지요.

저는 수년간의 국내 주요 스포츠 신문과 골프 잡지를 샅샅이 검색하여 장 변호사님이 기고하신 칼럼들을 모아 보았지요. 그리고 수집된 칼럼을 보면서 변호사님의 촌철살인의 기지機智를 엿볼 수 있었지요. 남들이 거의 생각할 수 없는 특유의 의문, 특유의 문제의식, 특유의 상상력까지. 이젠 아시겠지요? 제가 무슨 말씀을 드리려는지.

칼럼의 제목만 읊어 볼까요? 외람되지만.

〈러프 탈출을 낫으로?〉

〈끔찍한 벙커 샷, 올 여름은 해변에서 벙커 샷을〉

〈라이가 안 보인다고요? 아예 무시하고 직선으로 상하게〉

굵고 억센 러프를 탈출하기 위하여 낫을 사용하는 것이 룰 위반인지 아닌지를 재미있는 문체로 쓰셨더군요. 또 아마추어들이 끔찍해 하는 벙커샷을 해변 모래밭에 거리별로 깃발을 꽂아 놓고 연습하라고 충고하셨지요? 단, 한적한 바닷가에서 말이죠.

퍼팅 라이가 좌인지, 우인지, 혼동될 때에는 라이를 무시하고 그냥 직선으로 보고 강하게 퍼팅하라고 쓰셨더군요. 단, 스킨스 게임73)처럼 거액이 걸린 경우에만 한정하라는 친절을 베푸시면서 말이죠.

제가 칼럼을 수집하였을 때에는 이미 《소설 US오픈》을 세 번이나 정독하였을 때였지요. 네? 귀국 당시 인터뷰에서 소설을 안 읽어 보았다고 하지 않았냐고요? 변호사님! 그걸 믿으셨어요? 오, 순진하시기도 해라. 이제 제 말을 별로, 아니 아예 믿지 마세요. 그럴 기회도 별로 없지만은요.

그렇게 소설을 정독하니 그 내용이 샅샅이 기억에 남아 있을 수밖에요. 주인공 김민철의 마지막 라운드 상황은 더욱 생생하였지요.

11번 파3홀. 김민철은 특수 제작한 낫처럼 날카로운 웨지로 깊

---

73) 스킨스(skins) 게임 : 각 홀마다 걸려 있는 일정액의 상금을 그 홀 승자가 획득하고, 승자가 없는 경우 상금은 다음 홀로 넘어가 는 경기.

은 러프를 가볍게 탈출하지요.

14번 파4홀에서는 어땠지요? 김민철은 토피 섬 해변 모래밭에서 숙련한 벙커샷으로 이글을 잡아내더군요.

마지막 18번 홀. 기력이 쇠잔한 김민철이 절체절명絶體絶命의 순간 퍼팅 라이를 무시하고 강한 직선 퍼팅을 하여 갤러리들을 경악시키며 우승을 차지하지요?

어떻습니까? 장 변호사님! 한 번 말씀해 보세요. 듣기만 하시기로 작정하셨나요? 칼럼 내용과 소설의 장면이 우연인가요? 강태식이 변호사님 칼럼을 보고 소설에 써먹을 수 있다고요? 그는 그런 위인이 못돼요. 제가 시간이 없어 조사를 못해 봤지만, 그는 골프를 아예 치지 못하거나 칠 줄 알아도 100타 넘는 하이핸디캡퍼가 분명해요. 아니라고요? 그래요. 아니라고 쳐요. 그래도 핸디캡 3의 변호사님을 따라 올 수는 없어요. 실력이 있어야 칼럼을 쓰죠. 그래도 우연일 수 있다고 우기실 건가요? 그러면 이건 어떤가요.

변호사님은 월간 골프 잡지 〈골프 파라다이스〉에 국내외 특이한 골프코스를 답사한 탐방기를 연재하신 적이 있으시더군요.

4년 전, 5월호에서 중국 위해威海의 팬 - 차이나 골프 클럽을 이렇게 소개하였지요?

'이 골프 클럽은 18개 홀 전부가 해변을 끼고 라운딩할 수 있도록 조성되었다. 해변이 바다로 길게 튀어 나온 곳에 조성하였으므로 거의 전 홀이 해변을 조망할 수 있었다. 특히 12번 홀은 바다 건너 절벽 쪽으로 티샷을 하도록 설계되어 드라이브 샷은

황해黃海를 가로질러 뿜어져 나갔다.'

어떤가요. 위해의 팬 - 차이나 12번 홀은 김민철의 밀실인 파타야의 로얄핌 골프 클럽 절벽 홀의 모델이 아닌가요'? 수인공이 망연히 바라보던 넘실대는 남지니해의 부시지는 포밀은 황해의 포말을 묘사한 것이 아니었나요? 변호사님은 친절하게도 팬 - 차이나 골프 클럽의 스코어 카드에 인쇄된 12번 홀 정경을 잡지에 게재하였고, 이를 그대로 《소설 US오픈》의 표지에도 사용하셨더군요. 저는 소설의 표지 정경이 누군가 인위적으로 그린 것으로 알았는데 칼럼을 보니 숙제가 풀리더군요. 꿈만 같아요. 저도 그 홀에서 티샷을 날려보고 싶어요. 지금 표지에 인쇄된 그 12번 홀을 보고 있어요. 국내에 들어 왔더니 웬 친절한 여기자가 소설을 제 방에 넣어 주었어요.

그리고 다음 달 호에는 무주 컨트리클럽 18번 홀을 소개하셨더군요. 호수와 벙커를 건너 그린에 도달되도록 세컨드 샷을 하고 싶은 유혹을 느끼더라도 부자 몸조심하여 개울 건너 우측으로 돌아가자고 하셨지요. 소설 속의 격전지 월드코리아 컨트리클럽의 18번 홀 상황과 너무나 흡사하던데, 이것들도 모두 우연인가요? 우연의 일치라고 보기엔 너무 필연 같아요. 제가 보기엔……

목이 타지만 한 가지만 더 말씀드릴게요. 변호사님도 즐거우시죠? 독자가 작가의 비밀을 다 알아내니.

소설 속 세성그룹의 서태완 부회장이 경리이사에게 술을 먹여 정보를 알아내는 비밀의 장소, 강남의 룸살롱 〈세느〉. 그 곳도 변호사님의 경험이 축적된 추억의 장소더군요. 허! 허! 정말 놀라시는군요. 그러나 이건 저도 우연히 알게 된 거에요. 뭐 필연이라면 필연일 수도 있지만요. 어제 프로암 대회에 김주희와 이미련을 참가시킨 게 화근이었어요. 아니 참가시킨 건 잘 하셨어요. 다만 동반 프로를 신경쓰셨어야 했는데, 하필 저일게 뭡니까? 그녀들이 수다쟁이에 푼수라는 것도 잘 아시면서. 절묘한 조합이에요. 학창시절에 낭송했던 시구를 떠올리느라 얼마나 애를 먹었는지 몰라요. 그래요. 아폴리네르. 프랑스의 시인, 그가 지은 '미라보 다리', 알만한 사람은 다 알죠. 그녀들만 모르는 것 같았어요. '미라보 다리 아래 세느 강은 흐르고 우리들의 사랑도 흘러간다.' 뭐 그런 내용이지요. 거기서 따오신 거에요. 〈미라보〉와 〈세느〉, 김주희와 김주혜, 이미련과 이미정, 사극의 히로인에 멜로드라마의 여주인공인 점도 같고, 청담동 주택가에 있었다면서요? 본부장님 따라 여러 번 들르셨구요.

《소설 US오픈》의 저자는 바로 장 변호사님이시지요. 강태식은 하수인, 그저 단순히 명의名義 대여자에 불과하고요. 약간의 살을 붙이긴 하였으니 공동저자라고 해 둘까요?

변호사님. 목이 타는군요. 한 잔 축이고 계속하겠습니다."

손동섭은 수화기를 타고 가끔씩 흘러나오는 신음 소리를 무시하고 말을 이어갔다.

"기막힌 기획이에요.

소설이 서점에 배포되자마자 대회 유치 발표. 독자들의 흥미 유발. 이어지는 소설판매 및 배포 금지 가처분 신청. 소설 판매

부수의 급증. US오픈에 대한 성가聲價 고조高潮. 중개료 인상과 중개 사이사이에 깔리는 광고료 인상. 급격한 수입 증가로 광고 회사 미호애드를 비롯한 미호그룹 전 계열사의 주가 상승.

강태식에게는 명의 대여료로 소설 판매액의 극소한 비율인 푼돈을 던져 주었겠지요. 그래도 강태식으로서는 감지덕지였을 겁니다. 베스트셀러 작가라는 명예까지 덤으로 얻었으니.

USGA에 막대한 로열티를 지불하고도 상당히 남는 장사일 게 틀림없어요. USGA는 영문판 소설의 판매대금까지 챙기니 마다할 거래가 아니지요. 한미 우호 증진에 기여한다는 대외적인 명분도 쌓으니 일석삼조라고나 할까요?

요즘 재벌들 어렵다고들 하데요. 정부 정책은 자꾸만 재벌에게 불리하게만 돌아가고. 강성 노조로 생산성은 떨어져 가고, 영업 수익도 줄어들고.

이기호 본부장님은 재벌 2세인 죄로 소액 주주들과 시민단체로부터 거센 퇴진 압력에 시달려 왔고, 이런 와중에 US오픈 유치는 모든 불리한 상황을 일거에 해결할 묘책이었겠지요.

US오픈은 당연히 미호의 브랜드 가치를 높일 것이고, 그 대외적 명성으로 정부도 감히 간섭하지 못할 것이며, 막대한 광고료와 방송 중개료 수입, 주가 상승으로 오너의 자산 가치 증가. 누구도 마다할 리 없는 모험이었어요.

장 변호사님은 어떠세요? 그야말로 일등공신 아니세요? 이번 일을 기획, 연출한 공로로 상당한 고물이 떨어지겠지요. 저 때문에 파이가 좀 줄어들겠지만. 그 지겨운 법정 출입도 이것으로 종결 아닌가요?

저는 진정으로 변호사님께 감사드리고 싶어요. 오늘 전화를 주시지 않았다면 저는 포기하였을 거예요. 추측만으로 뭐가 되나요? 아무 증거도 없이. 르네상스 호텔 스위트룸과 나폴레옹 코냑을 맛 본 것이 소득이라면 소득일까요? 빚만 잔뜩 짊어진 채 다시 아시아의 변방을 헤매고 있겠지요. 그런데, 변호사님이 구해 주셨어요."

손동섭도 숨이 찬 듯 잠시 말을 중단하더니 차갑게 그리고 단호하게 최후통첩을 하였다.

"제 은행 구좌는 10개로 나누어 팩스로 보내겠습니다. 정확히 계산하여 송금해 주실 것으로 믿고요. 그리고……."

"그리고 뭔가?"

장성태가 오랜만에 내뱉은 말이었으나 역시 힘이 없었다.

"한 가지 조건이 더 있습니다."

"아니, 무슨 조건이 더……."

장성태가 더듬거리는 사이 손동섭은 재빨리 다음 말을 이어갔다. 그의 목소리는 점점 더 차가워져갔다.

"제가 우승하도록 해 주세요."

"아니, 손 프로! 무슨 소리야? 우승을 어떻게 마음대로 해. 현실은 소설과 달라. 자네를 지명한 것으로 현실은 끝이야."

"지금까지 절묘하게 상황을 연출해 오시지 않았나요? 어떻게 하여 컷은 통과할지 모르나 우승은 자신이 없어요. 변호사님은 무명의 설움을 모르실 거예요. 아시아의 변방을 떠도는 낭인의

서러움을. PGA 진출과 US오픈 우승은 저에게는 꿈에 불과했
어요. 결코 이룰 수 없는. 그런데 그 꿈이 막 이루어지려 하고
있어요. 제가 메시지를 보냈잖아요. 꼭 도와 주셔야 해요. 그래
야 미호도 살아요."

"이 봐. 손 프로! 그건 불가능 해. 오히려 돈을 더 달라면
……."

"정 방법이 없으면 소설대로 할 수 있지 않나요?"

"소설대로? 소설대로라고?"

"그럼요. 기왕 시작한 소설. 소설대로 끝내야 되지 않아요? 그
래야 변호사님도 연출자로서의 보람도 느끼실 거구요. 상세한
방법은 제가 나중에 연락드릴게요."

"음, 음, 그게……."

장성태는 이제 끙끙 앓는 소리를 내었다.

손동섭은 전화를 끊으려다가 한 마디 덧붙였다.

"참. 변호사님. 칼럼 중에 소설에 인용하지 않은 것이 있던데
요. 칼럼 제목이, 아, 예. 그게 '힘은 질량과 가속도에 비례한
다?'였지요.

'프로처럼 임팩트 시 가속도를 못 내는 아마추어는 질량을 늘
려라. 몸무게를 늘리지 못하면 질량을 늘릴 수 있는 장치를 몸
에 둘러라. 납으로 만든 특수 혁대를 차고 샷을 했더니 거리가
20야드 늘더라.'라고 쓰신 적이 있었지요.

아시다시피 제 체중이 63kg 밖에 나가지 않아 거리에 한계가
있어요. 변호사님이 보관하고 계신 특수 혁대를 내일 아침 호텔

프런트에 맡겨 주시기 바라겠습니다.

"그럼. 안녕히, 참, 본부장님께도 안부 전해 주시고요."

전화를 끊은 손동섭의 손에는 반 밖에 남아 있지 않은 코냑 병이 들려 있었다.

작전 개시

US오픈 2 라운드.

손동섭은 라운딩 내내 불어대는 강풍을 뚫고 이날만 1언더파를 기록, 통산 1언더파를 마크함으로써 2타 차로 컷을 통과하였다.

강풍으로 인해 언더파를 친 선수가 6명에 불과한 것에 비하면 대단한 선전이었다.

생방송 중계 아나운서는 손동섭의 컷 통과를 대단한 뉴스거리로 보도하였고, 해설자는 손동섭 프로가 어제보다 드라이버 평균 비거리飛距離가 20야드 이상 늘어났다며 고개를 갸우뚱하였다. 강한 맞바람 속에서도 저 정도 늘어났으니 정상적인 날씨였다면 30야드 이상도 늘어났을 것이라고 신기해하였다.

손동섭 프로가 아시안 투어에서도 고전해 왔던 이유가 짧은 드라이버 거리 때문이었는데 오늘 갑자기 드라이버를 잡은 14개 홀 전부를 맞바람 속에서도 300야드 이상 날린 이유를 알 수 없다고 덧붙였다.

손동섭은 경기를 마친 후 허리에 약간의 통증을 느꼈다. 바지 안에 찬 특수 혁대에 부착된 납의 중량은 허리에 부담을 주기에 충분하였다.

그러나 참아야 했다. 앞으로 2일 만이라도.

특수 혁대 부착의 효과는 놀라웠다. 다운 스윙시 왼쪽 발의 버팀이 더욱 공고해 졌고 그 버팀을 토대로 한 임팩트 시의 파워는 가히 폭발적이었다.

평소 같았으면 맞바람에서의 샷은 10야드 이상 손해보았을 것이 틀림없는데 오늘은 오히려 바람을 뚫고 20야드가 더 나갔다.

첫날 4개의 파5홀에서 겨우 한 번만 투온에 성공했는데 오늘은 4개 홀 모두 투온에 성공하였다. 장 변호사가 아마추어이면서 핸디캡이 3인 이유를 알 것 같았다.

문제는 허리가 남은 2일을 견뎌낼 수 있느냐이다. 납의 중량은 허리에 치명적 손상을 가할 수도 있다. 그러나 그렇다고 혁대를 풀 수도 없다. 이제 겨우 타이거의 비거리를 따라 잡았을 뿐 아닌가.

대회 셋째 날.

손동섭은 허리의 통증을 무릅쓰고 사력을 다해 이븐 파74)를 쳐서 선두 타이거에 6타차로 따라 붙으며 공동 3위로 뛰어 올랐

---

74) 이븐 파(even par) : 평균적으로 파를 친 것. 즉, 스트로크 플레이에서 스코어의 합계가 파의 합계와 같게 친 경우.

다.

전년도 미국 PGA 상금왕 미켈슨이 타이거에 3타 뒤진 단독 2위를 마크하였다.

대회 마지막 날.

마지막 챔피언 조는 7언더파의 타이거, 4언더파의 미켈슨, 1언더파의 손동섭이다. 공동 3위의 손동섭이 챔피언 조에 편입된 것은 이례적이었으나 USGA는 스폰서인 미호그룹의 간곡한 요청을 받아 들였다. 손동섭의 은근한 압력이 장성태를 굴복시켰기 때문임은 물론이다.

미켈슨은 웬일인지 아예 초반부터 스스로 무너졌다. 전반 9홀에서만 4오버파를 쳐 합계 이븐 파로 우승권에서 완전히 멀어져 갔다.

반면 타이거는 명성에 걸맞게 전반 홀에서만 벌써 3언더파를 추가하여 합계 10언더파를 기록하여 우승을 향해 순항을 계속하였다.

손동섭도 분전하여 2언더파를 추가하여 3언더파를 만들어 놓았으나 오히려 타이거와 7타 차로 벌어졌다.

이대로 가다가는 타이거의 우승이 틀림없었다.

남은 홀은 이제 후반 9개 홀.

타이거가 스스로 무너지지 않으니 작전을 개시할 수밖에 없었다.

손동섭은 어제 저녁 장성태와의 통화에서 최종 작전 지시를 내렸다. 일방적인 지시를 받은 장성태의 얼굴은 보지 않아도 벌레 씹은 모습임이 분명하였다.

손동섭은 장성태가 측은하여 송금된 돈은 감사히 받았노라고 치하의 말을 아끼지 않았다.

작전 지시대로 USGA측 경기위원 1명이 경기 시작부터 손동섭을 그림자처럼 따라 다녔다. 건장한 체격의 중년 사나이인데 모자 밖으로 흰 머리가 삐져나와 나이가 더 들어 보였다.

그는 한국 골프협회의 경기위원들이 갤러리 관리 등, 경기 진행에 전념하고 있는 것에 아랑곳 하지 않고 손동섭으로부터 3m 이상 떨어지지 않고 붙어 다녔다. 작전이 제대로 먹히고 있다는 증거였다. 미호와 공동운명체인 USGA도 잡힌 발목을 빼낼 재간이 없었던 모양이다.

10번 홀을 홀아웃하고 11번 홀로 가는 소나무숲 사이 길.

손동섭은 바로 이 곳을 거사 장소로 삼았다.

이곳을 지나면 마지막 홀까지는 거의 오픈된 장소라 작전 수행이 거의 불가능하다. 더구나 7타 차를 따라 잡으려면 지금이 적기適期다.

손동섭은 근접해 따라 붙는 중계 카메라를 향해 가볍게 손을 들어 인사하다가 손을 입에 대고 가볍게 기침을 하였다. 그것도 딱 두 번.

자. 이것이 작전 개시 신호다. TV를 보고 있던 장성태가 이 기침 신호를 알아 챌 것이다. 그리고 5초 후면 하늘에 떠 있는 공중 카메라가 3분간 작동을 멈출 것이다. 이것으로 공중의 장애물은 제거된다. 이제 남은 것은……

손동섭이 짐짓 구두끈을 고쳐 매는 척 고개를 숙이자 집요하게 따라 오던 중계 카메라맨이 손동섭을 포기하고 5m 앞으로 걸어 나가는 타이거를 쫓아갔다.

이 순간을 놓치지 않고 손동섭은 근접하여 뒤따르는 USGA 경기위원에게 슬며시 오른손 엄지손가락을 세워 보였다. 신호를 받은 경기위원은 바지주머니에 넣은 왼손에서 역시 엄지만 살짝 들어 보였다. 고개도 약간 끄덕거리는 것 같았다.

장성태에게 지시한 그대로였다.

주변에는 갤러리들이 진행 요원의 안내에 따라 7~8m 떨어져 웅성거리며 걷고 있었으므로 아무도 눈치 챌 수 없었다.

손동섭은 이어서 타이거와 5~6m 뒤쳐져 걷고 있는 타이거의 캐디에게 웃으며 다가가 말을 걸었다.

"헤이. 7타 차는 너무 커. 적당히 해도 우승할 텐데. 타이거는 역시 무서운 선수야……."

"누가 아니래?"

타이거의 캐디는 어깨에 골프백을 매고 경사진 언덕을 오르기가 힘겨울 텐데도 손동섭의 물음에 역시 웃으며 대답해 주었다.

"우승하면 저녁에 파티하나?"

"음, 어쩌면."

"파티 비용은 누가 내지?"

손동섭의 실없는 질문에 타이거의 캐디가 낄낄거리며 사람좋은 웃음을 웃었다.

두세 걸음 더 나가던 손동섭이 뒤를 돌아보자 뒤따르던

USGA 경기위원이 의미심장한 미소를 지으며 손동섭에게 왼손 엄지손가락을 들어 보였다.

음료수통 바꿔치기가 성공했다는 신호였다. 타이거의 캐디가 낄낄거리던 그 순간이었음이 틀림없었다. 낄낄대며 주의가 산만해 지면 골프백 주머니에 걸쳐 놓은 음료수통의 움직임에 대한 감각도 무뎌지게 마련이다.

회심의 미소를 지은 손동섭은 타이거 캐디와 마무리 대화를 나눈다. 고마움의 표시로.

"헤이. 파티에 나도 초대할 건가?"

"하. 하. 하! 그건 타이거에게 물어 봐."

타이거는 티그라운드에 설 때마다 물을 마시는 습관이 있었다. 이제 잠시 후면 교체된 음료수를 마실 것이다. 그 안에는 수면제와 근육 이완제가 적당히 혼합되어 있으니 즉시 효과를 발휘할 것이다.

손동섭은 처음에는 타이거의 아침 식사에 약을 투입하는 방법을 생각하였다. 그러나 아침 식사는 철저히 보안이 유지되므로 약 투입이 불가능하다.

타이거가 스스로 무너져 점수를 잃으면 수면제 투입이 필요 없어지므로 경기 상황에 따라 투여해야 한다.

곧 경기 진행 중에만 가능하다. 경기 도중 타이거는 간식으로 바나나와 햄버거도 먹으나 음식에의 투여는 고도의 기술을 요하므로 논외論外다.

결국 소설대로 음료수다. 그러나 소설대로 타이거의 캐디를 매수할 수도 없다.

매수하기로 말하면 USGA 경기위원 쪽이 훨씬 낫다. 손동섭에게 한꺼번에 발목 잡힌 USGA 회장의 입김이 경기위원에게는 먹힐 것이기에 더욱 그러하다.

손동섭의 작전 내용을 들은 장성태는 유구무언이었다. 오로지 USGA 회장과 협의하는 일만 남아 있을 뿐이었다.

US오픈의 연출, 감독자가 졸지에 소품 담당자로 전락하는 순간이었다.

11번 홀 티그라운드에서 바꿔치기 된 음료수를 마신 타이거는 서서히 무너져 갔다.

'아. 웬 일인가. 다리에 힘이 풀리고 정신까지 혼미해 온다. 어제 잠자리에 들기 전에 마신 위스키 때문인가? 그 정도로는 이렇게 까지 정신없진 않은데, 오전까지만 해도 괜찮치 않았는가.

아니면 지독한 긴장 때문인가? 이번 대회 우승으로 더블 그랜드 슬램을 달성하게 된다는 부담으로?

미켈슨은 이미 경기를 포기하다시피 하고 있고, 코리아의 무명 선수와는 이미 7타 차이가 아닌가. 이 정도 점수 차면 이변이 없는 한 우승은 틀림없다. 그런데 왜, 나는 무엇을 두려워하고 있는가?'

타이거의 11번 홀 세컨드 샷은 어이없는 악성 슬라이스를 내며 벙커에 빠져 이 날 최초의 보기를 기록하였다.

12번 홀은 바짝 정신을 차려 겨우 파를 기록하였으나 그 다음 홀은 치명적인 OB까지 내며 더블 보기를 기록하였다. 드라이버 샷 임팩트 시 눈까풀이 내리 깔리는 것을 느끼는 순간 당황하여 채를 왼쪽으로 잡아챘더니 공은 왼쪽 절벽 아래 OB 지역으로 날아가고 말았다.

그 이후 15번 홀, 17번 홀에서도 계속 보기를 기록함으로써 후반에서만 5타를 까먹고 합계 5언더파로 주저앉았다.

반면 손동섭은 어떠한가.

11번 홀부터 버디 4개를 추가하여 합계 7언더파를 마크함으로써 드디어 역전에 성공하였고, 마지막 홀을 남기고 타이거에게 2타 차로 앞서게 되었다.

손동섭은 드라이버의 가공可恐할 만한 거리로 세컨드 샷을 수월하게 함으로써 쉽게 쉽게 버디를 낚을 수 있었다. 늘어나는 드라이버 거리에 비례하여 허리의 통증은 더욱 심해져 왔으나 그 고통은 무너지는 타이거의 모습으로 충분히 보상되고도 남았다.

대망의 마지막 파5홀.

타이거는 마지막 몸부림인 듯 호수와 벙커를 건너 투온을 시도하다 공을 워터해저드에 빠뜨리고 겨우 네 번만에 공을 그린에 올려 5미터 거리의 파 퍼팅을 남겨 두고 있었다.

손동섭은 여유있게 레이업한 후 스리 온하여 불과 2미터 거리의 버디 퍼팅을 남겨 둔 상태.

최악의 경우 타이거가 파 퍼팅을 성공시키고 손동섭이 버디 퍼팅을 놓쳐도 손동섭의 2타 차 우승에는 변함이 없을 터였다.

우승은 이미 확정되었다.

그린을 향해 걸어가는 손동섭을 향해 수만 명의 갤러리들은 열광하여 새로운 챔피언을 기립起立 박수로 맞이하고 있었다.

초대받지 않은 손님

손동섭은 되도록 천천히 걸었다.

그린까지는 불과 60야드 정도.

1타 차나 동타同打의 박빙薄氷의 승부라면 잠시도 긴장을 늦출 수 없다. 퍼팅으로도 얼마든지 승부가 갈릴 수 있기 때문이다.

그러나 현실은 어떠한가. 2타 차에 퍼팅 거리도 타이거보다 더 짧다. 멀리서 보건대 퍼팅 라이도 굴곡이 별로 없어 보이는 평범한 라이다. 2m거리를 설혹 스리 퍼팅한다고 하여도 우승에는 변함이 없다.

승부는 끝났다. 이런 완벽한 우승이 또 어디에 있는가.

손동섭은 우승을 확정지은 뒤 그린을 향해 여유있게 걸어가는 - 중계방송으로만 보았던 - 그에게는 결코 주어지지 않을 남의 일로만 여겨지던 챔피언들의 심정을 이제야 할 것 같았다.

손동섭은 모자를 벗어 환호하는 갤러리들에게 답례하였다. 여느 챔피언들처럼 만면에 가득 웃음을 머금고.

US오픈 우승. 그 챔피언 컵이 잠시 후면 내 품에 안긴다.

이를 상상하면 더욱 더 쑤셔오는 허리의 통증쯤은 참을 만하였다. 시상식만 끝나면 곧바로 달려갈 곳이 병원이다. 설령 의사가 어쩌다가 허리를 이렇게 망가뜨렸냐고 혼을 내도 US오픈 챔피언의 영예는 이를 보상하고도 남을 것이다.

경기요원들은 밀려드는 수천 명의 갤러리들을 손동섭 곁에서 떼어 놓기에 바빴다. 그 갤러리들을 비집고 들어 온 젊은 여자가 손동섭 옆으로 바짝 따라 붙었다.

"축하합니다. 손 프로님!"

손동섭이 힐끗 곁눈질로 보자 공항에서부터 집요하게 따라 붙었던 바로 그 여기자였다.

"제가 호텔에 넣어드린 소설은 보셨나요?"

임진희는 당차게 물었다.

"지금 중계 중이지 않소?"

손동섭은 임진희의 손에 들린 마이크를 보고 물었다.

"아니요. 마이크는 껐어요. 지금은 손 프로님과 사적인 대화의 시간이니까요. 소설 보셨어요?"

"지난번에 보았다고 했잖소."

손동섭은 다소 퉁명스럽게 대답하였다.

"소설처럼 진행되고 있네요, 모든 것이. 안 그래요?"

"음, 적어도 한 가지는 아니지."

손동섭이 맞장구를 치며 내려다 본 임진희의 모습은 그런대로

고혹적蠱惑的이었다. 푸른 잔디 위라서 그런가?

"아! 예. 그, 그 러브 스토리요? 김민철과 박연주의……? 손 프로님도 꽤 정독하셨군요."

손동섭은 임진희가 꽤 눈치 빠른 여자라고 느끼며 대견하다는 듯이 슬며시 웃음을 지었다.

"그것도 그대로예요."

"뭐가?"

"보세요. 환호하는 군중들을. 소설처럼 우승을 거머쥔 당신의 능력에도 환호하지만 나와 당신의 러브 스토리. 소설과도 같은 그 스토리에도 환호하고 있잖아요. 내가 비록 골프백은 매고 있진 않지만……."

"나에게서 멀리 떨어지시오."

손동섭은 정색하며 나지막한 목소리로 말했다.

"늦었어요. 프로님! 옆을 보세요. 중계 카메라 몇 대가 돌아가고 있는 것이 보이나요? 인상을 부드럽게 하세요. 부드럽게. 《소설 US오픈》의 팬들은 주인공들이 필드에서 사랑싸움하는 것을 원치 않아요. 소설 속에서 이루지 못한 사랑. 현실에서 이루기를 고대하고 있지요. 순진한 갤러리들은요."

"사랑을 혼자 하나?"

손동섭은 카메라가 눈치채지 못하도록 임진희에게만 퉁명스럽게 말했다.

"당신 마음먹기에 달렸지요. 당신만 조용히 눈 감아 주면 되요. 조용히. 그리고 부드럽게……."

　팔짱을 낄 듯 바짝 다가선 임진희의 몸에서는 여자 특유의 요염한 냄새가 풍겨 나왔다. 작심하고 뿌려 댄 짙은 향수 내음이리라.

　"대중들 앞에서 골프 스타와의 사랑을 인정받는 게 당신의 목적인가?"

　"그럼요. 얼마나 신나고 짜릿한데요. 이렇게 공개된 필드에서. 그리고 또 있어요."

　"무슨?"

　"당신이 보낸 메시지를 나는 알지요. 감미로운. 나에게는 너무나 감미로운……."

　"메시지라니, 무슨?"

　"나는 직업이 기자에요. 그것도 인터뷰 전문의. 방송국에 돌아가면 수없이 인터뷰 녹화 장면을 되돌려 보곤 하지요. 어쩌다 스치듯 감상하는 시청자가 아니에요. 당신의 세 번에 걸친 인터뷰 장면을 수없이 보고 또 보았지요. 공항에서, 프로암을 마치고, 그리고 첫 라운드 직후. 당신은 인터뷰를 통해 유혹의 함정을 파놓고 세 사람에게 초대장을 보냈더군요. 장성태와 이기호와 그리고 나에게. 그리고 손 프로님의 과거 전력을 검색해 보니 화려하시더군요. 허위 스코어카드 기재에 상대 선수의 공을 숨기는 야비함까지. 그런 초대장을 보낼 자격이 충분해요. 그래요. 그런 건 아무나 보내는 게 아니지요."

　"흠……."

　손동섭은 갑자기 속이 메스꺼워짐을 느꼈다.

허리에 찬 혁대의 무게가 갑자기 천근처럼 느껴져 왔다.

"초대를 하셨으면 대접을 해 주셔야지요. 제가 초대받지 않은 손님이라고요? 이렇게 당신 곁에 딱 붙어 있는데 손님이 아니라고요? 섭섭하군요. 그런 표정을 지으시다니. 이제 시간이 별로 없군요. 그린까지 30야드 밖에 남지 않았어요. 방송사 기자 생활도 지겨워요. 굴러온 기회를 놓치지 않는 건 당신이나 나나 마찬가지예요.

타이거가 쓰러져 가는 것을 보았어요. 기자의 눈은 일반인과는 다르지요. 절묘한 시기에 스카이 중계 카메라까지 멈추시다니. 대단해요. 완전 범죄를 위한 연출이었겠지요.

경기가 끝난 후 타이거의 음료수통을 몰래 빼내 보관하겠어요. 당신이 내 조건을 이행하는 것을 확인할 때까지.

음료수통에는 타이거와 캐디와 그리고 USGA 경기위원의 지문이 선명히 찍혀 있겠지요? 물론 약물 성분은 조금만 검출되어도 되고요."

"이런 망할……."

"흥분하지 말아요. 장성태 변호사님도 손 프로님 제의에 그렇게 흥분하던가요? 모두가 동업자 아닌가요? 많은 걸 요구하진 않겠어요. 당신이 더 머리를 쓴 걸 알기 때문이죠. 장성태가 송금한 구좌에서 30%만 계좌이체 시켜 주세요. 계좌번호는……."

임진희는 슬며시 손동섭의 손을 잡고 계좌번호가 적힌 쪽지를 순식간에 넘겨주었다.

두 사람이 손을 잡는 장면을 목격한 갤러리들은 다시 한 번 환호하며 박수를 쳐댔다. 게중에는 경망스럽게 손 휘파람을 불어대는 사람도 있었다.

"음, 송금은 언제까지……?

"급해요. 저는 오늘 밤 LA행 항공편을 예약해 놓았어요. 가면 하고 싶은 공부도 실컷하고, 안 돌아 올 거예요. 너무 늦으면 안 돼요. 제가 소설과 함께 넣어드린 CD를 들으셨나요? 김민철이 즐겨 부르던 발라드 송 〈블루 나이트〉에 버금가는 러브 송 〈25 미니츠〉를요. 오랜 여행에서 돌아와 사랑하는 애인을 찾아 헤매던 남자가 교회에서 웨딩드레스를 입은 애인을 발견하지요. 애인은 울면서 이렇게 말하지요.

'저는 언제나 그대의 키스를 원해 왔어요.

그러나 25분 늦었어요.

그대는 너무 멀리 여행을 하여

유감스럽게도 25분이나 늦었어요…….'

당신도 너무 늦으면 안돼요. 러브 송처럼 25분만 드리겠어요. 공을 홀 컵에 떨어뜨린 순간부터 25분이에요. 스코어카드를 기재하고, 또 허위로 기재하진 마세요. US오픈 챔피언이 날아가요. 간단한 인터뷰를 끝내도 시상식까지 얼마든지 시간이 돼요. 단, 1분도 넘어서면 안 돼요. 저도 받자마자 LA로 송금해야 해요. 아셨죠?

아, 아. 그렇게 벌레씹은 얼굴은 안 돼요. 갤러리들은 새로운 챔피언의 탄생을 축하하고 있어요. 소설의 현실화도 만끽하고 있고요. 새로운 한 쌍의 탄생도. 그 환상을 깨지 말아요. 의연하셔야지요. 자, 이제 마이크를 켤게요."

무언가 임진희를 향해 소리를 지르려던 손동섭은 마이크를 켠다는 말에 마른 침을 한 모금 꿀꺽 삼키며 숨을 죽였다.

"여러분 안녕하십니까? 〈TV G〉의 임진희 기잡니다. 그럼 지금부터 손동섭 선수와 몇 마디 말씀을 나누어 보겠습니다. 자, 어떻습니까? 손동섭 선수. 환호하는 갤러리들의 함성이 들리십니까? 지금 기분은요?"

저승사자처럼 싸늘하던 임진희의 목소리는 마이크를 켜자마자 발랄한 20대의 청량한 목소리로 순식간에 바뀌었다.

손동섭도 갑자기 인터뷰에 응하는 듯이 침착한 목소리로 대답하였다. 아니 그렇게 할 수밖에 없었다.

"아직 경기가 끝나지 않아 무어라 말할 수가 없군요."

최대한의 겸양을 떤다고 떨었으나 가늘게 떨리는 울분 섞인 목소리는 손동섭 혼자만 알 일이었다. 아지 못할 미소를 머금은 임진희가 그 떨림의 의미를 모를 리가 없었다.

"손동섭 선수가 퍼팅을 미스해도 넉넉한 2타 차 우승인데 역시 소문대로 겸손하시군요. 참 귀국한 뒤《소설 US오픈》은 읽어 보셨다구요?"

"네. 최근에 읽어 보았습니다."

"소설의 주인공은 우승 상금을 유소년 골프기금으로 기탁하였던데, 손동섭 선수도 소설대로 하실 건가요?"

손동섭은 예상치 못한 질문인 듯 잠시 당혹한 표정을 지었다. 그러나 임진희의 사전 각본인 줄 알면서도 주눅 들기는 싫었다.

그동안 임진희에게 당해 온 데 대한 반발인가? 생방송 인터뷰의 마력인가? 손동섭은 유불리有不利를 따질 겨를도 없이 순식간에 이렇게 말해 버렸다.

"꼭 소설대로 해야 하나요? 소설은 그냥 소설 아닌가요?"

"그럼, 그럴 의사가 없다는……?"

"아니요. 이번 대회 우승 상금과 아시안 투어 상금까지 모두 기탁하겠습니다."

"아, 예. 역시 소설과는 다르군요."

임진희의 한 마디 질문과 손동섭의 성질머리 때문에 US오픈 우승 상금은 순식간에 날아가 버렸다.

손동섭과 임진희는 갤러리들의 기립 박수를 맞으며 그린에 다가갔다. 맞은편에서는 하루 종일 작열하던 태양이 마지막 이글거림으로 그들을 맞이하고 있었다.

타이거는 고개를 푹 숙인 채 무언가 못마땅한 듯 기운없이 그린으로 올라 왔다.

새로운 챔피언의 탄생.

소설의 현실화.

그 현장에 함께 있음을 무한한 자랑으로 아는 수많은 갤러리들의 함성.

그린에 우뚝 선 손동섭의 자태는 누가 보아도 당당한 챔피언의 모습, 바로 그것이었다.

암록색暗綠色 낙조落照

수원지방검찰청 검사 김형대는 피로한 기색으로 클럽하우스 경기과로 들어섰다.

US오픈 경기 나흘간 선수와 요인 보호, 비상사고 대책을 위하여 수십 명의 사복 경찰관이 코스 곳곳에 배치되었고, 김 검사는 실질적인 감독관으로 파견되어 나흘간 신경을 곤두세우느라고 파김치가 되었다.

이제 몇 분 뒤면 상황 종료다.

시상식만 끝나면 곧 귀가하여 따뜻한 물에 샤워한 뒤 늦둥이 딸애와 놀아 주어야지.

바라던 대로 손동섭이 우승하였다. 천하의 타이거가 경기 후반 손동섭의 파워에 눌려 무기력한 플레이를 펼친 것이 더욱 자랑스러웠다.

김형대 검사는 초보 골퍼이지만 나흘 간 손동섭의 플레이를

지켜보면서 그의 기량과 매너에 매료되어 그의 팬이 되어 버렸
다.

더욱이 마지막 아홉 홀 경기는 그야말로 파죽지세로 타이거를
압도하면서 완벽한 승리를 거두어 냈다. 특히 손동섭의 빨래줄
같이 날아가는 드라이버 샷과 그에 수반한 엄청난 비거리는 이
에 겨우 200야드에 불과한 드라이버 거리를 기록하고 있는 김
검사에게는 경이驚異 바로 그것이었다.

오늘 아침 클럽하우스에서 우연히 만난 척하며 염치 불구하고
손동섭의 사인을 받아 둔 것이 생각만 해도 흐뭇하였다.

김 검사가 경기과 소파에 몸을 누이고 담배 한 대를 빼어 무
는 순간 문 앞에서 소란스러운 소리가 들려 왔다.

그가 고개를 돌리자 한 50대 중반의 여인이 고래고래 소리를
지르고 있었고, 골프장 직원과 사복 경찰관들이 그녀를 진정시
키며 데리고 들어오고 있었다.

김 검사가 여인을 소파에 앉혀 진정시킨 뒤 사연을 들어 본
즉, 갤러리로 하루 종일 경기를 관전하던 그녀는 경기가 끝난
후 자신의 손지갑 안에 넣어 둔 고가高價의 다이아 반지가 없어
진 것을 발견하였다는 것이었다.

날이 더워지면서 반지를 빼내 어깨에 둘러 맨 숄더백 안의 손
지갑 안에 넣어 두었는데 그 손지갑이 온데간데없어졌다는 것이
었다. 그녀는 소매치기도 단속 못하는 대회가 어디 있느냐며 다
시 고함을 질러 댔다.

경기과의 한 여직원이 그러기에 골프장에 비싼 반지는 왜 끼

고 왔냐고 몰래 동료에게 속삭이다가 그녀에게 들켜 욕을 바가
지로 얻어먹었다.

김 검사가 다시금 분실 장소를 물어보자 그 여인은 전반 나인
홀을 지나고 그늘 집에서 음료수 값을 지불할 때도 손지갑에 들
어 있던 반지를 확인하였으니 적어도 10번 홀 이후에 분실한 것
같다고 하였다.
김 검사는 즉시 사복 경찰관에게 폐쇄회로 TV를 틀어 보라고
지시하였다.
폐쇄회로 TV? 골프장에 왠 폐쇄회로 TV 인가?

대회가 열리기 한 달 전 장성태 변호사는 한국골프협회 측에
게 대회의 완벽한 성공을 위하여 대회장인 골프코스 곳곳에 폐
쇄회로 카메라를 설치하는 것이 어떻겠냐고 제의하였다.
한국골프협회 측은 장변호사의 제의에 US오픈과 같은 큰 대
회를 치르다 보면 세계적으로 저명한 스포츠 계의 인사들과 정
계 요인들이 골프장을 방문할 기회가 있을 것인데 만에 하나 불
상사를 예방하기 위해서라도 그럴 필요가 있겠다고 동의하였다.
그러나 며칠 뒤, 예산이 없어 설치가 곤란하다고 난색을 표했
다.
장성태는 이기호에게 폐쇄회로 TV와 카메라를 설치하기 위한
예산 지원을 건의하였으나 쓸데없는 곳에 돈을 쓴다고 묵살 당
했다. 그리고 그걸로 폐쇄회로 TV 건은 일단락되어 장성태도

잊고 있었다.

　그런데 한국골프협회는 장성태의 제의에 폐쇄회로 카메라 설치의 필요성을 절감하고 다른 스폰서를 구해 코스 곳곳에 수십 대의 폐쇄회로 카메라를 설치하고 클럽하우스 경기과 사무실에 그 카메라들을 연결하여 일목에 조망할 수 있는 TV 시설과 녹화 시설을 갖춘 뒤 나흘 내내 코스 곳곳을 감시하여 왔다.

　물론 선수들이나 갤러리들이 눈치 채지 못하게 숲 속 깊숙한 곳의 나뭇가지 등 은밀한 장소에 설치하였고, 김형대 검사와 몇몇 경찰관과 실무 직원 외에는 아무도 모르도록 철저히 보안을 유지하여 왔다.

　결국 경위야 어떻든 폐쇄회로 TV는 장성태의 제의가 발단이 되어 설치된 것만은 분명하였다.

　손지갑 절도범을 찾아내기 위해 10번 홀 폐쇄회로 카메라부터 점검해 나갔다. 10번 홀에 설치된 4대의 카메라를 점검해 나가는데 아무런 이상이 없었다.

　10번 홀에서 11번 홀로 넘어가려는 순간 김 검사의 눈동자가 안경 속에서 갑자기 번쩍 빛을 발산했다.

　"잠깐! 다시 뒤로 돌려 보세요."

　화면이 뒤로 이동하다가 정지하는 순간 한 장면이 잡혔다. 그곳에서 다시 화면이 진행되었다.

　손동섭이 11번 홀로의 이동 통로에서 경기위원 복장을 입은 미국인 경기위원에게 엄지손가락을 들어 보이자 그도 손가락을 들어 응답한다.

타이거의 캐디가 손동섭과 이야기하며 낄낄거리는 순간 미국인 경기위원이 양복 안주머니에서 재빨리 음료수통을 꺼내더니 캐디가 둘러 맨 백에 꽂힌 음료수통과 바꿔치기 한다.

실로 순식에 벌어진 일이다. 묘하게도 주변에는 아무도 없다. 갤러리들도. 약 7m 뒤 편 소나무 뒤에 분홍 티셔츠에 흰색 바지를 입은 웬 젊은 여자 모습이 잠깐 보였다 사라진 것 외에는. 중계 카메라맨들은 모두 타이거를 따라 이동하고 있었다.

손동섭이 의미심장한 미소를 미국인 경기위원에게 흘리는 장면까지 고스란히 담겨 있었다.

김형대 검사는 같은 장면을 세 번 반복해 돌려 보았다. 그가 화면을 얼마나 뚫어져라 쳐다보고 있는지 그의 입에 물려 있는 담배가 다 타들어가 재가 거의 수직으로 하강하고 있는 것조차 모르고 있었다.

타이거가 11번 홀 이후 무너져 내린 이유를 이제야 알 것 같았다. 나무 뒤로 모습을 감추는 흰색 바지 입은 여인의 얼굴을 어디선가 본 듯하였으나 지금은 그것이 문제가 아니었다.

김 검사는 즉시 용인경찰서 경비계장을 불러 사복 경찰관을 동원해 18번 홀 그린 주변을 경계하라고 지시하였다.

그리고 그는 사복 경찰관 3명을 데리고 사무실 밖으로 뛰어나갔다. 그의 뒤로 반지는 언제 찾아 줄 거냐며 외치는 여인의 울부짖음이 들려왔다.

김 검사가 클럽하우스 로비를 지나 남자 라커 룸 쪽으로 방향을 틀자 막 스코어 카드 기재를 끝내고 온 타이거가 풀이 죽은 모습으로 라커룸으로 들어가려 하고 있었고, 타이거의 캐디가 아직 골프백을 둘러맨 채 무언가 타이거를 달래면서 뒤따르고 있었다.

김 검사가 타이거의 캐디를 멈추게 하려고 소리를 지르려는 순간, 기자로 보이는 한 젊은 여자가 마이크를 들고 인터뷰를 요청하려는 듯 캐디 뒤를 바짝 따라 붙고 있어서 그는 잠시 소리치는 것을 보류하였다. 그녀는 분홍 티셔츠와 흰색 바지를 입고 있었다. 방금 전 폐쇄회로 TV에서 보았던 – 소나무 뒤로 몸을 감춘 – 바로 그 여자였다.

임진희가 캐디의 백에 걸쳐져 있는 음료수 통을 재빨리 꺼낸 것은 캐디가 막 남자 라커룸으로 들어서기 직전이었다.

김 검사는 돌아서는 임진희에게 바짝 다가가 음료수 통이 들려 있는 그녀의 손목을 꽉 잡고 음료수 통을 낚아챘다.

그녀는 몸부림치며 울부짖었다.

김 검사는 아랑곳하지 않고 냉랭한 표정으로 수행한 경찰관에게 지시하였다.

"박 형사! 내가 돌아 올 때까지 경기과에 연금시키시오. 반항이 심하면 수갑을 채워도 좋소. 이 음료수통도 비닐 봉투에 넣어 잘 보관해 두고 지문감식계에도 긴급으로 감식 의뢰하시오. 적어도 5개의 지문이 검출될 거요."

임진희와 음료수 통을 경찰관에게 인계한 김 검사는 클럽하우스를 빠져 나가 18번 홀 그린 쪽으로 다가갔다. 보강된 사복 경찰관 5명이 그의 뒤를 따랐다.

18번 홀 그린 위에서는 시상식이 거행 중이었다.

푸른 잔디 위에 빨간 카펫이 티T자형으로 깔려 있었다. 그 카펫 중심에 선 손동섭은 자기 상반신만한 트로피를 번쩍 들어 올리고 그 둥근 크리스털 면에 짙게 키스하고 있었다. 그것도 오래도록.

주변을 에워 싼 갤러리들은 열광하였다.

전 세계에 생중계되는 현장에서 최초의 메이저 대회를 제패한 한국인을 자랑스러워하고 있었다.

우승 트로피를 수여하고 귀빈석 자기 자리로 돌아 와 앉은 USGA 회장의 얼굴은 무척 어두워 보였다.

타이거가 우승을 놓친 것이 못내 아쉬워 저러는 것이라고 갤러리들이 수군거렸다.

USGA 회장 옆에 앉아 있는 대회 스폰서인 미호그룹의 실세 이기호 구조조정본부장과 그 뒤에 서 있는 장성태 변호사의 모습도 결코 밝아 보이지 않았다. 박수도 억지로 몇 번 손바닥을 부딪쳐 보는 것에 불과한 듯하였다.

미호가 후원하는 심재환 프로가 컷오프되고 엉뚱한 무명 선수가 우승하자 못내 심기가 불편해 그러는 것이라고 다른 갤러리들이 맞장구를 쳤다.

김형대 검사는 그린 주변을 에워 싼 갤러리들 사이를 헤치고 그린 쪽으로 다가갔다.

그는 뇌리에 미란다 원칙의 문구를 떠올리고 입으로 중얼중얼 되뇌어 보았다.

'당신을 현행범으로 체포합니다. 당신은 불리한 진술을 거부할 수 있고…… 변호사를 선임할 권리가 있으며……'

죄명은? 약을 먹여 타이거의 신체를 상하게 했으니 당연히 상해죄. 약을 먹여 타이거의 골프 업무를 방해했으니 업무방해죄. 위계에 의한 업무방해죄? 그런 죄목이 있던가? 에이, 그건 나중에 찾아보면 되지, 뭐! 또 무슨 죄명이 있을 것 같은데…….

현행범 체포, 이 얼마만인가.

전 세계에 생중계되는 현장에서 US오픈 챔피언을 현행범으로 체포한다?

골프라면 사족을 못 쓰는 아내도 지금 중계방송을 보고 있을 텐데…….

둘째 애를 임신 중인 그녀가 시상식장에서 맹활약하는 남편의 모습을 보고 쇼크라도 먹으면 어쩐다?

아예 시상식이나 끝나고 결행할까?

이제 수초 후면 그린에 다다른다.

그 안에 결정을 내려야 한다.

그린 위에는 어느 덧 석양의 그림자가 짙게 깔리고 있었다.

그린도 서서히 암록색暗綠色으로 변해 가고 있었다.

손동섭은 아직 이를 모르고 있었다.